KB202205

이승훈의 알기 쉬운
현대시작법

이승훈의 알기 쉬운

현대시작법

이승훈 지음

book*in*

시를 사랑하지 않는 사람도 사랑하는 시작법

이 책을 처음 낸 건 2004년이다. 그러나 지금 다시 읽어보니까 이론적으로 다소 미흡한 부분도 있고, 보기로 든 시들도 많이 부족하다는 생각이 들어 이번 기회에 많은 부분을 다듬고 보충한다. 나는 이런 종류의 책을 몇 해 전에도 낸 바 있다(『시작법』, 문학과 비평사, 1988년). 그러나 그 책이 너무 이론적이고 무겁다는 생각을 하던 차에 격월간지 『시를 사랑하는 사람들』에 시 쓰기에 대한 글을 2년 동안 연재하고 한 권의 책으로 낸 것이 2004년이다. 이 글을 연재하면서 내가 염두에 둔 것은 이론적인 체계나 형식으로부터 자유로운 시작법, 알기 쉬운 시작법, 시를 사랑하는 사람들이 사랑하고 시를 사랑하지 않는 사람들도 사랑하는 시작법이었다.

사실 시는, 그리고 예술은 그렇게 심각하고 진지하고 무거운 것이 아니다. 현실은 언제나 심각하다. 그렇다고 시까지 심각해야 하는가? 한마디로 대책이 없는 사람들이 시를 쓰고 그림을 그리고 무언가 이상한 소리를 한다. 이런 대책 없는 사람들을 사랑하자. 이렇게 마음이 아픈 사람들에겐 무겁고 진지한 책이 아니라 가벼운 책, 참을 수 없는 존재의 가벼움의 책이 필요하고 유머가 필요하다. 요컨대 시 쓰기는 일상의 논리, 상식, 고정관념을 깨는 일이고 거기서 해방되는 일이고 따라서 자유로운 놀이이고 유희이다. 난 그때나 지금이나 두통으로 고생이다. 그러나 마음을 비우자.

이 책의 전체적인 틀은 처음엔 N. Moustaki, 『Writing Poetry』(alpha books, 2001)를 참고했지만 후반부터는 내 멋대로 썼다. 이번 기회에 개정판을 내주는 조현석 시인에게 감사드린다.

2011년 여름
이승훈

5

차례

제1부

말하지 말고
보여주라

제1강

어떻게
시작할까?

시는 어디서 오는가?
시의 기능은 무엇인가?
쓰기와 읽기
시인이란 무엇인가?
시 쓰기엔 재주가 있어야 하는가?
왜 시를 쓰는가?

시를 쓰는 것은 어디에도 없는 나라, 유토피아를 찾아가는 과정이 아닐까? 이 세상에는 없지만 어디엔가 있다고, 있어야 한다고 생각되는 나라. 어쩌면 고통과 악몽과 불안의 나라일 수도 있다. 그러나 중요한 것은 이런 나라에서 우리가 세상을, 사물을, 삶을, 나를 새롭게, 다르게, 낯설게, 생생하게 볼 수 있다는 사실이다. 이 글은 시 쓰기라는 여행으로 당신들을 초대한다. 꿈꾸어 보렴, 거기 가서 단 둘이 사는 달콤한 행복을!

어떻게 시작할까?

1. 시는 어디서 오는가?

시는 역사가 쓰여지기 이전부터 존재했다. 인류의 역사가 문자로 기록되기 이전에도 인류에게는 역사가 있었고, 이때의 역사는 대체로 종족이 살아온 내력, 혹은 종족이 이동해온 흔적에 대한 이야기이고, 이런 이야기는 훌륭한 이야기꾼에 의해 전승된다. 그런 점에서 문자로 기록된 역사 이전에 이야기가 있었고, 이 이야기는 이야기꾼에 의해 전승되었다. 그러나 후대로 올수록 이야기꾼들은 그들의 종족에 대한 이야기를 후대에 전하기 위해 단순히 이야기를 하는 것보다 이야기를 기억할 수 있는 기술을 필요로 했고, 이런 필요 때문에 이야기꾼들은 이야기에 리듬을 부여하고 같은 낱말이나 문장을 반복하게 된다. 시는 이렇게 이야기를 기억하기 위한 기술의 개발과 함께 발전한다. 우리가 말하는 정형시의 기법 가운데 가장 중요하다고 생각하는 각운과 어구 반복은 이런 사정을 배경으로 나타난다.

그런 점에서 시가 최초로 태어난 곳, 말하자면 시가 온 곳은 이야기이고, 각운과 반복은 이야기를 기억하기 위한 수단이었고, 차츰 이런 수단과 함께 긴 이야기는 짧게 축소되거나 압축되기 시작한다. 결국 시는 간단히 정의 한다면 응축된 이야기라고 할 수 있다. 이런 현상은 우리나라 고대 시가인「공 후인箜篌引」혹은「공무도하가公無渡河歌」로 불리는 다음과 같은 노래를 생각해 도 알 수 있다.

> 님이여 그 물을 건너지 마오
> 님은 마침내 물속으로 들어가셨네
> 물속에 빠져 죽은 님
> 아아 저 님을 어찌 다시 만날까

> 公無渡河
> 公竟渡河
> 墮河而死
> 當奈公何

'공후인'은 공후라는 악기를 뜯으며 노래한다는 의미이다. 어느 날 뱃 사공 곽리자고는 한 사건을 목격하고 그 이야기를 그의 아내 여옥에게 들려준 다. 그 이야기를 들은 여옥은 너무 슬퍼서 악기를 뜯으며 위와 같은 노래를 지 었다고 한다. 그렇다면 이 노래에서 중요한 것은 곽리자고의 이야기이고, 그 이야기는 백수광부白首狂夫, 곧 머리가 허옇게 센 미친 노인이 허리에 술병을 차 고 강물로 걸어 들어가고, 이때 그의 늙은 처가 노인을 향해 강물로 들어가지 말라고 호소하는 것으로 요약된다. 그런 점에서 이 노래, 혹은 고대 시가는 백 수광부 이야기를 압축한 것에 지나지 않고, 이런 압축은 각운과 낱말 반복으로 가능하고, 이런 압축 때문에 백수광부 이야기는 후대까지 전승된다. 대체로 모든 고대 시가가 배경 설화를 지닌다는 것은 시와 이야기의 관계에 대해 암 시하는 바 크다.

위의 노래는 슬픈 이야기를 미적으로 승화시키고, 따라서 이 시가를 읽을 때 우리가 체험하는 것은 비록 슬픈 이야기를 동기로 하지만 정형률과 낱말의 반복이 주는 즐거움, 각운이 주는 즐거움이고, 이것이 시 읽기 나아가 시 쓰기가 우리에게 즐거움을 주는 이유이다. 그런 점에서 시는 감동이고 기쁨이고 가난한 영혼을 채워주는 정신의 양식이다. 많은 이론가나 시인들이 시를 '여과된 삶' 혹은 '순수한 삶'이라고 부르는 것은 시가 거대한 삶의 이야기들을 걸러 그 핵심을 보여주고, 이때 여과된 것, 곧 시는 최초의 이야기보다 강력한 호소력을 띠기 때문이다.

시는 고대부터 존재했고, 그것은 이야기를 간략하게 전달하려는 목적에서 출발했다. 이런 고대 시가의 특성은 시를 처음 쓰려는 분들에게 암시하는 게 많다. 예컨대 처음부터 시를 쓰지 말고 자신이 체험한 이야기를 산문으로 적고, 이 산문을 줄이고, 정형률에 맞게 표현하는 연습이 필요하다. 여옥이 '공후인'을 부른 것은 남편이 전한 백수광부의 이야기를 토대로 하지 않는가? 또한 이야기는 정서를 동반해야 한다. 물론 시는 역사적으로 각 시대에 맞는 시의 유형을 소유한다. 그러나 중요한 것은 비록 각 시대가 그 시대에 고유한 시를 생산하지만 모든 시가 크게 보면 동일한 세계를 지향한다는 점이다. 요컨대 모든 시인이 말하는 것은 '내가 혹은 우리가 경험한 것은 이렇다'로 요약된다. '이렇다'는 것은 자신만의 시각으로 본다는 뜻이고, 따라서 시를 쓰거나 읽을 때 우리는 새로운 방식으로 세계를 배우고 체험하게 된다.

2. 시의 기능은 무엇인가?

앞에서 우리는 시를 통해 세계를 새롭게 보고 배우고 체험한다고 했거니와 다시 생각하면 시의 기능에는 사실 여러 가지가 있을 수 있다. 시에는 고대 시가가 그렇듯이 사회적·현실적 효용성이 있다. 고대 시가는 이야기를 쉽게 기억하고 후대에 전하기 위한 실용적인 수단이었다. 고대의 시인들은 종교나 정치의 영역에서 중요한 위치에 있었고, 사회를 하나로 통합시키는 데 기여했다. 좀 더 나은 수확과 전쟁에서의 승리를 위해 시인들은 노래하고, 이 노래가 사회를 끌고 나가며, 시인들은 또한 전쟁의 역사를 노래하고, 권력을 비판하고, 그 무상함을 노래하고 신들을 찬양했다. 그렇기 때문에 포악한 왕은 시인들을 죽였고, 반대로 훌륭한 왕은 시인들의 노래에 귀를 기울였다. 시의 이런 기능은 현대라고 해서 달라진 것이 아니고 다만 그 표현 형식이 달라졌을 뿐이다.

그러나 현대에 오면 시인들은 이런 권력이나 실제적 · 현실적 효용성보다는 근대 미학의 특성인 이른바 순수 예술을 강조한다. 말하자면 현실적 효용성보다는 시 자체의 아름다움, 그러니까 현실에 대해 일정한 거리를 두고 바라보는, 혹은 현실과 다른 또 하나의 세계를 창조하는 일에 몰두한다. 이렇게 현실과 거리를 두고 시 자체를 사랑하는 태도가 현실과 다른 시의 공간을 낳고, 이런 공간은 일상적이고 이성적인 사고가 아니라 상상력이 낳는다. 예컨대 주요한은 '빗소리'가 아닌 상상의 공간으로 노래한다.

> 비가 옵니다.
> 밤은 고요히 깃을 벌리고
> 비는 뜰 위에 속삭입니다.
> 몰래 지껄이는 병아리같이.
>
> — 주요한, 「빗소리」 부분

이 시는 봄밤에 내리는 빗소리를 노래한다. 일상인들의 시각에서 빗소리는 빗소리로 들릴 뿐이다. 그러나 시인은 '몰래 지껄이는 병아리 소리'로 상상한다. 뿐만 아니라 밤은 어미닭처럼 깃을 벌리고, 비는 어미닭 품에서 지껄이는 병아리가 된다. 요컨대 '뜰 위에 내리는 비'가 이 시에선 '몰래 지껄이는 병아리'처럼 속삭인다. 봄밤에 내리는 비는 이렇게 다정하고 기쁘고 따뜻하다. 시는 이렇게 상상력의 세계를 강조하고 상상력의 세계는 과학적 진리도 아니고 종교적 진리도 아닌 이른바 미적 진리를 추구한다.

그런 점에서 현대시의 기능은 상상력에 의한 미적 공간을 창조함에 있다. 그러나 이런 근대 미학이 심화되면서 시인들은 이렇게 현실과 다른 시적 공간을 사랑하는 태도에서 한 걸음 더 나아가 언어 자체에 관심을 두게 된다. 시인들은 부패한 일상적 언어를 순화하고 정화시키는 일도 하지만 일상적 언어의 가치나 기능과는 다른 시적 언어의 가치와 기능을 추구하고, 심하면 일상적 언어를 파괴하기도 한다. 그리고 이런 파괴가 노리는 것은 일상적 언어를 초월하는 전혀 새로운 언어이고, 실험적이고 전위적인 시인들이 추구하는 게 그렇다.

앞에서 보기로 든 '빗소리'는 일상어를 순화한, 그런 점에서 때 묻지 않은 언어이다. 그런가 하면 이 시의 언어, 곧 시적 어법은 일상적 어법과 다른 시적 어법을 보여준다. '밤'을 어미닭에 비유하고, '빗소리'를 병아리 소리에 비유하는 게 그렇다. 그러므로 시적 언어는 시적 어법을 뜻한다. '병아리'라는 낱말은 일상인도 사용하고 시인도 사용한다. 그러나 사용하는 방법이 다르다. 일상인의 경우 '밤'은 그대로 '밤'이지만 시인의 경우 '밤은 고요히 깃을 벌린다' 그러니까 말하는 방법, 어법이 다르다.

비유는 시적 어법의 출발이고, 이런 비유가 발전하면 상징, 아이러니, 역설 등 여러 가지 어법이 드러난다. 이 문제는 뒤에 다시 살필 예정이다. 결국 시가 언어 예술이라는 자각이 심화되면서 우리는 시적 언어의 특성에 대해 공부해야 하고, 이런 언어의 가치와 기능에도 관심을 두어야 한다.

3. 쓰기와 읽기

시인이 되기 위해 혹은 시인으로서 우리가 할 일은 시를 쓰는 일뿐만 아니라 시를 읽는 일이고, 그것도 잘 읽는 일이다. 잘 읽는다는 것은 시를 시로서 읽어야 함을 의미한다. 시는 신문이나 과학 교과서가 아니다. 신문을 읽을 때 관심을 두는 것은 무슨 일이 발생했는가, 말하자면 객관적 사실에 대한 정보이고, 과학 교과서를 읽을 때 관심을 두는 것은 과학적 진리나 법칙에 대한 이해이다. 그러나 시를 읽으며 객관적 사실에 대한 정보나 과학적 진리 혹은 법칙을 읽는 것은 아니다. 그렇다면 시를 어떻게 읽어야 하는가? 이런 질문에 대한 대답은 앞으로 시 쓰기에 대해 좀 더 공부하면서 주어질 것이다.

중요한 것은 시를 읽지 않고는 제대로 시를 쓰기 어렵다는 점이다. 시집 한 권 제대로 읽지 않고, 마치 그것이 무슨 자랑이라도 되는 것처럼 말하는 시인 지망생들이 많은데 이것은 마치 축구 구경도 한 번 안 하고 축구 선수가 되겠다고 덤비는 것과 같다. 훌륭한 시인들은 훌륭한 시인들의 시를 읽고 위대한 시인들은 위대한 시인들의 시를 읽는다. 시를 읽지 않고는 결코 시를 쓸 수 없다. 좋은 시를 쓰기 위해서는 선배 시인들의 시를 읽어야 하고, 그 시인들의 시에 많은 투자를 해야 한다. 세상에는 공짜가 없는 법이다. 다른 시인들의 시를 읽으며 우리는 시 쓰는 방법을 자연스럽게 터득하고, 따라서 그들은 우리의 조언자이며 선생이며, 그들이 없다면 시를 쓸 수 없다고 할 수 있다.

시가 시를 낳는다. 시가 없다면 시가 존재할 수 없고, 그런 점에서 궁극적으로는 시가 있는 게 아니라 시와 시 사이가 있고, 차이가 있고, 상호 관계가 있다. 프랑스 철학자 크리스테바 식으로 말하면 시라는 텍스트가 있는 게 아니라 시라는 상호텍스트가 있다. 인간도 그렇다. 우리는 자아나 주체를 강조하지만 세상에는 절대적인 나, 절대적인 자아, 절대적인 주체가 있는 게 아니라 너와 나, 자아와 타자, 주체와 객체의 관계가 있을 뿐이다. 네가 없다면 내가 없고 타자가 없다면 자아가 없기 때문이다. 인간이라는 낱말은 사람과 사람 사이라는 뜻이고, 따라서 우리가 인간이라는 것은 절대적 자아나 주체를 말하는 게 아니라 나와 너의 관계, 사이, 차이를 강조한다.

그런 점에서 누구의 영향을 받는 일은 좋은 일이다. 많은 시인들, 그리고 시인 지망생들이 대체로 '나는 누구의 영향도 받은 게 없소'라고 말하는 것을 자주 목격한다. 말하는 당사자는 그것이 자랑인 것처럼 말하고, 자신이 무슨 천재나 되는 것처럼 말하지만 사실 이렇게 무책임한 말이 또 어디 있는가? 사는 것은 영향받는 데서 시작되고 이 영향을 극복하는 일이고 다시 영향받고 영향을 극복하는 일에 지나지 않는다. 천상천하에 자기 것은 없다. 특히 우리 문인들이 그렇지만 아무에게도 영향을 받지 않았다는 것은 공부를 하지 않았다는 말과 같다. 영향은 모방이 아니다. 시 쓰기는 누구에게 영향을 받고 그 영향을 극복하는 과정이다. 따라서 영향받는 것을 두려워해서는 안 된다. 극복이 문제이다.

4. 시인이란 무엇인가?

시인은 시를 쓰는 사람이다. 고대 그리스에서는 시인을 보는 사람, 견자見者, 광기에 홀린 사람으로 정의한 바 있다. 이때 본다는 것은 시인의 사유와 영감이 시인 자신을 초월해서 자신도 모르는 어떤 초월적인 것에 근거함을 의미한다. 이렇게 자신도 모르는 어떤 힘에 의해 사물을 보고 세계를 보기 때문에 시인은 광기에 홀린 자가 되고, 신비한 영감에 지배받는 자가 되고, 이른바 견자가 된다. 따라서 시인은 일상인보다 크고 높고 귀중한 힘이 부여된 자로 인식된다.

시인에 대한 이런 인식은 틀린 것이 아니다. 사실 시인은 일상인과 다르게 세계를 보고 느끼고 생각하고 상상한다. 그러나 이런 특이한 감각, 정서, 사유, 상상은 따지고 보면 모든 인간에게 조금씩 있게 마련이고 시인은 이런 이상한 능력을 일상인들보다 더 신뢰하고 믿고 개발할 뿐이다. 그리고 이런 능력은 그 후 낭만주의 시대에는 상상력이라는 이름으로, 현대에는 무의식이나 환상이라는 이름으로 바뀌면서 아직도 시인의 기본 조건으로 간주된다. 그런 점에서 시인에 대한 인식 역시 시대마다 다르고 이 시대적 차이가 중요하다.

우리나라의 경우 근대 문학 초기만 하더라도 이광수가 말한 것처럼 시인 혹은 문인의 조건은 대학을 중퇴할 것, 연애에 실패할 것, 폐결핵을 앓을 것, 술을 마시고 담배를 피울 것, 장발이고 얼굴이 창백할 것, 가난할 것 등으로 요약된다. 이런 조건들은 일종의 세기말의 퇴폐주의를 반영하고, 당시 일제 식민지 시대의 병든 청춘들의 내면을 반영한다.

그러나 오늘 이 땅의 시인들은 이와는 다르지 않은가? 1960년대를 살던 시인들이 다르고 21세기 후기 산업사회를 사는 시인들이 다르다. 사실 오늘 이 시대의 시인들은 누가 시인이고 누가 은행원이고 대기업 사원인지 모를 정도로 구별이 안 된다. 나는 어쩌다가 지금 시인들의 외모에 대해 말하고 있지만 사실 모든 외면은 내면을 반영하고, 얼굴은 마음을 반영하고, 스타일은 영혼을 반영한다. 요컨대 시인은 그가 살고 있는 시대의 현실과 문화에 의해 정의된다.

이 시대 시인은 나처럼 우울증에 시달릴 수도 있고, 보이지 않는 정신적 외상, 트라우마에 시달릴 수도 있고, 건강한 육체와 정신으로 살 수도 있다. 넥타이를 맬 수도 있고 매지 않을 수도 있고, 술을 마실 수도 있고 전혀 못 마실 수도 있다. 담배를 피우는 시인도 있고, 금연을 단행한 시인도 있다. 중요한 것은 이 시대엔 시인의 상투형, 그러니까 시인 하면 떠오르는 개성이 사라지는 점이다. 그렇다면 이 시대엔 시인과 일상인이 같아진 것인가? 그리고 모두가 시인이란 말인가? 사실 이 시대엔 시인이 따로 있는 게 아니다. 다만 자신의 감정과 사고를 운문으로 혹은 시적 표현으로 전달할 수 있는 자가 시인일 뿐이다.

최소한 시인은 일상인들과 다르게 사물을 보고 사물들을 낱말로 연결하는 능력이 있어야 한다. 물론 이 시대엔 시만 쓴다고 시인이 되는 게 아니라 신춘문예, 문학잡지라는 제도를 통과해야 하고, 아니면 시집을 내야 시인 행세를 한다. 이건 근대 문학이 근대 제도의 산물이기 때문이다. 조선 시대의 황진이는 신춘문예에 당선한 적이 없지 않은가? 그러나 이런 사회 제도와 관계없이 시인은 본질적으로 상상력이 있어야 하고, 상상력은 훈련에 의해 개발되고, 시 쓰기도 훈련에 의해 개발된다. 개발은 개의 발이 아니다.

5. 시 쓰기엔 재주가 있어야 하는가?

선천적으로 뛰어난 재주를 타고난 사람을 천재라고 한다. 그러나 인간의 재주는 개발하기 나름이다. 천재가 탁월한 재능을 타고났다고 하지만 역사상 위대한 천재들은 재주에 앞서 일상인보다 더 노력한 사람들이고 고독한 사람들이고 근면한 사람들이다. 그런 점에서 천재가 있는 것이 아니라 천재는 만들어진다. 영국 속담에 '천재는 일종의 정신병'이라는 말도 있다. 이런 말이 암시하는 것은 천재는 일상인과 다르게 사물을 보고 느끼고 상상하고, 이런 상상을 통해 새로운 세계를 창조하는 자라는 것이다. 그런 점에서 천재는 자기의 능력을 특별한 렌즈로 초점에 맞추는 자이고, 재주를 낭비하지 않고 언제나 집중하는 자이고, 남들이 볼 때 다소 이상한 자이다.

사실 상상력이란 일종의 정신병, 곧 일상적 사유에서 이탈하고 이성적으로 수용될 수 없는 것들을 수용하고 종합하는 이상한 정신능력이다. 그리고 이런 정신세계를 탐구하는 자들은 남들과 다르기 때문에 고독하다. 상상력에 대해서는 뒤에 가서 좀 더 자세히 살피겠지만 말이 나온 김에 다음과 같은 시를 중심으로 살펴보기로 한다.

어딘가
소리 있는 곳으로 귀 기울이는
예쁘디예쁜
열린 창이어

꽃이슬에 젖은
새벽길 위에 서서
그 많은 소녀들은 아직도
기다리고 있을까

단 한 번인 목숨

누구를 위하여도 죽을 수 없는

그 자라가는 소녀들의

열린 창이여

— 김춘수, 「곤충의 눈」 전문

 김춘수의 「곤충의 눈」이다. 필자가 고교 시절 애송하던 시 가운데 하나로 이 시에서 시인이 노래하는 대상은 '곤충의 눈'이다. 그러나 시인은 그것을 이상하게도, 말하자면 일상인들과는 다르게 '열린 창'에 비유한다. 시인은 '곤충의 눈'을 보면서 '열린 창'을 상상하고, 2연에서 이런 상상은 '새벽길 위의 소녀들'로 발전하고, 마침내 3연에 오면 '곤충의 눈'은 '자라고 있는 소녀들의 창'이 된다. 물론 이때 '창'은 '눈'을 암시한다. 이상하지 않은가? 도대체 어떻게 '곤충의 눈'이 '열린 창'이고 '자라고 있는 소녀들의 창'이란 말인가? '빗소리'에서 '병아리'를 연상하는 정도는 아무 것도 아니다. 이런 상상은 시인의 고독과 남다른 직관과 사유의 소산이고, 자신의 삶에 대한 지속적 성찰을 매개로 한다.

요컨대 시의 천재가 있는 것이 아니라 시 쓰기를 좋아하고, 꾸준히 시 쓰기에 노력하고, 언제나 남들과 다른 생각을 하기 때문에 고독한 자가 있을 뿐이다. 물론 시 쓰기에는 어느 정도 시에 대한 재능, 재주도 요구된다. 그것은 언어에 대한 남다른 감각과 상상력으로 요약된다. 그러나 중요한 것은 재주는 살아가면서 대부분 낭비되기 때문에 재주보다 중요한 것은 지속적인 노력과 훈련이다. 우리 시의 경우 이상, 서정주, 박목월, 김춘수가 그렇다.

따라서 재주라는 말보다 경향, 혹은 취향, 재미라는 말이 어울릴 것 같다. 사실 시는, 그리고 모든 예술은 고독한 놀이이고, 시인은 이런 놀이를 좋아하는 자이다. 축구 선수는 축구가 좋아서 볼을 차고, 과학자는 실험이 좋아서 밤 늦도록 실험실에서 실험을 한다. 어디 운동선수와 과학자 뿐인가? 사업가는 돈 버는 게 좋아서 사업을 하고, 학자는 공부하는 게 좋아서 공부를 한다. 돈을 벌려고 공부하는 게 아니고 이름을 내려고 공부를 하는 게 아니다.

　　시도 좋아서 쓴다. 좋지도 않고 취미도 없다면 돈도 안 생기고 괴로운 이 작업을 왜 하는가? 나만 해도 그렇다. 집사람에겐 나이 든 영감이 해질 무렵 작은 방에 앉아 허리를 구부리고 시를 쓰는 게 얼마나 청승맞고 우습겠는가? 그런 것 쓰지 말고 이젠 골프라도 해보라지만 난 이 나이에도 해질 무렵 스탠드 전구를 켜놓고 시 한 줄 쓰는 게 좋다. 그러므로 재주보다 시인은 혹은 시인을 지망하는 사람들은 무엇보다 시 쓰기에 취미가 있어야 하고, 재미를 느껴야 하고, 취향이 그래야 한다.

　　물론 사람마다 기호나 취미는 다르다. 시인은 시에 취미가 있는 자이고, 이 취미는 단순한 취미의 영역이 아니라 창조의 세계를 지향한다. 창조란 무에서 유를 만드는 게 아니라 이 세상에 존재하는 사물을 남들과 다르게 보고 이 사물들을 언어로 남들과 다르게 연결시키는 것에 지나지 않는다. 그러나 시를 쓰는 이유나 동기는 시인마다 다를 것이다. 도대체 그렇게 많은 시간을 시 쓰기에 소비하는 것은 무슨 가치가 있는가?

6. 왜 시를 쓰는가?

　　결론부터 말해서 시를 쓰는 이유는 시인마다 다르다. 그러나 우리가 그 많은 시간을 시 쓰기에 소모하는 것은 무슨 사회적 · 일상적 가치가 있어서가 아니라 그런 가치에서 도망가고 도피하고 초월하기 위해서이다. 이런 말을 하면 많은 지식인, 이름난 시인들은 나를 비난할 것이다. 현실에서 도피하고, 뭐 현실을 초월하기 위해서 시를 쓴다고? 지금, 그러니까 이 책 개정판에 손을 대고 있는 2011년, 아니 그보다 몇 년 전부터 나는 이런 현실 도피, 현실 초월에 대해서는 비판적인 입장이다. 그렇다고 사회 비판적인 리얼리즘을 옹호하는 것도 아니다. 그러나 이건 어디까지나 나의 문학관이고 세계관의 문제이므로 이 책에서는 피해야 하고, 여기서 말하는 것은 어디까지나 근대시의 무의식, 그러니까 근대 시인들의 무의식과 관련되는 이야기다.

그렇지 않은가? 시인뿐만 아니라 많은 사람들이 느끼는 것은 이 놈의 현실에서 도망가고 싶은 욕망이 아닌가? 일요일이면 산을 찾는 게 그렇고, 해가 지면 술집을 찾는 게 그렇고, 누구를 사랑하는 게 그렇고, 여행을 떠나는 게 그렇다. 시 쓰기도 이런 삶의 한 가지 양식일 뿐이다. 그러므로 시인들이 현실에서 도망가고 현실로부터 도피한다고 비난해선 안 된다. 나는 시를 쓰고 당신들은 연애를 하고, 여행을 떠나고, 술을 마시고 모두 자기 스타일대로 산다. 따라서 시를 쓴다고, 그림을 그린다고 비난해선 안 된다. 이런 비난은 어디까지나 자기중심적 발상이고, 위선이고, 이 시대를 지배하는 이데올로기나 도덕적 관점에서만 가능하다. 한 시대의 이데올로기나 도덕적 가치는 영원한 것도 아니고 절대적인 진리도 아니다. 그것은 모두 한 시대, 한 사회를 끌고 가기 위한 신화이고 허구이다. 이른바 허위 이데올로기이다. 참된 시인들은 이런 이데올로기, 도덕적 가치가 허위라는 것을 알고 이런 가치와 싸우고 이와 다른 삶의 가치를 찾는다.

그러나 시인은 이런 이데올로기, 도덕적 가치와 싸울 힘이 없다. 시인은 정치인도 군인도 아니기 때문이다. 그렇다면 이렇게 현실과 직접 싸울 힘이 없는 시인이 할 일은 무엇인가? 두 가지 길밖에 없다. 하나는 자살하는 길이고 다른 하나는 도망가는 길이다. 물론 현실을 수용하면서 그럭저럭 사는 길도 있고, 이 시대 많은 시인들이 그렇게 산다. 그러나 옛날이나 오늘이나 훌륭한 시인들은 자살 아니면 도망가는 길을 택했다. 현실이 무서워서 도망가는 게 아니라 더러워서, 치사해서 도망간다. 그러므로 도망이 승리이고 패배가 승리이다. 도피의 역설이다.

초월은 말이 고상해서 초월이지 따지고 보면 현실을 뛰어넘는다는 뜻이다. 그러므로 이런 초월 역시 현실 도피이고 도망이다. 현실 도피가 수평 구조라면 현실 초월은 수직 구조이다. 그러나 불교가 강조하는 초월은 다르다.

불교에서는 출가出家라는 말을 쓴다. 출가는 세속을 벗어나 참된 자아, 말하자면 자아가 없다는 무아無我를 깨닫기 위한 수행 길에 들어선다는 뜻이다. 탐욕, 분노, 어리석음 세 가지 독毒으로 가득한 것이 현실이고, 현실을 사는 중생의 삶이다. 그러니까 출가는 이런 삼독三毒에서 벗어나기 위한 출발이다. 그런 점에서 불교의 현실 초월은 단순히 현실을 떠나는 게 아니라 진정한 자아와 만나기 위한 고행이고, 스님들은 마침내 깨치면 다시 현실로 회향한다. 특히 대승불교가 그렇다. 상구보살 하화중생이다.

그러므로 불교가 노리는 것은 단순히 현실을 떠난 신비한 정신적 초월이 아니라 우리가 믿고 있는 정신, 이성, 분별을 죽이는 노력이고, 따라서 초월이 아니라 단념이고 체념이고 소멸이다. 그리고 이렇게 깨달은 스님들은 다시 세속으로 나와 어리석은 중생들을 교화한다. 그런 점에서 불교의 문맥에서 현실 초월은 현실 단념을 통한 현실과의 만남이다. 물론 종교는 예술과 다르기 때문에 이 자리에서 섣불리 무슨 말을 할 수는 없고 여기서 강조하는 것은 시인들의 초월도 궁극적으로는 어떤 종교든 종교적 초월이나 믿음을 배워야 한다는 것이다. 이런 노력이 없다면 시인의 현실 초월은 그야말로 현실 도피에 지나지 않는다. 그러나 이런 초월도 현실과 싸우는 한 가지 방식이다. 결국 예술과 종교는 계속 문제가 된다.

시를 쓰는 이유는 비록 개인마다 다르지만 크게 보면 시인은 현실이 싫어서, 못마땅해서, 욕망이 충족되지 않아서 시를 쓰고, 이 결핍이, 고독이, 욕망이 시 쓰기의 동기이다. 내가 현실 도피, 현실 초월이라는 말을 하는 것은 이런 사정을 동기로 한다. 그러므로 시는 비록 덧없지만 이 결핍을 충족시키고, 이런 덧없음이 유토피아와 통한다. 이것도 역설이고 역설이 진리다. 프랑스 시인 보들레르 식으로 말하면 시 쓰기는 여행에의 초대이다. 어디로?

내 사랑, 내 누이
꿈꾸어 보렴 거기서

단 둘이 사는 달콤한 행복을!
　　한가로이 사랑하며
　　사랑하며 죽을 것을
너를 닮은 그 나라에서!
　　흐린 하늘의
　　안개 서린 태양은
내 영혼에 신비스런 매력을 지니고 있다
　　눈물을 통해 반짝이는
　　변덕스런 너의 눈처럼

그곳은 모두가 질서와 아름다움
호사, 고요 그리고 쾌락

　　세월에 닦이어
　　윤택나는 가구들이
우리들의 침실을 꾸미리
　　꽃향기를 용연향의
　　은은한 향기와
섞은 아주 희귀한 꽃들
　　화려한 천정
　　끝없는 거울
동양적인 광채
　　이 모두가 말하리
　　은밀히 영혼에게
제 고향의 정다운 언어로

그곳은 모두가 질서와 아름다움

호사, 고요 그리고 쾌락

— 보들레르, 「여행에의 초대」(민희식, 이재호 역) 부분

보들레르의 「여행에의 초대」 전반부이다. 대학 시절 나는 얼마나 이 시에 매혹되었던가? 시인은 애인에게 프랑스가 아닌 이국에 가서 살자고 노래한다. 그 나라에서 그는 '한가로이 사랑하며/ 사랑하며 죽을 것'을 꿈꾼다. 더욱 그 나라는 애인을 닮은 나라이다. 그곳에 있는 것은 질서, 아름다움, 호사, 고요, 쾌락이다. 이런 나라, 이런 곳에 아름다운 침실을 꾸미고 꽃들과 거울로 장식하고, 그것도 끝없는 거울로 장식한다. '안개 서린 눈'은 눈물에 젖은 애인의 눈물이고 '용연향'은 향유고래에서 채취한 향료로 사향 같은 향기가 난다.

물론 이런 나라는 없다. 어디까지나 시인의 상상 속에 있고 따라서 시에만 있다. 결국 시를 쓰는 것도 이렇게 어디에도 없는 나라, 유토피아를 찾아가는 과정이 아닐까? 이 세상에는 없지만 어디엔가 있다고, 있어야 한다고 생각되는 나라. 물론 이런 나라는 '여행에의 초대'처럼 아름답고 화려하고 호사스런 나라가 아닐 수도 있다. 어쩌면 고통과 악몽과 불안의 나라일 수도 있다. 그러나 중요한 것은 이런 나라에서 우리가 세상을, 사물을, 삶을, 나를 새롭게, 다르게, 낯설게, 생생하게 볼 수 있다는 사실이다. 이 글은 시 쓰기라는 여행으로 당신들을 초대한다. 꿈꾸어 보렴, 거기 가서 단 둘이 사는 달콤한 행복을!

제2강
말하지 말고 보여주라

세계에는 관념이 아니라 사물이 있다
말하기와 보여주기
말하지 말고 보여주라
이미지의 창조

아침에 집을 나서면서 하늘을 쳐다본다. 하늘이 흐리면 비가 올지도 모르겠다고 생각한다. 그러면 다시 집으로 들어가 우산을 들고 나온다. 하늘을 보는 것은 감각적 만남이고 비가 올지도 모른다는 것은 이런 만남을 토대로, 매개로, 기초로 하는 관념. 생각. 사유이다. 따라서 우리의 삶에서 중요한 것은 세계와의 감각적 만남이지 추상적 관념이 아니다. 시가 아름다운 것은 시인이 자신의 관념을 직접 전달하기 때문이 아니라 그 관념을 구체적인 이미지로 보여주기 때문이다.

말하지 말고 보여주라

1. 세계에는 관념이 아니라 사물이 있다

산다는 것은 끊임없이 많은 인간들과 만나고 사물들과 만나는 일이다. 하루의 삶이 그렇고 1년의 삶이 그렇고 10년의 삶이 그렇다. 만나지 않고 어떻게 살 수 있단 말인가? 물론 만남은 헤어짐을 동반하고 따라서 우리의 삶은 만나고 헤어지고 다시 만나고 헤어지는 그런 과정의 연속이다.

아침에 집을 나서면서 나는 먼저 하늘을 쳐다본다. 하늘이 흐리면 오늘은 비가 올지도 모르겠다고 생각한다. 비가 올지도 모른다는 생각이 들면 다시 집으로 들어가 우산을 들고 나온다. 하늘을 보는 것은 감각적 만남이고 비가 올지도 모른다는 것은 이런 만남을 토대로, 매개로, 기초로 하는 관념, 생각, 사유이다. 따라서 우리의 삶에서 중요한 것은 세계와의 감각적 만남이지 추상적 관념이 아니다. 그러나 많은 사람들은 대체로 이런 만남, 곧 세계와의 감각적인 만남을, 감각적 만남의 중요성을 잊고 산다. 하늘이 흐린 것보다 오늘 할 일, 지난밤의 악몽, 오늘 만나야 할 사람들, 그들을 만나 무슨 말을 하고 하루를 어떻게 마칠 것인가 하는 계획으로 아침부터 정신이 없다. 왜 이렇게 되었는가? 이유야 많겠지만 결국은 사는 게 그만치 힘들기 때문이고 우리가 만나는 세계가 새로운 느낌을 주지 않기 때문이다. 언제나 같은 하늘, 같은 골목, 같은 거리, 같은 사람들을 만나기 때문이다.

사정이 이렇기 때문에 세계와의 감각적인 만남이 중요하고, 이런 1차적 경험이 중요하고, 이런 싱싱한 만남이 중요하다. 그런 점에서 세계에 대한 무슨 생각은 2차적 경험에 지나지 않고, 이 2차적 경험이 죽은 경험이라면 1차적 경험은 산 경험에 속한다. 그러나 우리의 일상을 지배하는 것은 2차적 경험이고 세계와의 관념적 만남이다. 1차적 경험이 구체적이고 개별적이고 감각적이라면, 2차적 경험은 추상적이고 보편적이고 관념적이다. 말하자면 나의 몸, 나의 감각, 나의 실존이 제외된 삶이고, 그렇기 때문에 재미없고 지루하고 멀미가 나는 삶이다. 이 지루함이 우리의 삶을 지배한다. 이 지루함, 권태, 피로에서 어떻게 벗어날 것인가?

나는 생각하기 때문에 존재하는 것이 아니라 지루하기 때문에 존재하고, 이 지루함에서 벗어나야 한다. 우리가 여행을 하고 시를 쓰고 시를 읽고 그림을 감상하는 것은 이런 권태에서 벗어나기 위해서이고 해방되기 위해서이고 좀 더 자유롭고 싱싱한 삶을 살기 위해서이다. 결국 시 쓰기는 우리가 상실한, 망각한, 놓쳐 버린 이 1차적 경험의 세계와 만나는 일, 말하자면 이 세계와 구체적으로 생생하게 만나는 일이다. 요컨대 시는 세계와의 추상적인 만남이 아니라 구체적이고 개별적인, 살아 있는 감각적인 만남을 노리고 그런 만남의 세계를 보여준다. 이런 만남이 중요한 것은 첫째로 이 세계에는 추상적인 관념이 아니라 구체적인 사물들이 있기 때문이고, 둘째로 우리의 삶이 1차적 경험, 곧 사물들과의 구체적 감각적인 만남을 상실하고, 따라서 재미없기 때문이다. 그런 점에서 시 쓰기에는 관념이 아니라 사물을 있는 그대로 보고 느끼는 감각이 중요하다. 이미지가 중요한 이유이다.

2. 말하기와 보여주기

말하지 말고 보여주라. 모든 시는 사물에 대해 말하고 설명하고 해석하는 것이 아니라 사물을 보여주는 것. 이유는 앞에서도 말했지만 시 쓰기에서 이미지가 무엇보다 중요한 것은 우리는 시를 이미지를 통해 이해하기 때문이다. 사물에 대한 설명이나 관념은 시를 읽을 때는 쉽게 이해되지만 시를 읽

고 나면 곧 잊혀진다. 그러나 이미지는 감각적 실체이기 때문에 우리의 기억 속에 오래 남는다. 누군가를 만난 다음에도 그렇다. 그 사람과 나눈 이야기는 쉽게 잊혀지지만 그 사람의 이미지는 오래 남는다. 박인환은 「세월이 가면」에서 이렇게 노래할 정도이다.

지금 그 사람 이름은 잊었지만
그 눈동자 입술은
내 가슴에 있네.

바람이 불고
비가 올 때도

나는 저 유리창 밖 가로등
그늘의 밤을 잊지 못하지.

사랑은 가고 옛날은 남는 것.
여름날의 호숫가, 가을의 공원
그 벤치 위에
나뭇잎은 떨어지고
나뭇잎은 흙이 되고

나뭇잎에 덮여서

우리들 사랑이

사라진다 해도

지금 그 사람 이름은 잊었지만

그 눈동자 입술은

내 가슴에 있네.

내 서늘한 가슴에 있네.

— 박인환, 「세월이 가면」 전문

그 사람 이름은 잊었지만 남아 있는 것은 그 사람의 눈동자와 입술이다. 그와 나눈 이야기는 모두 잊었지만 그와 함께 걷던 '가로등 그늘의 밤'은 시인의 가슴에 남아 있다. 세월이 가고 추억이 가고 사랑마저 가도 이 시인의 가슴에 남아 있는 것, 가지 않고 남아 있는 것은 그 사람의 이미지이다. 그 사람이 하던 말, 이야기가 아니라 그 사람의 이미지, 그것도 눈동자와 입술이고 그 사람과 함께 걷던 밤의 이미지, 곧 가로등 그늘의 밤이다.

시의 경우에도 사정은 비슷하다. 우리가 읽은 시인의 이름은 잊었지만 그 시인이 보여준 이미지, 그 시인이 창조한 이미지는 내 가슴에 있다. 나만 하더라도 그렇다. 그동안 많은 시를 썼고 따라서 그 내용, 사상, 사유는 제대로 생각나지 않지만 지금도 어떤 시의 이미지는 그대로 내 가슴에 남아 있다.

지금 이 글을 쓰면서도 예컨대 20대에 쓴 시 「사물 A」만 하더라도 그 시를 쓰던 당시의 심리 상태, 사유 내용, 독서 체험 등은 제대로 생각나지 않지만 그 시 속의 이미지는 그대로 생생하게 떠오르고, 그러므로 그 이미지는 내 가슴에 남아 있다. 세월이 가고 바람이 불고 눈이 오고 그동안 얼마나 많은 일들이 있었나? 그러나 지금도 시의 이미지는 남아 있다. 어떤 이미지인가?

사나이의 팔이 달아나고 한 마리 흰 닭이 구 구 구 잃어버린 목을 좇아 달린다. 오 나를 부르는 깊은 명령의 겨울 지하실에선 더욱 진지하기 위하여 등불을 켜 놓고 우린 생각의 따스한 닭들을 키운다. 닭들을 키운다. 새벽마다 쓰라리게 정신의 땅을 판다. 완강한 시간의 사슬이 끊어진 새벽 문지방에서 소리들은 피를 흘린다. 그리고 그것은 하아얀 액체로 변하더니 이윽고 목이 없는 한 마리 흰 닭이 되어 저렇게 많은 아침 햇빛 속을 뒤우뚱거리며 뛰기 시작한다.

— 이승훈, 「사물 A」 전문

팔이 달아난 사나이와 목이 달아난 한 마리 흰 닭의 이미지는 지금도 남아 있고, 이 사나이와 닭은 모두 당시 20대의 청춘으로 내가 겪던 현실적 좌절, 절망을 상징하고, 이런 절망을 건디기 위해 극복하기 위해 등불을 켜 놓고 지하실에서 나는, 우리는 '생각의 따스한 닭들'을 키운다. 현실의 내가 팔이 달아난 사나이, 목이 달아난 흰 닭이라면 이런 절망, 상처, 억압에서 벗어나는 길은 '생각의 따스한 닭들'을 키우는 일. 그러나 이런 생각, 사유, 관념은 어디까지나 지금 내가, 그러니까 이 글을 쓰면서 떠오르는, 생각하는 것에 지나지 않고 따라서 내 가슴에 남아 있는 것은 아니다. 모든 관념, 생각들은 잊었지만 사나이, 흰 닭, 등불, 지하실, 생각의 따스한 닭들은 내 가슴에 있다. 그러므로 이미지가 중요하다.

그러나 시의 경우 이미지는 관념과 통한다. 사물이 관념을 암시한다. 왜냐하면 이 시의 경우 팔이 달아난 사나이, 목이 없는 흰 닭은 20대의 나의 내면, 그것도 상처와 좌절과 절망을 암시하기 때문이다. 따라서 시를 쓰기 위해서는 무엇보다 먼저 이미지를 관념과 연결시키는 일, 아니 거꾸로 관념을 이미지로 보여주고 제시하는 일이 중요하다. 그런 점에서 먼저 일반적이고 추상적인 낱말들을 보기로 이 낱말들이 떠올리는 구체적인 사물들을 생각해 보기 바란다. 예컨대 다음과 같은 낱말들을 생각해 보자.

사랑 ➜ 불타는 가슴, 장미, 타오르는 불, 그대 얼굴

죽음 ➜ 관, 시체, 수의

자비 ➜ 천사, 부처님, 미소

행복 ➜ 웃고 있는 아이, 강아지

고통 ➜ 가시, 공부, 실직자

이런 방식으로 추상적인 낱말들은 여러 연상적 의미를 환기하고, 이런 연상을 사물과 관련시키면 추상적 낱말이 사물을 보여준다. 왼쪽 낱말들은 관념에 해당하고 오른쪽 낱말들은 사물(이미지)에 해당한다. 물론 이런 사물들은 엄격하게 말해서는 우리가 시에서 강조하는 이미지는 아니다. 왜냐하면 이미지는 자신만의 경험과 관계되기 때문이다. 그런 점에서 이런 연상들은 다소 상식적이고 상투적인 연상에 속한다. 그러나 시를 쓰려는 초보자들에게는 이런 연상 훈련이 필요하고, 이런 훈련을 토대로 시적 연상, 상상에 의한 이미지가 가능하다.

한편 이런 훈련은 거꾸로 진행될 수도 있다. 말하자면 오른쪽에서 왼쪽 방향으로 나가는 경우이다. 예컨대 '관'에서 '죽음'을 연상하는 식이다. 물론 이것도 상투적인 연상에 속하지만 이런 훈련을 통해 시적 연상, 상상이 가능하고, 나아가 시적 사유가 가능하고, 사물의 상징적 의미를 이해하는 수준까지 나가게 된다. 상징에 대해서는 뒤에 가서 별도로 고찰할 것이다.

요컨대 여기서 내가 강조하는 것은 추상적 관념이나 개념이 구체적 사물과 동일시된다는 것, 그렇다면 이런 동일시가 가능할 수 있는 근거나 이유는 무엇인가? 시를 쓸 때 우리는 의미를 직접 전달하지 않고 대체로 이미지, 특히 시각적 이미지를 통해 전달하고자 한다. 그것은 앞에서 말했듯이 이미지가 관념보다 독자들의 기억에 오래 남고 또한 이 세계에는 관념이나 개념이 아니라 사물들이 먼저 존재하기 때문이다. 시체가 먼저 있고 우리는 이 시체가 숨을 쉬지 않기 때문에 죽었다고 생각하는 것이다. 죽음이 먼저 있고 이 죽음에

서 시체가 태어나는 것이 아니다. 우리가 시에서 이미지를 중시하는 것은, 관념이나 개념을 이미지로 나타내는 것은 이런 사정 때문이다. 독자뿐만 아니라 많은 사람들은 '고통'이나 '행복'을 볼 수 없고 만질 수 없고, 이렇게 볼 수 없고 만질 수 없는 추상적인 관념의 세계를 시인들은 구체적인 사물로 제시하고, 따라서 시인은 볼 수 없는 세계를 보는 자라고 할 수 있다.

3. 말하지 말고 보여주라

이상에서 우리는 관념과 사물, 개념과 이미지, 볼 수 없는 것과 볼 수 있는 것, 추상적인 것과 구체적인 것의 관계에 대해 살펴보면서 시의 핵심은 전자가 아니라 후자를 지향한다고 말했다. 그러므로 시 쓰기는 사물이나 상황이나 관념을 추상적으로 설명하지 않고 구체적으로 보여주면서 출발한다. 그렇다고 처음부터 끝까지 사물로만 이루어지는 시, 이미지로만 이루어지는 시는, 이미지시트의 시, 실험적인 시를 제외하고는 거의 없다. 시가 아무리 이미지를 중시한다고 하더라도 이미지로만 시를 쓸 수는 없고, 따라서 관념이 섞이게 마련이다.

말하기 (관념, 개념)	보여주기 (이미지)
고향이 그립다	넓은 동쪽 끝으로/ 옛 이야기 지줄대는 실개천이 휘돌아 나가고/ 얼룩백이 황소가/ 해설피 금빛 게으른 울음을 우는 곳// 그곳이 차마 꿈엔들 잊힐리야 　　　　　　　　　　　　　　　　　　　ㅡ 정지용, 「향수」
밤에 비가 옵니다	비가 옵니다/ 밤은 고요히 깃을 벌리고/ 비는 뜰 위에 속삭입니다/ 몰래 지껄이는 병아리같이 　　　　　　　　　　　　　　　　　　　ㅡ 주요한, 「빗소리」
맑게 살리라	맑게 살리라. 목마른 뜨락에/ 스스로 충만하는 샘물 하나를/ 목련꽃 　　　　　　　　　　　　　　　　　　　ㅡ 이형기, 「목련」

떨어져 가야 하는 까닭을 다시 알고 싶다	떨어져 가야 하는 까닭을/ 다시 알고 싶다// 마치 층계를 내려가는 얼마나 오랜 순간이기에/ 나의 눈이 머물러 있는 공간을 지나는지/ 알고 싶다/ 공간은 하나 둘 제 위치를 마련하고/ 텅 빈 배경을 이웃한/ 어디쯤 나는 있는가

— 이희철, 「낙엽에게」

그런 점에서 이미지를 강조한다는 것은 어디까지나 지향과 태도의 문제이다. 말하자면 자신이 지향하는 시 쓰기, 그러니까 태도의 문제이다. 한 편의 시에서 이미지를 강조할 수도 있고 관념을 강조할 수도 있고, 이미지와 관념을 적당히 섞을 수도 있다. 그렇다면 말한다는 것은 무엇이고 보여준다는 것은 무엇인가? 말하기는 관념을 추상적으로 진술하는 것이고, 보여주기는 이런 관념을 제거하고 이미지로 제시하는 것이다. 위의 도표는 말하기와 보여주기의 보기이다.

시가 아름다운 것은 위의 도표에서 알 수 있듯이 시인이 자신의 관념을 직접 전달하기 때문이 아니라 그 관념을 구체적인 이미지로 보여주기 때문이다. '고향이 그립다'는 말은 누구나 할 수 있고, 또한 이런 말의 의미는 쉽게 전달된다. 그러나 이런 말은 얼마나 추상적인가? 우리가 알고 싶은 것은 고향의 실체, 혹은 고향의 풍경이고 이 고향에 대한 화자의 정서적 반응이다.

정지용의 경우 고향은 '넓은 동쪽 끝으로 실개천이 흐르고 황소가 울음을 우는 곳'으로 나타난다. 이 정도의 풍경으로도 우리는 그의 고향을 볼 수 있지만 그는 더 나아가 '옛 이야기 지줄대는 실개천이 휘돌아 나가고, 얼룩백이 황소가/ 해설피 금빛 게으른 울음을 우는 곳'이라고 좀 더 구체적으로 묘사한다. 그가 노래하는 것은 '개천'이 아니라 좁고 작은 개천인 '실개천'이고, 이 실개천은 옛 이야기를 지줄댄다. '지줄댄다'는 '지절댄다', 혹은 '지절거린다'의 변형이나 방언으로 '수다스럽게 지껄인다'는 뜻이므로 결국 그가 묘사하는 실개천은 단순한 실개천이 아니라 고향의 전설이 흐르는 그런 실개천이고, 이 실개천은 그냥 흐르는 게 아니라 '휘돌아 나간다'. 말하자면 넓은 벌 동쪽 끝으로 그냥 흐르는 게 아니라 그 동쪽 끝에서 그 끝을 중심으로 돌아 나간다.

어디 그뿐인가? '황소'도 '얼룩백이 황소'이고, 이 황소는 '해설피 금빛 게으른 울음'을 운다. '해설피'의 의미에 대해서는 연구가들마다 학설이 분분하지만 나는 '해가 설핏하게', 곧 '햇살이 설핏하게', '햇살이 거칠고 성긴 모양으로'로 읽는다. 그가 그리는 고향은 '얼룩백이 황소가 햇살이 설핏한 모양으로 금빛 게으른 울음을 우는 곳'이다. 나는 지금 정지용의 시를 분석하려는 게 아니라 시적 묘사, 시적으로 보여주기에 대해 말하고 있다. 요컨대 한 편의 시가 보여주는 세계는 이 정도로 정확하고 감각적이고 구체적이고, 이런 감각, 구체성이 많은 의미를 환기한다는 사실이다.

정지용이 고향을 구체적으로 묘사한다면 주요한은 밤에, 그것도 봄밤에 오는 비를 '몰래 지껄이는 병아리'에 비유하고, 이때 비유하는 것(취의tenor)과 비유되는 것(매재vehicle)의 관계가 직접 시의 표면에 드러난다면 이형기의 경우엔 그 관계가 은폐되고 숨고 가려진다. 전자는 직유를 구성 요소로 하고 후자는 은유를 구성 요소로 한다. 구성 요소가 아니라 구성 원리라고 해도 된다. 문제는 직유적 구성이든 은유적 구성이든 비유되는 것이 구체적인 이미지로 나타난다는 사실이다. 이희철의 경우 역시 '떨어져 가는 낙엽'은 '층계를 내려가는 시간'에 비유되고, 이 시의 경우엔 두 관계가 직유의 형식으로 전개되지만 '낙엽'과 '시인'은 하나가 되기도 하고 대립되기도 하면서 떨어져 가는 것, 낙엽, 죽음의 의미를 성찰한다.

4. 이미지의 창조
시는 개념이나 관념을 직접 말하는 게 아니라 구체적인 이미지의 세계로 제시한다. 그러므로 이미지가 문제이다. 이미지image란 흔히 심상心像으로 번역되며, 이미지란 말을 강조하면 이미지는 상상력imagination의 산물임을 알 수 있고, 거꾸로 상상력은 이미지를 창조하는, 생산하는, 만드는 정신능력이라고 할 수 있다. 심상이라는 말을 강조하면 '마음에 나타나는 형상'이라는 뜻이고, 상은 사람 인 변을 쓸 때도 있고(像), 사람 인 변이 없을 때도 있다(象). 물론 동양 시학에선 심상心像과 심상心象의 의미가 다르다. 한마디로 이미지는 마음에 그려지는 구체적인 형상이다. 그런 점에서 이미지는 상상력뿐만 아니라 지각, 기억, 환상, 공상, 연상 등을 통해서도 생산된다.

첫째로 지각知覺에 의해 이미지가 생산되는 경우. 상상력의 경우 상상의 대상은 지금 여기 우리 앞에 존재하지 않고, 그런 점에서 대상의 부재를 지향하지만 지각의 경우엔 대상이 존재한다. 예컨대 '이 책상을 보고 무언가를 상상해 보시오'하면 우리는 이 책상을 대상으로, 매개로, 전제로 책상이 아닌 것, 이를테면 '사각형 바다'를 상상하고 그런 점에서 상상의 본질은 지금 여기 없는 것, 부재를 지향한다. 그러나 지각한다는 것은 학교에 지각하는 게 아니라 '사물을 감각에 의해 아는' 것이고, 이런 앎은 어디까지나 사물이나 대상의 현존을 전제로 한다.

예컨대 지금 여기 책상 🖼이 있다면 우리는 이 책상을 보고 그것이 여기 있음을 안다. 이때 지각은 눈, 곧 시각을 중심으로 한다. 물론 지각은 시각, 청각, 후각, 미각, 촉각, 그밖에도 근육감각, 운동감각 등에 의해 가능하다. 지금 바람 소리가 들리면 우리는 지금 바람이 분다는 것을 알고(청각), 꽃이 피어 있다면 그 향기를 알고(후각), 커피가 있다면 커피 맛을 알고(미각), 뜨거운 커피라면 그 커피가 뜨거운 것을 알고(촉각), 갑자기 숨이 막히면 답답한 것을 알고(근육 감각), 창 밖에 차가 빠르게 질주하면 우리는 그 속도가 빠름(운동감각)을 안다. 이런 앎, 곧 지각은 결국 우리가 선천적으로 지닌 감각기관을 매개로 하고, 지각이든 상상이든 모든 이미지는 결국 우리의 감각기관에 의존하고, 그런 감각적 경험을 있는 그대로 보여주고, 그런 점에서 구체성을

42

떤다.

여자대학은 크림빛 건물이었다.
구두창에 붙는 진흙이 잘 떨어지지 않았다.
알맞게 숨이 차는 언덕길 끝은
파릇한 보리밭 ─
어디서 연식정구軟式庭球의 흰 공 퉁기는 소리가 나고 있었다.
뻐꾸기가 울기엔 아직 철이 일렀지만
언덕 위에선,
新入生들이 노고지리처럼 재잘거리고 있었다.

— 김종길, 「춘니春泥」 전문

　　이 시에서 시인이 보는 것은 봄날의 어떤 여자대학 건물이고, 그는 이 건물을 '크림빛 건물'이라는 시각적 이미지로 제시한다. 그러나 '구두창에 붙어 잘 떨어지지 않는 진흙'은 촉각적 이미지에 해당하고, 이 시에서는 이 두 이미지가 대립된다. '크림빛 건물'이 암시하는 것은 순수, 평화이고 진흙, 그것도 '구두에 붙어 잘 떨어지지 않는 진흙'이 암시하는 것은 무거움, 불순 같은 관념이기 때문이다. 이 시에는 또한 '알맞게 숨이 차는 언덕'에서 읽을 수 있는 운동감각, 혹은 호흡감각적 이미지가 나타나고, 이런 이미지가 표상하는 답답함은 시각적 이미지인 '파릇한 보리밭'과 대립된다. 물론 이런 시에서는 감각적 경험 자체가 중요하지 이런 이미지가 암시하는 관념이나 의미는 중요하지 않다.
　　둘째로 기억에 의해 이미지가 생산된다. 기억 역시 상상력처럼 그 대상이 지금 여기 존재하지 않는다. 그러나 상상력과 다른 것은 상상력이 콜리지의 말처럼 '종합적 마술적 능력'이라면 기억은 이 세상에 분산된 이질적 사물들을 하나로 종합하는 게 아니라 어디까지나 시인 자신이 과거에 체험한 사물이나 상황이나 일화들을 회상하는 일이고, 시의 경우에는 그 감각적 특성을 회상하고 그것을 재현한다.

　　사기 등잔을 보면
　　내가 놓여 있고 싶다

　　낡고 삐걱거리던 어느 시 잡지사 목조건물 이층 어두컴컴한 책상 위에

　　겉봉이 열려진 마음 옆에

— 조정권, 「전봉건 선생」부분

　　이 시는 작고한 전봉건 시인, 특히 그가 시 잡지를 펴내던 사무실에 대한 기억을 노래한다. 그러나 그 기억은 '사기 등잔'을 매개로 하고, 이 등잔은 '낡고 삐걱거리던 어느 시 잡지사 목조건물 이층 어두컴컴한 책상 위에' 놓여 있었고 다시 '겉봉이 열려진' 편지 봉투와 결합되고 조정권은 이 봉투를 '열려진 마음'이라고 노래한다. 요컨대 이 시는 1970년대 초의 전봉건 시인에 대한 기억을 노래하지만 그것을 사무실 건물, 그것도 목조건물 이층 어두컴컴한 책상 위에 있던 사물로 제시한다.
　　셋째로 환상에 의해 이미지가 생산된다. 환상은 무의식의 세계이고, 뒤에 가서 자세히 살피겠지만 초현실주의적 이미지가 이에 속한다.

　　낡은 아코뎡은 대화를 관뒀습니다.

　　— 여보세요!

　　〈뽄뽄다리아〉
　　〈마주르카〉

〈디젤 엔진〉에 피는 들국화

─ 왜 그러십니까?

　모래밭에서
수화기
　여인의 허벅지
　　낙지 까아만 그림자

비둘기와 소녀들의 〈랑데 · 부우〉
그 위에
손을 흔드는 파아란 기폭들.

나비는
기중기起重機의
허리에 붙어서
푸른 바다의 층계를 헤아린다.

─ 조향, 「바다의 층계」 전문

이 시는 '바다의 층계'라는 표제가 암시하듯이 '바다'를 '층계'로 노래하
고, 그런 점에서 일상적인 사고나 의식을 초월하고 이른바 무의식의 세계를 보
여주는 초현실주의 시에 속한다. 시의 내용 역시 일상적 논리를 거부하고 의
식의 세계 심층에 있는 무의식을 노래한다. '모래밭', '수화기', '여인의 허벅지',
'낙지 까아만 그림자'의 결합은 일상적 논리를 거부하고, 이런 이미지들은 모
두 시인의 무의식, 욕망을 상징하는 환상적 이미지들이다. 요컨대 환상은 시
인이 억압된 무의식을 밖으로 투사한 세계이다. 앞에 인용한 필자의 시 「사물

A」에 나오는 '팔이 달아난 사나이', '목이 없는 흰 닭'도 당시의 나의 억압된 무의식을 밖으로 투사한 것. 따라서 환상적 이미지들이다. 그러나 이런 환상에 의해 우리는 억압된 욕망을 충족한다. 왜냐하면 억압된 무의식은 어떤 형태로든 밖으로 나올 때 해소되기 때문이다.

정신분석이 무엇보다 강조하는 것은 환자의 억압된 무의식을 자유연상에 의해 모두 발설케 하는 것. 환상적 이미지들은 자유연상의 산물이고, 자유연상은 의식의 통제를 벗어나기 때문에 환자들이 방어한, 숨긴, 은폐한 마음의 비밀을 드러낸다. 분석가는 환자의 이런 환상들을 분석하고 그의 증상을 읽고 치료에 들어간다. 그러나 최근에는 시 쓰기, 특히 환상의 시 쓰기를 강조하는 정신분석, 이른바 시 치료도 있다. 환자들은 시 쓰기에 의해 억압된 욕망을 충족시키고, 다음 환상적 이미지와 만나면서 자신의 증상을 알게 되고, 마침내 자신이 회피한 자아, 그러니까 자신이 그동안 방어한 자아와 직면하면서 차츰 증상을 극복한다.

그렇다면 시인은 정신병 환자인가? 이 문제는 여기서 간단히 다룰 문제가 아니다. 크게 보면 시인과 예술가는 일반인들보다 마음의 상처가 많고, 그 상처에 예민한 자들이고, 그래서 시를 쓰고 그림을 그리는 게 아닌가? 아니 랭보가 노래했듯이 "어디 상처 없는 영혼이 있으랴?" 아무튼 시 한 줄 쓰면서 우리는 아픈 영혼을 달랜다.

그건 그렇고 환상적 이미지들이 난해한 것은 그것이 무의식, 그러니까 의식화될 수 없는 세계를 반영하기 때문이다. 물론 정신분석의 경우 환상에 대한 정의는 다양하다. 예컨대 프로이트에 의하면 환상은 무의식적 욕망을 상연하는 무대이고, 라캉에 의하면 환상은 욕망을 계속 유지하게 만들고, 따라서 주체가 자신을 유지할 수 있는 것은 환상 때문이다. 그러니까 우리는 환상 때문에 산다. 환상이 없다면 무슨 재미로 살겠는가? 그러므로 환상은 비록 왜곡된 방식이지만 향락의 독특한 표현이다. 물론 선불교가 강조하는 것은 이런 환상도 죽이고 있는 그대로 삶을 보고 자아를 보라는 것. 이건 시에 대한 나의 최근의 사유이지만 이 문제는 여기서 피하기로 한다(환상에 대해 좀 더 자세한 것은 이승훈, 『라캉 거꾸로 읽기』, 월인, 2008년 참고).

넷째로 공상에 의해 이미지가 생산된다. 공상은 말 그대로 현실과 동떨어진 생각을 말하며 상상력이 종합적 마술성, 신비감을 준다면 공상은 그런 특성 없이 전개된다.

나는 서투른 화가여요.

잠 아니 오는 잠자리에 누워서 손가락을 가슴에 대이고 당신의 코와 입과 두 볼에 새암 파지는 것까지 그렸습니다.

그러나 언제든지 적은 웃음이 떠도는 당신의 눈자위는 그리다가 백 번이나 지웠습니다.

― 한용운, 「예술가」 부분

이 시는 잠이 오지 않는 밤의 공상을 동기로 한다. 시의 출발은 공상에서 시작되는 수도 많지만 이렇게 공상에서 시작된다고 시가 아닌 것도 아니다. 공상이든 환상이든 중요한 것은 시인이 보여주는 새로운 이미지와 그 이미지들을 시적 논리에 따라 결합하는 일이다. 물론 이 시는 시인이 잠이 안 오는 밤의 시인의 공상일 수도 있고, 한용운이 그리는 부처님일 수도 있다. 중요한 것은 이런 이미지들이 현실과 동떨어진 공상이라는 점이다.

다섯째로 연상에 의해 이미지가 생산된다. 연상은 하나의 관념을 전제로 다른 관념을 잇달아 생각하는 것. 주로 사물의 형태나 기능을 중심으로 관념을 발전시킨다.

불 피어오르듯 하는 술

한숨에 키어도 아아 배고파라.

수접듯 놓인 유리컵

바쟉바쟉 씹는 대로 배고프리.

네 눈은 高慢스런 黑단추

네 입술은 서운한 가을철 수박 한 점.

빨아도 빨아도 배고프리,

술집 창문에 붉은 저녁 햇살

연연하게 탄다, 아아 배고파라.

— 정지용, 「저녁 햇살」 전문

　　이 시에서 시인은 '저녁 햇살'을 보고 '불 피어오르듯 하는 술'을 연상한다. 이런 연상은 '저녁 햇살'의 기능, 곧 '붉게 타오름'을 매개로 하고, 여기서 '술'을 연상하기 때문에 '불 피어오르듯 하는 술'이라는 감각적 이미지가 생산된다. 그러나 이 술을 마셔도 배가 고프다는 것은 이 술이 저녁 햇살을 암시하기 때문이다. 물론 햇살이 아니라 술을 마셔도 굶주림이 사라지는 것은 아니다. 한편 '네 눈은 고만스런 흑단추'는 '너의 눈동자'의 형태, 곧 검은 눈동자를 매개로 한 이미지이고, '네 입술은 서운한 가을철 수박 한 점'은 '너의 입술'의 기능, 곧 너의 입술에서 서운한 가을 수박 한 점을 느끼기 때문이다.

　　너무 어렵게 생각할 필요가 없다. 연상은 자연스럽다. 기차는 빠르고(기능), 빠른 건 비행기(기능), 비행기는 높고,(형태), 높은 건 백두산(형태)이다. 시를 쓰기 위해서는 모두 어린이가 될 필요가 있다.

제3강
시인은 감각이 예민해야 한다

문학은 바른 길로 바르게 걸어가는, 말하자면 직선으로 앞을 향해 가는 게 아니다. 화랑에서 그림들을 감상할 때 우리는 무슨 달리기 선수나 군인처럼 직선으로 나가는 게 아니고, 한눈도 좀 팔고 한 번 본 그림을 다시 보며 화랑을 빙빙 돈다. 이런 순환은 직선을 거부하고 직선에서 이탈하고 빗나가고, 모든 시인들의 어법이 그렇다. 시인은 일상적인 어법에서 이탈하고 빗나가고 그러므로 시인들은 일상인의 시각에서 보면 문제아이다.

시인은 감각이 예민해야 한다

1. 이미지의 유형

시는 관념이 아니라 감각을 강조하고 관념을 전달하는 경우에도 관념을 직접 진술하기보다는 감각을 중심으로 해야 한다는 것. 따라서 이미지가 중요하다는 것. 이상은 앞에서 내가 강조한 내용이다. 그리고 이미지가 창조되는 방식에 대해 살펴보았다. 이미지는 지각, 기억, 환상, 공상, 연상에 의해 태어나지만 모든 이미지는 감각에 호소한다는 특성을 공유한다. 말하자면 태어난 과정도 중요하지만 이렇게 태어난 이미지들이 한결같이 공유하는 특성도 중요하다.

인간만 해도 그렇다. 어떻게 태어났는가? 이런 문제도 중요하지만 태어난 인간들이 공유하는 특성도 중요하다. 탄생 과정도 중요하고 탄생한 존재들이 공유하는 특성도 중요하다. 인간은 물론 어머니에게서 태어난다. 그러나 다시 생각하면 인간은 안방에서 태어나고 병원에서 태어나고 새벽에 태어나고 아침에 태어나고 저녁에 태어나고 깊은 밤에도 태어난다. 순산인 경우도 있고 난산인 경우도 있다. 태어나는 과정은 이렇게 다양하다.

그러나 이렇게 다양한 과정을 겪으며 태어났지만 인간이라는 공통점이 있고, 남성과 여성이라는 생물학적 차이가 있고, 혹은 이런 성적 차이와 관계없이 모든 인간은 이성적으로 사유하고 도덕적으로 행동하고 감성적으로 사물을 지각한다는 특성이 있다. 그런 점에서 모든 인간은 이성, 양심, 감성을 공유한다. 이 세 가지 특성 가운데 어느 것을 강조하느냐에 따라 이성적 인간, 도덕적 인간, 감성적 인간이 나타나고, 이런 분류는 시각이나 기준에 따라 얼마든지 달라질 수 있다.

이미지의 경우도 사정은 비슷하다. 이미지도 지각에 의해 태어나고 기억에 의해 태어나고 환상에 의해 태어나고 공상, 연상에 의해 태어난다는 점에서 그 탄생의 과정은 복잡하고 차이가 난다. 그러나 감각적 실체 혹은 감각적 현실이라는 점에서 모든 이미지는 같고, 이 감각의 세계를 어떻게 나누느냐에 따라 여러 유형의 이미지들이 존재한다.

흔히 우리 신체의 감각기관은 눈, 귀, 코, 혀, 피부 등 다섯 가지로 나타난다. 이 다섯 기관을 이른바 5관官이라고 부른다. 그러므로 이미지에는 시각적 이미지, 청각적 이미지, 후각적 이미지, 미각적 이미지, 촉각적 이미지가 있다. 물론 이밖에도 운동적(기관적) 이미지, 근육감각적 이미지, 공감각적 이미지 등이 추가된다. 이런 이미지들은 감각적 경험 자체를 전달한다. 이렇게 감각적 경험만을 목표로 하는 이미지를 시론에서는 이른바 정신적 이미지 mental image라고 부르고, 이와는 달리 어떤 관념을 전달하거나 이미지를 전달하기 위해 사용되는 이미지는 비유적 이미지figurative image, 이미지가 상징이 되는 경우는 상징적 이미지symbolic image 혹은 상징이라고 부른다. 이 자리에서는 정신적 이미지의 유형만 살피기로 한다(이승훈,『시론』, 고려원, 1979년, 156~167면 참고).

2. 시각적 이미지와 청각적 이미지

첫째로 시각적 이미지는 눈에 보이는 사물들의 사물성, 말하자면 사물에 대한 관념이나 개념이 아니라 있는 그대로의 사물을 구체적으로 보여준다. 현대시는 음악보다 회화의 특성을 강조하고, 따라서 많은 현대 시인들은 회화성, 곧 시각적 이미지를 강조하고 나아가 이런 이미지로 한 편의 시를 구성하기도 한다. 다음은 시각적 이미지로 한 편의 시가 구성된 보기이다.

> 그해의
> 늦은 눈이 내리고 있다.
> 눈은 산다화山茶花를 적시고 있다.
> 산다화는
> 어항 속의 금붕어처럼
> 입을 벌리고 있다.
> 산다화의
> 명주실 같은 늑골이
> 수없이 드러나 있다.
>
> — 김춘수, 「유년시 3」 전문

산다화는 동백꽃. 이 시가 강조하는 것은 산다화에 대한 관념이나 철학이나 그에 얽힌 추억이나 정서도 아니고 오직 산다화 자체에 대한 감각적 진리, 그것도 늦은 겨울 눈이 오는 날 피어 있는 산다화에 대한 시각적 경험이다. 눈은 산다화를 적시고 산다화는 입을 벌리고 가느다란 늑골을 드러낸다. 우리는 지금 이런 꽃을 보고 있을 뿐이다. 마치 여행을 떠나 많은 사물과 풍경을 보듯이. 그리고 이렇게 사물을 보고 풍경을 본다는 것 자체만으로도 우리의 삶은 한결 풍요해진다. 그림을 보는 경우에도 그림의 깊은 의미를 따지기 전에 1차적으로 중요한 것은 그림이 우리의 시각을 만족시킨다는 점에 있다. 물론 이 시는 표제 '유년시'가 암시하듯이 시인의 회상 속에 떠오르는, 유년 시절에 본 동백꽃을 소재로 한다.

김춘수는 그의 '시론'에서 이런 이미지를 이미지를 위한 이미지, 이른바 서술적 이미지descriptive image라고 말한 바 있고, 이때 '서술적'이란 말은 '기술적' 혹은 '묘사적'으로 옮겨도 된다. 그가 말하는 서술적 이미지는 앞에서 내가 말한 정신적 이미지와 같은 의미이다. 우리가 이 시에서 보는 것은 눈에 젖는 산다화이다. 그러나 화가가 아닌 시인이 이런 풍경을 보여준다는 것은 어렵고, 따라서 비유적 이미지를 수단으로 하는 수가 많다. 이 시의 경우 산다화는 '어항 속의 금붕어'에 비유되고 '명주실 같은 늑골'도 비유적 이미지이다. 비유적 이미지는 이미지 자체가 아니라 산다화를 묘사하기 위한 수단이 되고, 그러므로 서술적(정신적) 이미지와는 다르다.

둘째로 청각적 이미지는 귀에 들리는 소리를 있는 그대로 옮기는 것이지만 시각적 이미지처럼 이미지 자체만으로 한 편의 시가 될 수는 없고, 따라서 설명적 기능을 하는 비유적 이미지인 경우가 많다. 그러나 다음과 같은 시의 경우엔 이런 설명적 기능을 포함하면서 그것을 뛰어넘는 특수한 미적 경험을 들려준다.

북망이래도 금잔디 기름진데 동그만 무덤들 외롭지 않어이.

무덤 속 어둠에 하이얀 촉수가 빛나리. 향기로운 주검의 내도 풍기리.

살아서 설던 주검 죽었으매 이내 안 서럽고, 언제 무덤 속 화안히 비춰줄 그런 태양만이 그리우리.

금잔디 사이 할미꽃도 피었고, 삐이 삐이 배, 뱃종! 뱃종! 멧새들도 우는데, 봄볕 포근한 무덤에 주검들이 누웠네.

— 박두진, 「묘지송」 전문

54

북망산北邙山은 중국 하남성 낙양 땅 북쪽에 있는 작은 산 이름이지만 일반적으로 무덤이 많은 곳을 의미한다. 여기서는 후자의 의미. 이 시는 봄날의 무덤을 노래하고, 1연은 무덤 밖, 2연은 무덤 속, 3연은 무덤 속 주검, 곧 시체. 4연은 다시 무덤 밖의 세계를 다시 노래한다. 4연이 강조하는 것은 금잔디 사이에 핀 할미꽃, 멧새들 우는 소리, 거기 있는 포근한 무덤 속 주검들이다. 할미꽃은 꽃이지만 꽃이 일반적으로 상징하는 봄, 탄생, 청춘의 이미지가 아니라 겨울, 노쇠, 노년의 이미지를 함축한다. 그러나 이 할미꽃 역시 꽃이라는 점에서 청춘/노년, 탄생/죽음의 동시성을 상징하고 그러므로 이 꽃이 봄날(탄생) 무덤(죽음)가에 피어 있다는 것은 시적 상황에 잘 어울린다. 그리고 멧새들 울음소리는 다시 할미꽃과 대비된다. 이때는 멧새가 봄, 깨어남, 탄생을 상징하고 할미꽃이 겨울, 소멸, 죽음을 상징한다.

이 새들의 울음소리가 보여주는 청각적 이미지 '삐이 삐이 배, 뱃종! 뱃종!'하는 소리는 갑자기 세계가 깨어나는 것 같은 놀람, 경이의 느낌을 준다. 시에서는 같은 무덤이라도 진달래가 핀 무덤이 다르고 벚꽃이 핀 무덤이 다르고 멧새가 우는 무덤이 다르고 뻐꾸기가 우는 무덤이 다르다. 그 상징적 의미를 생각해 보기 바란다.

3. 냄새, 맛, 촉각의 이미지

셋째로 후각적 이미지는 코에 닿는 감각을 강조한다. 프랑스 시인 보들레르는 후각적 이미지, 특히 향기의 이미지를 중심으로, 그러니까 향기의 상상력에 의해 한 편의 시를 구성한다. 그러나 후각적 이미지나 상상력으로 한 편의 시를 짓는 일은 그렇게 쉬운 것이 아니다. 다음은 보들레르의 경우.

오 머리털이여, 목덜미까지 치렁거리는 물결!
오 고수머리여! 오 게으름 풍기는 향기여!
황홀이여! 이 머리털 속에 잠자는 추억으로

오늘 밤 어두운 침소寢所를 채우기 위해
손수건처럼 공중에 흔들어 볼까 그대 머리털!

하염없는 아시아와 타오르는 아프리카
거의 죽어 없어진 머나먼 하나의 세계 고스란히
그대의 깊이 속에 살아 있다 향기로운 숲이여!
음악 소리 위에서 딴 사람들 노를 젓듯이
오 내 사랑이여! 내 정신은 그대 향기 위에서 자맥질한다.

나는 가련다, 저 나라로, 나무와 사람, 정기에 넘쳐
따가운 풍토 아래 오래도록 지쳐 늘어지는 곳.
거센 고수머리여, 나 실어갈 물결이 되라!
칠흑의 바다, 그대 속에는 눈부신 꿈이 깃들인다,
돛과 사공과 불꽃, 그리고 돛대의 꿈이.

— 보들레르, 「머리털」(정기수 역) 부분

이 시는 후각적 이미지를 제시하기보다는 이런 이미지, 특히 향기의
이미지를 중심으로 한 편의 시가 구성된다. 따라서 후각적 이미지라는 말보
다는 후각적 상상력이라는 말이 더 어울린다. 시인은 애인의 머리털에서 나
는 향기를 중심으로 상상력을 전개한다. 시인이 애인의 머리털에서 맡는 향기
는 '게으름 풍기는 향기'가 암시하듯 나태, 권태의 향기, 나른한 향기이고, 이
향기를 맡으며 그는 황홀해지고 이 향기를 매개로 그는 추억의 세계로 들어가
며, 오늘밤 애인과 함께 할 어두운 잠자리를 생각한다. 그 머리털은 아시아의
신비와 아프리카의 열정을 상징하고, 그는 이 향기 속에서 살고 죽는다. 그의
정신은 이 머리털—치렁거리는 물결 위에, 향기 위에, 그녀의 몸 위에 자맥질
한다. 그는 이 향기의 물결 위에 떴다 잠겼다 하면서 어디론가 떠난다. 그곳은

'칠흑漆黑의 바다'이다.

넷째로 미각적 이미지는 혀에 닿는 감각의 전달을 목표로 한다. 이런 감각 역시 여간 세련되지 않고는 단순한 설명의 차원에 머무는 수가 많다. 다음은 세련된 미각적 이미지의 보기이다.

장미꽃처럼 곱게 피어가는 화로에 숯불,
입춘 때 밤은 마른 풀 사르는 냄새가 난다.

한겨울 지난 석류 열매를 쪼개어
홍보석 같은 알을 한 알 두 알 맛보노니,

투명한 옛 생각, 새론 시름의 무지개여,
금붕어처럼 어린 녀릿녀릿한 느낌이여.

— 정지용, 「석류」 부분

정지용은 이 시에서도 알 수 있듯이 세련된 이미지스트이다. 이 시의 경우 1연은 '장미꽃처럼 곱게 피어가는 화로에 숯불'(시각적 이미지), '마른 풀 냄새가 나는 입춘의 밤'(후각적 이미지)으로 구성되고 2연은 '홍보석 같은 알을 한 알 두 알 맛보노니'(미각적 이미지)로 구성된다.
그러나 이런 미각적 이미지는 '홍보석'이라는 시각적 이미지와 결합되어 석류는 홍보석이 되고 따라서 그는 석류 알을 맛보며 동시에 홍보석을 맛본다. 식물 이미지와 광물 이미지가 혼합되고, 따라서 석류 알을 맛보며 그는 '투명한 옛 생각'에 잠기고 동시에 '새론 시름의 무지개'를 읽는다. 그리고 이런 상념들은 다시 시각적 이미지 혹은 촉각적 이미지로 구체화한다. '녀릿녀릿'은 조어인 것 같고 사전에는 '여리다'라는 낱말만 나온다. 이 말은 질기지 않고 연하다,

부드럽고 약하다는 뜻. '녀릿녀릿한'에 대해서는 정지용을 전공하는 학자들의 견해를 들었으면 한다.

다섯째로 촉각적 이미지는 신체, 주로 신체 표면에 닿는 감각을 전달한다. 앞의 시에서 '금붕어처럼 어린 녀릿녀릿한 느낌이여'를 두고 시각적 이미지(금붕어) 혹은 촉각적 이미지(어린, 부드럽고 약한)라고 한 것은 '금붕어'(시각)와 '부드럽고 약한'(촉각)을 전제로 한다. 부드럽다는 느낌, 무겁다는 느낌, 차갑다, 뜨겁다는 느낌 등은 모두 촉각적 이미지에 해당한다.

문 열자 선뜻!
먼 산이 이마에 차라.

우수절 들어
바로 초하루 아침.

새삼스레 눈에 덮인 뫼뿌리와
서늘옵고 빛난 이마받이하다.

— 정지용, 「춘설春雪」 부분

'선뜻!'은 갑자기 놀라거나 찬 느낌을 받는 느낌을 나타내는 부사. '선뜩' 혹은 '선뜩거리다'로 표기된다. 이 시의 경우 '선뜻!'은 감탄부호가 있다는 점에서 놀람과 찬 느낌을 더 강하게 전달한다. 시인은 우수절 첫 아침에 문을 열고 먼 산을 볼 때 먼 산이 이마에 차다고 말한다. 먼 산이 이마에 차다니! 놀라울 뿐이다. 정지용 아니면 누가 이런 감각을 노래하랴? '서늘하고 빛난 이마'가 아니라 '서늘옵고 빛난 이마'이다.

이상 시각, 청각, 후각, 미각, 촉각을 중심으로 다섯 가지 이미지를 살펴보았다. 이론가에 따라서는 이상 다섯 유형 외에 기관적(운동적) 이미지, 근육감각적 이미지, 공감각적 이미지가 추가된다.

먼저 기관적 이미지는 고통, 맥박, 호흡, 소화 등의 감각을 표현한다. 다음과 같은 이미지가 보기이다.

달아나거라, 저 놈의 대가리!

돌팔매를 쏘면서, 쏘면서, 사향 방초길
저 놈의 뒤를 따르는 것은
우리 할아버지의 아내가 이브라서 그러는 게 아니라
석유 먹은 듯…… 석유 먹은 듯…… 가쁜 숨결이야.
— 서정주, 「화사花蛇」 부분

이 시에서 '석유 먹은 듯…… 가쁜 숨결이야'가 기관적 이미지에 해당한다. 이 이미지는 갑갑함, 답답함을 표현한다. 한편 근육감각적 이미지는 근육의 긴장과 움직임을 표현한다. 위의 시에서 '돌팔매를 쏘면서, 쏘면서, …… 따르는 것'이 이런 이미지에 해당한다. 좀 더 부연하면 이런 이미지는 '주먹을 불끈 쥐고'같은 식이다. 끝으로 공감각적 이미지는 두 개, 혹은 그 이상의 감각을 결합하는 경우 나타난다. 보들레르의 「교감」이 그렇고 랭보의 다음과 같은 시는 이런 이미지의 한 극단이 된다.

나는 모음의 색채를 발명했다! ……A흑, E백, I적, O청, U록 …… 나는 각 자음의 형태와 운동을 규정했다. 그리고 본능적 리듬으로서 나는 언젠가는 모든 감각에 쉽사리 도달할 수 있는 시어를 발명했음을 뽐내었다. …… 나는 순수한 환각에 익숙하게 되었다.
—랭보, 「언어의 연금술」(민희식, 이재오 역) 부분

교감이란 감각의 교환을 의미하고, 보들레르는 '교감'에서 '어둡고 깊은 조화 속에/ 멀리서 합치는 메아리처럼/ 밤처럼 그리고 광명처럼 한없이/ 향기와 색채와 음향이 서로 화답한다'(민희식, 이재호 역) 그러니까 후각, 시각, 청각의 세계가 하나로 통합된다. 예컨대 '하얀 소리', 혹은 '붉은 고함' 등이 그렇다. 그러나 랭보의 시에서는 이런 교환이 극단적인 형태를 띤다. 왜냐하면 모음의 색채를 발명한다는 것은 말 그대로 발명이기 때문이다. 아무튼 모음(청각)이 색채(시각)가 되는 이런 경지는 랭보가 말하듯 '순수한 환각'이고 따라서 그의 무의식을 반영한다. 교감에 대해서는 뒤에 가서 상징을 말하면서 다시 살피기로 한다.

4. 시인은 감각이 예민해야 한다

이상에서 강조한 것은 이미지의 유형보다는 이런 유형이 거느리는 특성, 곧 감각적 체험이 시에서 무엇보다 중요하다는 사실이다. 그런 점에서 시인은 감각이 예민해야 하고, 이 감각은 단순한 사물 지각이나 사물 재현이 아니라 이른바 감각적 의미sense를 환기한다. 사물을 지각하는 신체 기관을 서양에서는 감각sense이라고 부른다. 그런 점에서 센스는 감각에 의한 직관적 앎, 감각적 의미를 강조한다.

흔히 감각이 둔하고 감각적으로 대상의 의미를 포착하지 못하는 사람을 보고 센스가 없다고 말한다. 센스가 있다는 말은 지식이 아니라 감각에 의해 직관적으로 사물을 이해한다는 뜻이다. 첫눈에 애인의 마음을 알아차리는 능력, 냄새만 맡고도 남편이 어디서 돌아왔는가를 아는 능력은 모두 센스의 문제이다. 그런 점에서 감각은 지식을 뛰어넘는, 초월하는, 가로지르는 앎의 능력이다.

사는 데에도 시 쓰기에도 센스가 있어야 한다. 낱말에 대한 센스, 정서에 대한 센스, 의미에 대한 센스. 특히 시인과 예술가들은 일상인에 비해 감각이 예민해야 하고 병적일 만큼 예민해야 하고, 이 병적인 감각 때문에 고통을 받고 심지어 자살을 하는 시인들도 있다. 병적인 감각 때문에, 병적인 감수성을 견딜 수 없기 때문에 매일 저녁 술을 마시는 시인도 있고, 영국 신심리주의 소설가 버지니아 울프는 병적인 감수성을 견디지 못해 어느 날 강으로 걸어 들어가 자살한다. 물론 일생 동안 그녀를 괴롭힌 우울증, 신경쇠약증도 문제였다. 박인환은 이렇게 노래한다.

> 한 잔의 술을 마시고
> 우리는 버지니아 울프의 생애와
> 목마를 타고 떠난 숙녀의 옷자락을 이야기한다.
> 목마는 주인을 버리고 그저 방울 소리만 울리며
> 거울 속으로 떠났다. 술병에서 별이 떨어진다.
> 상심한 별은 내 가슴에 가볍게 부서진다.
>
> — 박인환, 「목마와 숙녀」 부분

그 유명한 「목마와 숙녀」 앞부분이다. 6·25가 끝난 1950년대 서울이라는 폐허에서 박인환이 버지니아 울프에 대해, 그녀의 생애에 대해 노래한 것은 다른 시인들보다 앞서 가려던 모더니스트의 모습을 보여주지만, 전후의 폐허에서 이 정도로 가슴 아픈, 다소 감상적이긴 해도, 현대시가 태어난 것은 누가 뭐래도 우리시의 축복이다. 박인환은 한 잔의 술을 마시고 버지니아 울프의 생애에 대해, 그리고 목마를 타고 떠난 숙녀의 옷자락에 대해 이야기한다. 두 잔의 술, 세 잔의 술, 열 잔의 술과 한 잔의 술이 주는 의미는 최소한 시에서는 다르다. 이것도 센스의 문제이다. 한 잔의 술은 외로움, 고독, 그리움, 결핍을 상징한다. 열 잔의 술을 마시고 무슨 말을 한다는 것은 이미 술주정이고 횡설수설이고 주사일 것이다. 외로워서 술을 마시지만 술에 취한 상태에서는 외로움을 모른다.

그러므로 어떤 유행가 가사에는, 지금 내 기억이 틀림없다면, 하기야 기억이 틀림없다는 말도 말이 안 되지만 아무튼 '한 잔 술에 떠오른 얼굴'이라는 가사가 떠오르고 이 주인공 역시 한 잔 술에 애인의 얼굴이 떠오르지 두 잔, 세 잔, 열 잔 술에 떠오르는 것은 아니다. 물론 두 잔 술에도 떠오를 수 있지만 독주라면 이미 취한 상태이고 술이 센가 약한가도 문제이므로 술에 약한 자라면 밀밭에만 가도 사라진 애인의 얼굴이 떠오를 수 있다. 한 잔 술에 떠오른 얼굴은 도대체 어디에 떠오른 얼굴인가? 술잔인가? 화자의 생각인가? 머리인가? 가슴인가? 술잔에 애인의 얼굴이 떠올랐다면 술을 마시는 것은 그리운 애인의 얼굴을 삼키는 행위가 되고, 그러므로 그리움은 해소된다. 나와 그녀 혹은 나와 그 남자가 술을 매개로 하나가 되었기 때문이다.

이야기가 다소 빗나간 감이 있지만 모든 문학이 그렇고 삶도 그렇고 바른 길이 있는 것도 아니고 바른 길로 곧게 나가는 것도 아니다. 특히 문학은 바른 길로 바르게 걸어가는, 말하자면 직선으로 앞을 향해 가는 게 아니다. 화랑에서 그림들을 감상할 때 우리는 무슨 달리기 선수나 군인처럼 직선으로 나가는 게 아니고, 한눈도 좀 팔고 한 번 본 그림을 다시 보며 화랑을 빙빙 돈다. 이런 순환은 직선을 거부하고 직선에서 이탈하고 빗나가고, 모든 시인들의 어법이 그렇다. 시인은 일상적인 어법에서 이탈하고 빗나가고 그러므로 시인들은 일상인의 시각에서 보면 문제아이다.

다시 박인환. 그는 한 잔의 술을 마시고 버지니아 울프의 생애와 떠난 숙녀의 옷자락에 대해 이야기한다. 목마를 타고 떠났다는 표현이 이상하지만 그녀에 대해 말하면서 하필이면 옷자락에 대해 이야기하는 것이 재미있다. 옷자락은 말을 타고 떠나는 이미지와 자연스럽게 연결되기 때문이다. 이런 이미지 포착도 센스의 문제이다. 물론 별이 술병에 떨어지는 게 아니라 술병에서 별이 떨어진다는 표현도 문제이다. '술병에 별이 떨어진다'가 정확한 표현일 것이다. 술병에서 별이 떨어진다면 이 말은 술병에서 술 방울이 떨어진다는 것인지, 가을밤 정말로 이상한 별이 술에 취해 술병에 들어갔다가 다시 밖으로 떨어진다는 것인지 애매하기 때문이다. 그리고 이 별이 박인환의 가슴에 부서진다.

버지니아 울프가 병적인 감수성을 견디지 못하고 자살한 것처럼 1920년대 모더니스트 시인 이장희도 병적인 감수성을 견디지 못하고 자살한다. 다만 울프는 강으로 걸어 들어가 자살했고 이장희는 머슴방에서 약을 먹고 자살한 점이 다를 뿐이다. 내가 이들의 자살에 대해 말하는 것은 이 정도로 시인의 감각이 예민하다는 것을 강조하기 위해서이지 여린 감성을, 병적인 감성을 소유한 시인들 혹은 시를 쓰려는 자들에게 모두 자살하라고 권하려는 것은 아니다. 감성도 이 정도는 되어야 시고 예술이고 할 수 있는 게 아닌가? 요컨대 둔한 감각으로는 안 되고, 물론 감각이 둔하면 둔한 감각의 시를 쓰면 된다. 그러나 시인에게는 센스가 요구되고, 그러므로 바람에 설레는 나뭇잎, 오전에 내리는 눈, 저녁 거리에 부는 바람에 대한 감각이 일상인에게는 아무 것도 아니지만 시인에게는 새로운 의미, 말하자면 지식으로서의 의미meaning가 아니라 감각적 의미sense를 지닌다. 윤동주의 시가 감동을 주는 것은 무슨 철학, 관념, 도덕의 위대성 때문이 아니다.

> 죽는 날까지 하늘을 우러러
> 한 점 부끄럼이 없기를,
> 잎새에 이는 바람에도
> 나는 괴로워했다.
>
> — 윤동주, 「서시」 부분

윤동주는 '잎새에 이는 바람'을 본다. 어떻게 잎새에 이는 바람을 볼 수 있단 말인가? 학생들을 가르치면서도 하는 말이지만 사실 잎새에 이는 바람은 볼 수 없다. 심지어 윤동주는 '오늘 밤에도 별이 바람에 스치운다'고 말하면서 바람에 스치는 별까지 본다. 놀라울 뿐이다. 그의 눈이 이렇게 좋단 말인

가? 이런 시각적 이미지는 사실은 감각과 상상력이 결합된 보기이고 중요한 것은 그가 '잎새에 이는 바람'를 보면서 괴로워한다는 점이다. 그만큼 그의 감각, 감수성은 여리고 병적이고 측은하다. 그러나 시인들은 예나 지금이나 처량한 존재이고 따라서 이런 측은지심惻隱之心, 애이불상哀而不傷이 시인을 만들고 시를 낳는다. 물론 취생몽사醉生夢死도 예술을 낳지만 이런 상태는 감각의 망각이고 망각의 감각이다.

보들레르는 "언제나 취해 있어야 한다. 모든 것은 거기 있다"(「취하라」)고 노래한다. 물론 시인은 쉴 새 없이 취해야 한다. 감각에 취하고 상상력에 취하고 아름다움에 취하고 고독에 취하고 병에 취해야 한다. 그러나 이런 도취 역시 깨어 있는 도취여야 하고, 그런 점에서 감각의 망각이 아니라 망각의 감각이 중요하고, 감각 속에 깨어 있어야 하고, 나 같은 취생몽사도 좋지만 망각이 아니라 초월이 좋고 물론 예술가의 경우엔 망각이 초월이고 도취가 각성이다. 모든 초월이 감각을 통해 감각을 매개로 감각을 교량으로 수행된다.

욕심 같아서는 이런 감각 초월, 감각을 통한 감각 초월의 문제를 별도로 논하고 싶고, 그것은 선적禪的 이미지, 현대시와 선시禪詩에 나타나는 이미지의 관계에 대한 해명을 목표로 하고, 이런 연구를 통해 우리는 이미지에 대한 다른 이론을 만들 수 있으리라. 언제 공부를 해서 글을 쓰랴?

제4강

비유적으로
말하기

우리는 비유 속에서 산다
직유도 직유 나름이다
은유는 힘이 세다
의인법은 언제나 성공한다

비유 속에서 산다는 것은 다른 삶을 보여준다. 사실 이런 이름들, 이런 사물들, 갈매기, 물고기, 풀, 새들은 얼마나 많은 다른 상상의 세계로 우리를 안내하는가? 그런 점에서 이런 사물들은 바로 시이고 혹은 시가 아니다. 아무튼 이런 사물을 통해 우리가 체험하는 것은 사물에 대한, 세계에 대한, 삶에 대한 생생한 감동이다.

비유적으로 말하기

1. 우리는 비유 속에서 산다

시인은 감각이 예민해야 하지만 시 쓰기는 이런 감각적 능력만으로 되는 것은 아니다. 사물에 대한 감각적 수용이 시인의 잠재적 능력이라면 이런 능력을 언어로 구현해야 하고, 따라서 시인에게는 특수하게 말하는 능력이 요구된다. 사실 따지고 보면 시 쓰기는 일상인들과 다르게 말하기, 다르게 쓰기에 지나지 않는다. 좀 더 거칠게 말하면 시인은 말을 잘못 사용하는 자이고 말을 제대로 할 수 없는 자, 하지 않는 자이다. 일상인들은 '장미가 피었어'라고 말하지만 시인은 '장미는 타오르는 램프야'라고 말한다.

흔히 이런 말하기를 비유라고 한다. '장미는 타오르는 램프야'라는 표현에서는 '장미'는 '램프'에 비유된다. 그러나 이런 표현은 일상인의 시각에서는 말이 되지 않고 그런 점에서 비유적 표현은 일상적 어법에서 이탈하고 벗어나는 이상한 말하기가 된다. 그러나 이런 말하기를 통해 우리는 '장미'에 대한 새로운 감각, 새로운 의미를 알게 되고 답답한 세상을 신선하게 바라보고 느끼고 생각한다. 이런 표현을 통해 시인이 독자에게 요구하는 것은 교육에 의한 사유를 통해 세상을 경험하지 말고 스스로 경험하라는 것, 그것도 사물을 새롭게 경험하라는 것이다.

　　그러나 다시 생각하면 이런 비유적 표현은 시에만 존재하는 게 아니다. 우리의 삶은 비유 속에서 비유에 의해 비유와 함께 수행된다. 비유는 우리 주위를 감싸고 우리는 비유와 함께 삶을 영위한다. 예컨대 다음과 같은 사물들의 이름을 생각할 수 있다.

* 괭이갈매기	* 물총새	* 딱따구리
* 칼새	* 집게발톱	* 강아지풀
* 비단풀	* 애기풀	* 할미꽃

　　위의 보기에서 각 사물들, 곧 갈매기, 새, 발톱, 풀, 꽃은 '괭이갈매기', '칼새', '물총새', '집게발톱', '비단풀', '애기풀', '할미꽃' 등에 의해 다른 사물에 비유되고 이런 비유를 통해 우리는 이런 사물들의 특성을 좀 더 명료하고 신선하고 구체적으로 이해한다. '괭이갈매기'의 경우 갈매기는 괭이 곧 고양이에 비유되고, 그것은 이 갈매기 울음소리가 고양이 소리와 비슷하기 때문이다. '물총새'의 경우엔 물새가 총알에 비유되고, 그것은 이 새가 물가의 나뭇가지에 앉아 있거나 공중의 한 자리에 떠서 물을 살피다가 총알처럼 날쌔게 물속으로 들어가 고기를 잡아먹기 때문이며, '딱따구리'의 경우엔 이 새가 딱딱한 부리로 '딱딱' 소리를 내며 나무에 구멍을 내어 그 속의 벌레를 잡아먹기 때문이다. 생각하기에 따라서는 이런 표현은 비유가 아니라 소리 상징에 속할 수도 있다. 그러나 '딱딱' 소리를 그대로 새의 이름으로 한 점에서 이 새는 소리를 비유한다고 할 수 있고 상징 역시, 뒤에 가서 다시 살피겠지만, 비유의 한 유형이기 때문이다. '칼새'는 새가 칼에 비유되고, '집게발톱'은 발톱이 집게에 비유되며, '강아지풀'은 풀이 강아지에 비유되고, 그것은 이 풀이 여름에 강아지 꼬리 같은 이삭이 나오기 때문이다. '비단풀'은 바다 속에 자라는 풀로 비단에 비

유되고, '애기풀'은 풀이 애기에 비유되고, '할미꽃'은 꽃이 할미에 비유된다.

　　요컨대 이런 이름들은 비유적 특성을 보여주고, 이런 비유적 표현이 강조하는 것은 각 사물의 특성에 대한 명료한 이해이다. 그런 점에서 비유적 표현은 시인만이 독점하는 독과점적 표현 형식이 아니고, 우리는 이런 표현, 곧 비유 속에서 살고, 이렇게 비유 속에서 산다는 것은 다른 삶을 보여준다. 사실 이런 이름들, 이런 사물들, 갈매기, 물고기, 풀, 새들은 얼마나 많은 다른 상상의 세계로 우리를 안내하는가? 그런 점에서 이런 사물들은 바로 시이고 혹은 시가 아니다. 아무튼 이런 사물을 통해 우리가 체험하는 것은 사물에 대한, 세계에 대한, 삶에 대한 생생한 감동이다.

2. 직유도 직유 나름이다

　　이상의 보기에서 알 수 있듯이 비유는 두 부분으로 이루어지는 바 우리는 그것을 취의tenor와 매재vehicle라고 부른다. '괭이갈매기'의 경우 '갈매기'는 취의이고, '괭이'는 매재이다. 취의란 비유의 주체, 말하자면 시인이 말하고자 하는 대상을 뜻하고 매재는 비유되는 사물을 뜻한다. 취의란 본래 말하려는 것을 의미하고 매재는 이 본래의 사물을 말하기 위한 수단, 수레라는 의미이다.

　　또 하나 위의 보기에서 우리가 생각해야 할 것은 비록 우리의 삶이 비유로 이루어지고 비유 속에서 영위되고 비유를 통해 전개된다고는 하나 위의 보기들은 이미 우리가 알고 사회적으로 공유된다는 점에서 이른바 상투적 비유cliche 혹은 죽은 비유에 속한다. 그러나 한편 위의 보기들은 상투형에 속하는 비유이긴 하지만 관점에 따라서는 아직도 신선한 비유가 될 수도 있다. 내가 앞에서 이런 비유들을 시이며 시가 아니라고 한 것은 이런 사정 때문이다. 그런 점에서 나는 이런 보기들은 죽은 비유와 산 비유, 신선한 비유와 상투적 비유 사이에 존재한다고 생각한다. 하기야 '할미꽃'은 죽은 비유에 속한다. 따라서 시를 쓴다는 것은, 그리고 새롭게 말한다는 것은, 그리고 새롭게 비유한다는 것은 이런 상투형, 죽은 비유, 예컨대 '책상다리' 같은 표현을 극복하는 일과 통한다. 이런 점을 전제로 비유적 표현은 다시 몇 가지 유형으로 나눌 수 있다.

첫째로 직유simile가 있다. 직유는 말 그대로 두 사물을 유사성을 토대로 비교하는 방법을 의미한다. 직유는 흔히 취의와 매재 사이에 '―처럼', '―같은', '―듯' 등의 낱말들을 사용해서 비교되는 두 사물의 관계를 분명하게 알려준다. 그런 점에서 직유는 은유와는 다른 시적 효과, 이를테면 사물에 대한 설명적·해설적 기능이 강하다. 그러나 처음 시를 쓰는 초심자들은, 그러니까 상상력이 제대로 작동하지 않고, 시를 어떻게 쓰는지 모르는 사람들은 직유적 표현부터 공부해야 할 것이다. 그러나 직유도 직유 나름이다. 직유라고 해서 모두 사물에 대한 설명('우리 아내의 손은 솥뚜껑 같다')만 하는 것은 아니다.

오월의 더딘 해 고요히 내리는 화단.

하루의 정열도
파김치같이 시들다
바람아, 네 이파리 하나 흔들 힘이 없니!
— 오일도, 「오월의 화단」 부분

불 피어오르듯 하는 술
한숨에 키어도 아아 배고파라.

수접듯 놓인 유리컵
바쟉바쟉 씹는 대로 배고프리.
— 정지용, 「저녁 햇살」 부분

폭탄처럼 벌거벗은

얼굴과 얼굴을 맞대고
눈을 크게 뜨고

보아라
우리는 불안과 죄의
바다를 건너
드디어 폭발했다

— 이승훈,「사랑 1977」전문

이상의 보기는 사물이나 관념에 대한 산문적 설명의 차원을 극복하고 뛰어넘고 또한 같은 직유라 해도 서로 다른 특성을 보여준다. 오일도의 경우에는 '하루의 정열'(취의)이 '파김치'(매재)에 비유되고, 이런 비유는 나른한 5월의 정서를 매개로 한다. 특히 5월의 화단, 바람도 불지 않고 해만 하염없이 내리는, 노곤한 그런 5월의 화단을 보면서 시인이 느끼는 정열은 정열이 아니라 정열의 소멸이고 정열이 시들어가는 느낌이고, 이럼 느낌을 매개로 '파김치'가 선택된다. 나는 파김치를 싫어하지만 파김치는 파로 담근 김치이고 '파김치가 되었다'는 말은 기운이 몹시 지쳐 나른하게 되었음을 비유한다. 우리의 삶은 이렇게 파김치처럼 시들어 간다. 오일도의 경우 5월은 계절의 여왕(노천명)이 아니라 계절의 지친 나그네이다.

　이 시에서는 취의가 정서나 관념으로 되어 있고 매재가 사물 혹은 이미지로 되어 있지만 정지용의 경우에는 취의가 사물(술)이고 매재도 사물(불)로 되어 있다. 그런 점에서 취의와 매재의 관계는

(1) 사물/사물　　(2) 사물/관념

(3) 관념/사물　　(4) 관념/관념

같은 유형으로 나타나고, 시 쓰기의 초심자들은 (1)부터 단계적인 훈련을 해야 한다. 사물을 사물에 비유하기는 사실 쉬운 것 같지만('우리 오빠는 전봇대처럼 키가 크다') 정지용의 시에서 알 수 있듯이 그렇게 쉬운 것도 아니다. 쉬운 것은 대체로 설명의 차원에 머물고 쉽지 않은 것은 사물에 대한 신비한 의미를 알려준다. 그런 점에서 정지용의 경우에는 은유적인 특성이 나타난다(직유와 은유의 차이에 대해서는 이승훈, 『시작법』, 탑출판사, 1988년, 178~179면 참고).

이 시에서 말하려는 것, 취의는 '술'이라고 했지만 다시 읽어 보면 표제 '저녁 햇살'을 전제로 할 때 취의는 '저녁 햇살'이고, 따라서 시인은 '저녁 햇살'(취의)을 '술'(매재)에 비유한다. 그리고 이 '술'은 다시 '불'에 비유되기 때문에 결국 저녁 햇살(취의)/술(매재), 술(취의)/불(매재)이라는 이중적 직유 형식이 나타난다. 요컨대 시인은 저녁 햇살을 보면서 술을 생각하고, 이 술이 불처럼 피어오르는 것은 그것이 붉게 타고 있는 저녁 햇살과 연관되기 때문이다. 그리고 이러한 비유는 모두 '갈증'을 매개로 한다. 그러나 이런 술, 저녁 햇살, 피어오르는 불을 한숨에 마셔도 시인은 배가 고프다. 갈증은 계속된다. 그렇다면 밥을 먹어야 하나?

필자의 시를 인용한 것은 무슨 자랑 같아 쑥스럽지만 이 시에 나오는 직유는 앞의 두 시인과는 다르고, 이 다름, 차이도 중요하기 때문이다. 두 얼굴(취의)이 폭탄(매재)에 비유된 것은 '벌거벗다'는 낱말을 매개로 한다. 그러나 '폭탄처럼 벌거벗은 얼굴'이라는 표현은 지금 읽어도 난해하고, 젊은 시절에 쓴 시들이 대체로 그렇다. 왜 이렇게 난해한가? 그건 내가 난해한 인간이기 때문이 아니라 당시 초현실주의 미학에 빠져 있었고, 초현실주의는 이성, 의식보다 무의식을 강조하고, 그래서 어렵다면 어렵지만 도대체 왜 어렵다고 하는지 모르겠다. 그림에 비유하면 이 시는 바다에 떠 있는 두 얼굴이 서로 맞대고 있고, 이 얼굴에 폭탄이 오버랩되거나 병치되는 이미지이다. 그럼 그림을 그릴 걸 공연히 시를 썼나? 그러나 그림 대신 시를 쓴 건 그림에 재주가 없기 때문이다. 물론 시에도 재주가 있는지 아직도 모르고, 우리는 사실 자신의 재주가 무엇인지 모르고 산다.

문제는 '폭탄'이다. 폭탄은 폭발한다. 그러니까 이 시는 사랑의 아름다움, 따뜻함이 아니라 '불안과 죄의 바다'를 건너 폭발하고 만 사랑을 노래한다. 한편 '벌거벗은'은 '폭탄'과 '얼굴'에 양다리를 걸치고 있다. 이른바 양행 걸림 enjambement 기법이다. 그렇다면 사랑하는 두 사람이 벌거벗었다는 말인가? 더욱 폭탄처럼 벌거벗다니? 폭탄은 원래 옷을 입지 않으니까 문제가 안 되고, 혹시 옷을 입었다면 옷을 벗은 폭탄은 폭발하기 위해 옷을 벗고 벌거숭이가 되었을 것이다. 그러나 벌거벗은 두 사람은 퇴폐적이고 에로틱하고, 다소 음란한 이미지이다. 그러나 나는 '벌거벗은 두 얼굴'이라고 했다. 물론 얼굴은 옷을 걸치지 않는다. 그러므로 이런 표현은 두 사람이 (얼굴은 바로 사람을 의미하기 때문에) 어떤 가식, 장식, 속임, 꾸밈도 없음을 의미한다('마돈나! 오려무나, 네 집에서 눈으로 유전하던 진주는 다 두고 몸만 오너라'— 이상화). '벌거벗음'은 이런 몸, 있는 그대로의 적나라한 실존을 말하고, 이런 관념은 표제인 '사랑 1977'을 동기로 한다.

그렇다면 1977년에 도대체 무슨 일이 있었던가? 지금 그 사람 이름은 잊었지만 그 눈동자 입술은 내 가슴에 있는가?(박인환) 이런 시를 쓴 것도 이상하고 이렇게 시를 쓴 것도 이상하다. 나도 나를 모른다. 아무튼 이건 시이고, '사랑 1977'은 관념이고 이런 내면적 사건이 혹은 사건의 내면이 '불안과 죄의 바다'를 건너 폭발하는 '폭탄'의 이미지로 나타난다. 요컨대 두 얼굴(취의)/폭탄(매재)은 '불안과 죄'를 매개로 한다. 어떤 사랑은 불안과 죄의 바다를 건너고 어떤 사랑은 행복과 도덕의 바다를 건너고 어떤 사랑은 죽음과 광기의 바다를 건넌다. 이런 직유는 두 사물의 결합이 의식의 차원을 넘어서는 일종의 초현실주의적 기법에 속하고 초현실주의는 의식이 아니라 무의식, 억압된 무의식, 욕망을 노래한다.

3. 은유는 힘이 세다

은유metaphor는 '—처럼', '—같은', '—듯' 같은 낱말이 생략되기 때문에 두 사물의 관계가 분명하게 드러나지 않고 은폐되고, 은폐될 뿐만 아니라 직유가 최소한 두 사물의 유사성, 상사성을 토대로 한다면 은유는 두 사물의 비유사성, 비상사성을 토대로 한다. 그런 점에서 은유는 이질적인 두 사물을 비교하는 기법으로 고대부터 대표적인 시적 기법으로 정의된다. 예컨대 아리스토텔레스도 은유를 강조한 바 있다. 이유는 무엇인가?

은유는 서로 다른 범주에 있는 두 사물 혹은 사태를 동일시한다는 점에서 공식 'A=B'로 나타낼 수 있다. 예컨대 '장미는 타오르는 램프'에서 '장미'는 취의이고 '램프'는 매재이지만 하나는 식물이고 다른 하나는 인공물이라는 점에서 두 사물은 아무 관계가 없다. 따라서 장미는 A이고 램프는 B에 해당한다. 그러나 이런 비유를 통해 알게 되는 것은 우리가 전혀 예기치 못한 것, 감히 꿈도 꿀 수 없었던 것, 말하자면 이상한 세계이다.

이런 세계는 A도 아니고 B도 아닌 독특한 세계, 곧 A와 B가 하나가 되는 세계, 이른바 공집합의 세계, 그러니까 장미이면서 동시에 램프인 세계이다. 이런 세계는 이 세상 어디에도 없다. 그렇지 않은가? 이 세상에는 장미가 있고 램프가 있지 장미이면서 동시에 램프인 그런 세계는 없다. 이런 세계는 한마디로 상상력의 세계에만 존재하고 상상력은 과학적 이성도 도덕적 양심도 초월하는, 혹은 과학과 도덕을 종합하는 이상한 마술적 능력이다. 이 능력을 사랑하자. 우리는 이성만 먹고 살 수는 없고 도덕만 먹고 살 수도 없다. 물론 빵만 먹고 살 수도 없다.

우리가 시를 사랑하고 시를 쓰는 것은 결국 이런 세계에 대한 갈증, 허기, 배고픔 때문이다. 은유는 힘이 세다. 도대체 어떻게 이렇게 이질적인 두 사물이 하나가 된단 말인가? 은유는 사랑 이상이다. 왜냐하면 사랑도 이질적인 두 존재(남성/여성)의 하나 되기를 꿈꾸지만 두 존재가 하나가 되는 것은 순간, 혹은 환상일 뿐이고, 그러므로 허망하고 안타까운 순간이기 때문이다.

또한 두 남녀가 하나가 되는 순간이 존재한다면 그 순간은 순간이 아니라, 순간은 존재하지 않기 때문에, 순간 너머, 따라서 시간 너머 존재/부재하는 황홀, 유토피아, 꿈이다. 이런 순간이 암시하는 것은 존재에 대한 각성이 아니라 존재 망각이고 의미로부터의 도피이다. 하기야 각성보다 망각이 좋고 인식이 아니라 무지가 좋다. 내가 말하려는 것은 은유와 사랑의 비교이고, 하나가 된다는 점에서 사랑은 순간이고 은유는 영원하다는 것. 사랑은 의미를 초월하고 은유는 의미를 추구한다는 것. 어떤 의미인가?

군중 속의 이 유령 같은 얼굴들
젖은 검은 나무 가지 위의 잎사귀들
— 에즈라 파운드,「지하철 정거장에서」 전문

너의 눈은 번개와 눈물의 조국
말하는 고요
바람 없는 폭풍, 파도 없는 바다
갇힌 새들, 졸음에 겨운 황금빛 맹수
진실처럼 무정한 수정
— 옥따비오 빠스,「너의 눈동자」(민용태 역) 부분

하늘의 병풍 뒤에
뻗은 가지, 가지 끝에서
　　　포롱
　　포롱
　　포롱
튀는
천상의 악기들

— 박남수, 「종달새」 부분

적막한 봄날 오후
나른하게 지쳐 잠든 여인의
하이얀 모시 적삼에 살풋이 비치는
연분홍 속살이여

— 오세영, 「영산홍」 부분

 파운드는 「지하철 정거장」에서 '군중 속의 얼굴들'이라는 추상적 개념을 '젖은 검은 나무 가지 위의 잎사귀들'이라는 특수한 사물에 비유한다. 우리는 군중 속의 얼굴들을 볼 수 없고 이렇게 잎사귀에 비유될 그 구체성을 지각한다. 그런 점에서 이 시의 경우 1행은 취의, 2행은 매재에 해당된다. 한편 휠라이트의 관점에 의하면 이 시는 이른바 병치 은유에 해당한다. 말하자면 서로 이질적인 두 사물을 병치함으로써 은유의 효과를 발휘한다(병치 은유diaphor에 대해 좀 더 자세한 것은 이승훈, 『시론』, 고려원, 1979년, 179~186면 참고).

 한편 빠스의 경우 취의와 매재의 관계는 1 : 1의 관계가 아니다. 취의는 '너의 눈'이고 매재는 인용한 시행들만 해도 일곱 항목이다. 따라서 그 관계는 1 : 7이고, 전체 시를 보면 매재는 더 많다. 이렇게 하나의 취의가 여러 매재로 결합되는 은유를 혼합 은유라고 부른다. 이런 은유는 사물에 대한 복잡한 인식을 보여준다. 이 시만 하더라도 '너의 눈'은 '눈물의 조국', '말하는 고요', '바람 없는 폭풍' 등과 동일시되고, 이런 결합에 의해 '너의 눈'은 다중적 의미를 거느린다.

박남수는 '종달새'(취의)를 '천상의 악기'(매재)와 동일시한다. 파운드

의 경우 매재가 구체적 사물이고, 빠스의 경우 역설적 현실 혹은 사물이라면, 박남수의 경우 매재는 상상적 사물이다. 왜냐하면 천상, 곧 하늘에는 악기가 없기 때문이다. 그러나 '종달새'와 '천상의 악기'가 결합되면 사정은 달라진다. 이 악기는 종달새이며 동시에 악기이기 때문에 우리가 지금 바라보는 것은 종달새가 아니라 종달새이며 동시에 가지 끝에서 하늘로 튀는 악기이다.

오세영의 경우 '영산홍'(취의)은 '잠든 여인의 연분홍 속살'(매재)과 동일시되고, 따라서 이 시의 경우에도 우리가 보는 것은 적막한 봄날 오후 피어 있는 영산홍이며 동시에 잠든 여인이고, 특히 여인의 연분홍 속살이다. 지금 우리는 꽃을 보는가, 여인의 속살을 보는가? 꽃을 보면서 여인의 속살을 보고, 이 여인은 님을 기다리다 지쳐 잠이 들었고 온종일 뻐꾹새가 울기 때문에 이런 풍경은 시인의 표현처럼 '아름다운 슬픔'의 풍경이다. 꽃은 아름답고 여인의 속살은 슬프다. 물론 여인의 속살은 슬픈 게 아니라 관능적이고 매혹적이지만 이 시의 경우에는 슬픔을 암시하고, 따라서 우리는 아름답고 슬픈 봄을 느낀다. 아무튼 영산홍에서 여인의 속살을 보는 오세영의 상상력도 아름답고 슬프다. 김영랑은 「모란이 피기까지는」에서 찬란한 슬픔의 봄을 노래하더니 오세영은 「영산홍」에서 아름다운 슬픔의 봄을 노래하는구나.

4. 의인법은 언제나 성공한다

비유적 표현에는 이상에서 말한 직유, 은유 외에도 관점에 따라 얼마든지 많은 종류가 있을 수 있다. 예컨대 환유, 제유, 의인법, 기상conceit 등이 있다. 그러나 시의 초심자들에게는 직유, 은유 외에 의인법에 대한 훈련이 요구된다. 사실 우리가 처음 시를 쓸 때, 그러니까 초등학교 시절 동시나 동요를 지을 때 자주 사용한 것은 의인법이 아니던가?

의인법personification은 사물, 특히 생명이 없는 사물이나 관념에 인간적
속성이나 동물적 속성을 부여하는 기법을 말한다. 따라서 안개, 사랑, 봄, 나
무, 돌, 고독, 불안 등 생명이 없는 일체의 사물과 관념에 적용할 수 있고, 일단
의인법을 사용하면 시로서 실패하는 법이 거의 없다. 인간이 아니고 동물도
아닌 것이 인간이 되고 동물이 된다고 생각해 보라. 얼마나 신선하고 놀랍고
새로운 세계가 전개되겠는가?

> 기다리지 않아도 오고
> 기다림마저 잃었을 때에도 너는 온다.
> 어디 뻘밭 구석이거나
> 썩은 물웅덩이 같은 데를 기웃거리다가
> 한눈 좀 팔고, 싸움도 한판 하고
> 지쳐 나자빠져 있다가
> 다급한 사연 들고 달려간 바람이
> 흔들어 깨우면
> 눈 비비며 너는 더디게 온다.
> 더디게 더디게 마침내 올 것이 온다.
> 너를 보면 눈부셔
> 일어나 맞이할 수가 없다.
> 입을 열어 외치지만 소리는 굳어
> 나는 아무것도 미리 알릴 수가 없다.
> 가까스로 두 팔 벌려 껴안아 보는
> 너, 먼 데서 이기고 돌아온 사람아.
>
> — 이성부, 「봄」 전문

안경 밖으로 뿌리를 죽죽 뻗어나간

나무들이
서산西山에서
한쪽 다리를 헛짚고 넘어진 노을 속에
허둥거리고 있다.
키가 큰 산오리나무의 두 귀가
불타고 있다.

— 오규원, 「분명한 사건」 부분

이성부가 노래하는 것은 '봄'이라는 관념이다. 그러나 이런 관념을 그는 '너'에 비유하고, 이렇게 봄이 '너', 말하자면 인간이 되면 이제 그는 봄이 아니라 '너'를 기다리고, 이 '너'는 '기다리지 않아도 오고/ 기다림마저 잃었을 때에도 온다', 사실 '너', 내가 기다리는 사람은 기다리지 않아도 오지만, 오지 않을 수도 있고, 또한 기다림마저 상실했을 때는 대체로 오지 않는다. 그러나 이 시에서는 '너'가 동시에 '봄'이기 때문에 기다리지 않아도 오고, 기다림을 상실했을 때에도 온다. 그리고 이 봄은 희망, 꿈, 유토피아를 상징한다. 이런 봄이 기웃거리고, 한눈도 팔고, 싸움도 하고, 지쳐 나자빠져 있다가 오는 것을 보면 이 봄(너)은 약간 건달인 것 같다. 그러니 이런 건달 같은 봄이 좋다. 얌전한 봄이 아니라 이렇게 약간 건방진 봄, 약간 오만한 봄이라야 이 형편없는 세상의 추위, 고통, 가난을 물리칠 게 아닌가?

한편 오규원이 노래하는 것은 '분명한 사건', 말하자면 어떤 의미도 관념도 해석도 요구하지 않는 있는 그대로의 사물의 과정, 혹은 자연의 과정이다. 사건은 사물이 아니다. 사건은 일반적으로 관념과 결합된 사물들의 역동적인 과정이다. 따라서 '분명한 사건'은 관념이 개입하기 이전의 사물들의 투명한 과정, 생성, 변화를 의미한다. 일종의 현상학적

생성이라고 할까? 아무튼 이 시에서 노래되는 것은 노을을 배경으로 하는 나무들의 풍경이고, 이런 풍경은 일체의 관념을 배제한다. 다만 이런 풍경이 역동성을 띠는 것은 나무들이 의인화되었기 때문이다. '나무들이 한쪽 다리를 헛짚고 허둥거린다'는 표현, '키가 큰 산오리나무의 두 귀가/ 불타고 있다'는 표현이 그렇다.

제2부

리듬은
숨결이다

제5강
반복, 반복, 반복

짜라투스트라는 이렇게 말했다
낱말을 반복하라
구와 절을 반복하라
문장과 연을 반복하라

시인들은 일상의 반복, 반복의 일상으로부터 이탈을 꿈꾸고 일탈을 꿈꾸고 반칙을 위반을 꿈꾸지만 다시 생각하면 이런 이탈 역시 반복의 연속이다. 시의 주제나 소재 가운데 새로운 것은 별로 없고 옛날이나 오늘이나 비슷한 주제이고 시라는 형식 역시 크게 보면 소설이 아니라 시라는 점에서 달라진 것은 별로 없다. 사랑도 반복이고 시 쓰기도 반복이다. 반복에의 그리움. 반복을 꿈꾸는 마음은 불륜을 꿈꾸는 마음인가?

반복, 반복, 반복

1. 짜라투스트라는 이렇게 말했다

시인들은 계속 시를 쓰고 화가들은 계속 그림을 그리고 술꾼들은 계속 술을 마신다. 말하자면 시인들은 시 쓰기를 반복하고 화가들은 그리기를 반복하고 술꾼들은 술 마시기를 반복한다. 어디 그뿐인가? 따지고 보면 우리의 일상생활은 반복이고 되풀이이고 사랑도 반복이고 되풀이이다. 하루가 그렇고 이틀이 그렇고 일생이 그렇다. 밥 먹고 일하고 자고 사랑하고 싸우는 날들이 반복되고 그렇게 일생이 간다. 반복되는 일상이 권태롭지만 반복이 생의 조건이고 이런 반복 속에 생의 비밀과 의미가 있다.

시인들은 이런 일상의 반복, 반복의 일상으로부터 이탈을 꿈꾸고 일탈을 꿈꾸고 반칙을, 위반을 꿈꾸지만 다시 생각하면 이런 이탈 역시 반복의 연속이다. 무슨 말인가? 시 쓰기는 일상으로부터의 이탈을 의미하지만 한편 그의 이탈 행위, 곧 시 쓰기는 반복되고 시의 내용과 형식 역시 반복된다. 시의 주제나 소재 가운데 새로운 것은 별로 없고 옛날이나 오늘이나 비슷한 주제이고 시라는 형식 역시 크게 보면 소설이 아니라 시라는 점에서 달라진 것은 별로 없다. 사랑도 반복이고 섹스도 반복이고 시 쓰기도 반복이다. 반복에의 그리움. 반복을 꿈꾸는 마음은 불륜을 꿈꾸는 마음인가?

프로이트는 정신분석을 요구하는 남성들의 장애 가운데 이른바 심인성心因性 발기부전, 곧 신경성 임포텐츠로 고생하는, 고민하는, 나아가 불안에 시달리는 현대 남성들에 대해 말한다. 그들이 불륜을 꿈꾸는 것은 이런 장애를 동기로 한다. 심인성 발기부전은 사랑에 있어서 애정적 성향과 육욕적 성향이 하나로 결합되지 못하기 때문이고, 이런 증상은 유년 시절 어머니에 대한 집착과 그 후 근친상간 금지라는 장애물의 개입으로 나타난다. 성적 쾌락은 무조건적인 헌신을 요구하지만 대체로 곱게 성장한 아내, 고결한 아내 앞에서는 이런 헌신이 좌절되고 따라서 이런 남성들은 타락한 성 대상, 말하자면 창녀를 찾거나 아니면 자신과 신분이 다른 여성을 선택하게 된다. 상류층 남성들이 하층 계급의 여성들을 평생의 정부나 아내로 맞이하는 것, 거꾸로 상류층 여성들이 자신과 신분이 다른 남성이나 하층 계급 남성들을 사랑하는 것은 이런 이유 때문이다.

내가 이런 말을 하면 불쾌하고 역설적으로 들리기도 하겠지만 그러나 꼭 해야 할 말은 사랑에 있어서 진정 자유롭고 행복한 남성들은 여성에 대한 존중의 마음을 극복한 사람들이며, 그의 어머니나 누이와의 근친상간이라는 생각에 타협을 한 사람이라는 사실이다.

—『프로이트, 불륜을 꿈꾸는 심리, 성욕에 관한 세 편의 에세이』,

김정일 옮김, 열린책들, 1996년, 170면

그렇다면 반복을 꿈꾸는 마음은 불륜을 꿈꾸는 마음이고, 그것은 반복 억압, 반복 장애에 시달리는, 불안에 시달리는 마음이다. 나는 지금 반복과 반복 장애와 반복에의 그리움에 대해 말하고 있다. 짜라투스트라는 이렇게 말했는가? 프로이트는 이렇게 말했다. 시 쓰기도 반복이고 반복은 시의 중요한 요소이다. 아내가 일상 세계라면 시는 다른 여성이고, 남편이 일상 세계라면 시는 다른 남성이고 요컨대 시 쓰기도 불륜을 꿈꾸는 마음이다. 이승훈은 이렇게 말했다.

짜라투스트라는 이렇게 말했는가? 그는 초인超人에 대해 말한다. 그에 의하면 인간은 초극되어야 할 그 무엇이다. 인간은 하나의 더러운 강물이고 스스로 더러워지지 않고 더러움을 받아들이기 위해서 인간은 바다가 되어야 하고 인간이 위대해지는 시각은 크게 경멸하는 시각이다.

그 시각에 너희는 말하리라. 나의 행복이 무슨 소용인가? 그것은 가난이며 더러움이며 가련한 안락이다. 나의 행복은 살아 있음 자체를 정당화시키는 것이 되어야 한다!

그 시각에 너희는 말하리라. 나의 이성이 무슨 소용인가? 나의 이성은 사자가 먹이를 갈구하듯 지식을 갈구하는가? 나의 이성은 가난이며 더러움이며 가련한 안락이다!

그 시각에 너희는 말하리라. 나의 덕이 무슨 소용인가? 그것은 아직껏 나를 미치게 만든 적이 없었다. 나는 나의 선과 나의 악에 얼마나 지쳐 있는지! 그 모두가 가난이며 더러움이며 가련한 안락이다!

그 시각에 너희는 말하리라. 나의 정의가 무슨 소용인가? 나는 내가 이글이글 타는 불이며 숯불이라고 생각하지 않는다. 정의로운 인간이란 이글이글 타는 불이며 숯불인 것을!

— 니체, 『짜라투스트라는 이렇게 말했다』, 최승자 옮김, 청하, 1996년, 53면

짜라투스트라는 이렇게 말했다. 인간은 초극되어야 할, 그러니까 초월되고 극복되어야 할 대상이라고 말했지만 내가 말하려는 것은 그의 어법, 말하는 방식, 문체이다. 이 글은 혹은 말은 시가 아니지만 시집에 수록하거나 시잡지에 발표하면 시가 된다. 이유는 이른바 반복이라는 기법이 나타나기 때문

이다. 시가 있는 게 아니라 기법이 있고 형식이 있다. 산문의 경우에도 이런 말하기의 시적 효과는 얼마나 큰가? '그 시각에 너희는 말하리라' '그것은 가난이며 더러움이며 가련한 안락이다'라는 문장의 반복은 이 문장이 이 글의 주제이고 초점이라는 것을 암시하고 리듬을 주고 계속 같은 주제로 돌아간다. 회귀한다.

그러나 이런 회귀, 반복은 앞에 나온 내용을 그대로 복사하지 않고 이렇게 복사하지 않는 반복이 반복의 미학이고 반복의 의미이다. 해가 뜨고 지는 것도 반복이고 우리의 호흡, 숨쉬기도 반복이다. 그러나 이런 반복은 동일한 행위의 복사가 아니다. 어제와 같은 시간에 밥을 먹지만 오늘은 어제가 아니고 그러나 같은 시간에 밥을 먹는다. 식사는 반복되지만 오늘의 식사는 어제의 식사와 같고 다르다. 그러므로 반복은 어제와 오늘 사이에 있고 반복은 반복과 반복 사이에 있다. 데리다 식으로는 차연差延이다.

니체가 문장을 반복한다면 경허 스님은 낱말을 반복하고, 그것도 형태소 단위에서 반복한다. 얼마나 아름다운 설법인가? 다음은 강원도 오대산 월정사에서 행한 '대방광불 화엄경大方廣佛 華嚴經' 설법이다.

대들보도 대요, 댓돌도 대요, 대가사도 대요, 세숫대도 대요, 담뱃대도 대니라. 큰 방도 방이요, 지대방도 방이요, 질방도 방이요, 동서남북 사방도 방이니라. 쌀광도 광이요, 찬광도 광이요, 연장광도 광이요, 광장도 광이니라. 등잔불도 불이요, 모닥불도 불이요, 촛불도 불이요, 화롯불도 불이요, 번갯불도 불이요, 이불도 불이요, 햇불도 불이니라. 매화도 화요, 국화도 화요, 탱화도 화요, 화병도 화요, 화살도 화요, 화엄경도 화니라. 엄마도 엄이요, 엄살도 엄이요, 엄명도 엄이요, 엄정함도 엄이요, 화엄도 엄이니라. 명경도 경이요, 구경도 경이요, 풍경도 경이요, 인경도 경이요, 안경도 경이니라.
　　　　— 경허, 월정사 대방광불 화엄경 법회, 『경허 법어』, 인물연구소, 1981년, 620면

2. 낱말을 반복하라

경허 스님의 설법은 수사학적 미적 효과만이 문제가 되는 게 아니라 설법 내용도 문제이다. 한마디로 자유자재이며 언어 초월이고 시니피앙(기표)와 시니피에(기의)의 대립 해체이고 도처에 부처가 있다는 말씀. 이상에서 나는 시가 아니라 산문, 설법의 경우 반복이 보여주는 미적 효과와 그 의미에 대해 말했다. 요컨대 반복은 시뿐만 아니라 산문, 연설, 설법의 경우에도 사용되고 이런 사용에 의해 미적 효과, 시적 효과가 드러난다는 것이다. 그렇다면 시의 경우 반복이 주는 미적 효과는 무엇이고 어떤 유형으로 나타나는가? 먼저 낱말이 반복되는 경우.

이 사랑은
이토록 사납고
이토록 연약하고
이토록 부드럽고
이토록 절망한
이 사랑은
대낮같이 아름답고
날씨처럼 나쁜 사랑은
날씨가 나쁠 때
이토록 진실한 이 사랑은
이토록 아름다운 이 사랑은
이토록 행복하고
이토록 즐겁고
또 이토록 덧없어

— 프레베르,「이 사랑」(김화영 역) 부분

시의 앞부분이다. 이 시는 이런 형식으로 일관된다. 말하자면 '이 사랑은'이라는 명사구와 '이토록'이라는 부사의 반복으로 한 편의 시가 구성된다. 그런가 하면 '이토록 —하고'라는 통사 구조의 반복 역시 눈에 뜬다. 따지고 보면 시는 그렇게 많은 말이 필요한 것이 아니고 무슨 관념이 그렇게 중요한 것이 아니고 중심 낱말을 반복하고 혹은 변주하는, 그러니까 결국은 동어반복의 세계이다.

최근의 우리 시가 재미없는 것은 이런 미학에 대한 공부를 제대로 안 하고 무슨 말들만 많이 하면 시가 되는 것으로 착각하기 때문이다. 시는 열 마디 말로 한 가지 뜻을 말하는 게 아니라 거꾸로 한 마디 말로 열 가지 뜻을 말하는 특수한 발화 양식이고 모든 예술이 그렇다. 다음도 낱말을 반복해서 미적 효과를 주는 보기.

이태백이가 술을 마시고야 詩作을 한 이유
모르지?
구차한 문 밖 선비가 벽장문 옆에다
카잘스, 그람, 쉬바이쩌, 에프스타인의 사진을 붙이고 있는 이유
모르지?
노년에 든 로버트 그레브스가 연애시를 쓰는 이유
모르지?
우리집 식모가 여편네가 외출만 하면
나한테 자꾸 웃고만 있는 이유
모르지?
그럴 때면 바람에 떨어진 빨래를 보고
내가 말없이 집어 걸기만 하는 이유
모르지?
함경도 친구와 경상도 친구가 외국인처럼 생각돼서

술집에서는 반드시 표준어만 쓰는 이유

모르지?

5월혁명 이전에는 백양을 피우다

그 후부터는

아리랑을 피우고

와이샤쓰 윗호주머니에는 한사코 색수건을 꽂아 뵈는 이유

모르지?

— 김수영, 「모르지?」 부분

시의 앞부분이다. 이 시 역시 '모르지?', '이유' 두 낱말의 반복으로 구
성되고 특히 '모르지?'의 반복은 아이러니의 효과를 준다. 과연 우리는 모르는
가, 아는가? 시인은 알지만 독자는 모른다는 듯이 시치미를 떼고 능청을 떠는
기법(자세한 것은 이승훈, 『시작법』, 문학과비평사, 1989년, 253면 참고).

난 달팽이가 좋아

난 무우도 좋아

하얀 무우

버석버석 베어먹는

너의 입이 좋아

너의 코도 좋아

웃지 않는

너의 눈도 좋아

난 기차가 좋아

가을 기차는 더욱 좋아

난 철늦은 여행도 좋아

너하고 떠나면 더욱 좋아

난 룸펜이니까

난 알콜 중독자니까

난 너의 파아란 쟈켓이 좋아

난 저녁에 피곤한 네가

말없이 피우는 담배

연기가 좋아

해골 같은 인생도

그때는 따뜻해

한 번 타면 다시는

내릴 수 없는

기차를 타고 떠나는

여행이 좋아

난 가을 닭장 앞에

머리를 숙이고

모이를 주는

네가 좋아

— 이승훈, 「난 달팽이가 좋아」 부분

시의 전반부이다. 이 시에서는 '좋아'라는 낱말로 각 시행이 종결된다. 과연 좋다는 것은 무엇일까? 내가 좋아하는 것은 '달팽이', '무우', '너의 입', '너의 코', '기차', '네가 입은 파아란 쟈켓', '네가 피우는 담배', '가을 닭장 앞에서 모이를 주는 너', 그밖에 '가을 바다에서 갈매기 밥을 주는 너' 등이다. 이 시에서 화자는 나, 이승훈 씨가 아니라 한 여성이고 나는 여성이 되어 나를 너라고 부른다. 그러므로 나이면서 동시에 한 여성인 화자가 나를 좋아하고 사랑하는 이야기가 되고, 내 시에서는 대체로 나를 당신, 너, 그대라고 부르는 경우가 많고 이런 점에서 나는 다소 변태적인 상상력을 즐기고 내가 여자가 되어 한 남자를 사랑하는 도착적인 혹은 나르시스적인 상상력을 즐기는지 모른다. 도착의 쾌락. 그러나 따지고 보면 모든 사랑이 변태이고 도착이고 나르시시즘이다.

　　　나는 정말로 한 여자를 사랑했네. 여자만을 가진 여자, 여자 아닌 것은 아무것도 안 가진 여자, 여자 아니면 아무것도 아닌 여자, 눈물 같은 여자, 슬픔 같은 여자, 병신 같은 여자, 시집 같은 여자, 영원히 나 혼자 가지는 여자, 그래서 불행한 여자.

　　　그러나 누구나 영원히 가질 수 없는 여자, 물푸레나무 그림자 같은 슬픈 여자.

— 오규원, 「한 잎의 여자」 부분

　　전체 시는 3연으로 되어 있고 인용한 것은 2연, 3연이다. 앞의 시에서는 '좋아'라는 서술어가 반복되면서 각 시행이 완성된다면 이 시에서는 '여자'라는 명사의 반복에 의해 각 시구가 완성되는 형식이다. 통사론적으로 말하면 전자가 문장 단위의 반복이라면 이 시는 구phrase 단위의 반복이다. 이런 여자는 어디 있는가? 물푸레나무 그림자처럼 슬픈 여자는 아마 오규원의 가슴에 있을 것이다. 한편 다음 시에서는 같은 명사의 반복으로 구가 아니라 시행이 끝난다.

　　날마다 집으로 돌아가는 병
　　거실에서 길을 잃는 병
　　여기 내가 왜 있는지 모르는 병
　　오밤중에 죽은 사람과 잡담하는 병
　　혼자서 오중주를 연주하는 병
　　주옥 같은 시를 보면 오줌을 지리는 병

삼 분마다 창밖을 내다보는 병

애인만 보면 게우는 병

— 김언희, 「지병의 목록」 부분

그야 말로 지병의 목록이다. 이 시는 '병'이라는 명사의 반복으로 각 시행이 끝나지만 끝나는 것도 아니다. 왜냐하면 이런 시는 이른바 '목록의 기법'을 보여주고, 목록은 계속되기 때문이다. 날마다 집으로 돌아가는 것도 병이고, 거실에서 길을 잃는 것도 병이다. 하루 일을 마치고 누구나 집으로 돌아간다. 그러나 이런 귀가가 병이다. 왜냐하면 시인은 집으로부터의 탈출을 꿈꾸기 때문이다. 그러므로 거실에서 길을 잃고 병이 든다. 왜 여기 내가 있는 것인가? 이런 실존에의 질문도 병이고, 권태의 심연에서 그는 오밤중에 죽은 사람과 잡담을 한다. 이 정도면 정신과를 찾아가야 하는 게 아닐까? 그러나 따지고 보면 많은 현대인들이 이렇게 살고, 그런 점에서 이 시는 자아 정체성을 상실한 현대인의 내면을 보여준다. 건강하다는 것은 무엇이고 병들었다는 것은 무엇인가?

3. 구와 절을 반복하라

낱말이 아니라 구phrase와 절clause이 반복되면서 한 편의 시가 완성되고, 시로서의 통일성과 리듬을 획득하는 경우도 있다. 물론 이런 구와 절은 시에서 주제를 암시하거나 계속 반복됨으로써 독자의 관심을 끈다. 구는 둘 이상의 낱말로 구성되지만 주어와 동사의 형식을 띠지 못하고 다만 절이나 문장을 수식하는 문장의 한 요소로 드러난다. 명사구, 동사구, 형용사구, 부사구 등이 있다. 한편 절은 주어와 동사의 형식, 곧 문장의 형식을 띠지만 완전한 문장이 되지 못하는 경우. 예컨대 주절, 종속절, 대등절 등이 있다. 먼저 구가 반복되는 경우.

밭을 갈아 콩을 심고
밭을 갈아 콩을 심고
　꾸륵꾸륵 비둘기야

백양 잘라 집을 지어
초가 삼간 집을 지어
　꾸륵꾸륵 비둘기야

대를 심어 바람 막고
대를 쩌서 퉁소 뚫고
　꾸륵꾸륵 비둘기야

— 박목월,「밭을 갈아」부분

　　시의 전반부이다. '밭을 갈아 콩을 심고'는 대등절에 해당하지만 여기
서는 다음 절이 생략된 형식이고 그러나 이런 절이 각 시행마다 반복되는 것
은 아니고 오히려 명사구 '꾸륵꾸륵 비둘기야'가 각 시행마다 반복된다. 이런
반복을 흔히 후렴구refrain라고 하는 바 이 시의 미적 효과는 절의 반복과 구의
반복, 특히 후렴구가 성취한다. 다음은 같은 명사구가 반복되지만 형식은 같
고 내용은 일부가 변주되는 경우.

　　제일 높은 돌 위에 올라가 누운 제일 큰 자라.
　　제일 높은 돌 위에 올라가 제일 큰 자라 등판 위에 올라간
　　그 다음 큰 자라. 제일 높은 돌 위에 올라가
　　제일 큰 자라 몸통에 몸을 기댄 세 번째 자라.

— 박찬일,「웃기는 자라」부분

시의 앞부분이다. 네 개의 시행으로 되어 있지만 크게 보면 이 시는 '제일 높은 돌 위에 올라가 누운 제일 큰 자라'라는 명사구가 세 번 반복되면서 변주된다. 단순한 반복이 반복과 반복 사이를 강조한다면 이렇게 변주되는 반복은 변주 자체가 시적 의미를 암시한다. 시의 후반 역시 크게 보면 이런 형식의 변주로 구성된다. 다음도 명사구의 반복.

날 만든 것은 사랑

날 맞아준 사랑

날 요정으로 만들어준 사랑

그래 어디로 가버렸나

내가 사랑했던 그이

내게 기쁨을 주고

내게 꿈을 주고

날 춤추게 해주던 그이

…(중략)…

날 만든 것은 사랑

날 맞아준 사랑

날 요정으로 만들어준 사랑

나는 당신들을 짐승으로 만든다

기분 내킬 때마다

당신들의 사랑은 우스운 것

…(중략)…

날 만든 것은 사랑

날 부순 것도

날 버린 것도 사랑

내가 사랑했던 그이

어디로 가버렸나

어디로 가버렸나

어디로 가버렸나

— 프레베르,「날 만든 것은 사랑」(김종호 역) 부분

시의 2, 3, 4연이다. 1연만 빼면 이 시는 명사구 '날 만든 것은 사랑'이
각 연마다 반복되고, '날 맞아준 사랑', '날 요정으로 만들어준 사랑'은 2회 반복
된다. 그런 점에서 이런 명사구의 반복이 시의 주제를 암시하고 시에 통일성
을 주고 리듬을 준다. 1연에서는 태어남과 삶에 대해 말하는 바 '나'는 발가벗
고 태어났고 태어난 대로 산다는 것. 다음은 절의 반복.

늦은 저녁때 오는 눈발은 말집 호롱불 밑에 붐비다

늦은 저녁때 오는 눈발은 조랑말 발굽 밑에 붐비다

늦은 저녁때 오는 눈발은 여물 써는 소리에 붐비다

늦은 저녁때 오는 눈발은 변두리 빈터만 다니며 붐비다

— 박용래,「저녁눈」전문

박용래의 「저녁눈」이다. 이 시에서 '늦은 저녁때
오는 눈발은'은 이른바 주절에 해당하고, 이 절이 각 시행
마다 반복되고, 또한 서술어 '붐비다'로 각 시행이 완성된
다. 한편 이 시는 같은 문장 형식이 반복되는 보기도 된다.
절의 반복 역시 변주되면서 반복되는 경우도 있다.

내가 맨 처음 그대를 보았을 땐
세상엔 아름다운 사람도 살고 있구나 생각하였지요

두 번째 그대를 보았을 땐
사랑하고 싶어졌지요

번화한 거리에서 다시 내가 그대를 보았을 땐
남모르게 호사스런 고독을 느꼈지요

그리하여 마지막 내가 그대를 만났을 땐
아주 잊어버리자고 슬퍼하며
미친 듯이 바다 기슭을 달음질쳐 갔습니다

— 조병화, 「초상」 전문

　　시의 전문이다. 각 연마다 종속절 '내가 그대를 보았을 땐'이 반복된
다. 그러나 일반 문장에서는 이런 절이 종속적 기능으로 끝나지만 시의 경우
특히 이렇게 반복됨으로써 그대를 보는 순간이 강조되고 시에 통일성이 주어
진다. 이 시에서는 '그대를 보는 때'가 순차적으로, 말하자면 시간적 순서로, 통
시적으로 반복되지만 공시적으로 반복되는 경우도 있다.

너를 본 순간
물고기가 뛰고
장미가 피고
너를 본 순간
아무 것도
보이지 않았다

너를 본 순간

그 동안 살아온 인생이

갑자기 걸레였고

갑자기 하아얀 대낮이었다

너를 본 순간

나는 술을 마셨고

나는 깊은 밤에 토했다

— 이승훈, 「너를 본 순간」 부분

내 시를 자주 인용해서 미안하지만 요컨대 내가 강조하고 싶은 것은 같은 표현의 반복이지만 앞의 시와 이 시가 다르다는 점이다. 전자는 시간적 순서를 따르고 후자는 그런 순서가 아니라 공시성, 혹은 동시성을 강조하고 따라서 '너를 본 순간'에 나를 찾아오는 복잡한 정서, 상상, 관념을 노래한다.

4. 문장과 연을 반복하라

이상에서 나는 한 편의 시가 낱말, 구, 절의 반복에 의해 통일성을 획득하고 미학을 획득하고 리듬을 획득한다는 것, 따라서 시에서 반복의 기법이 중요하다는 것을 강조했다. 끝으로 문장과 연의 반복.

거기서 무얼 하시나요 작은 아씨여

갓 꺾은 꽃을 들고

거기서 무얼 하시나요 처녀여

시들은 꽃을 들고

거기서 무얼 하시나요 고운 여인이여

떨어지는 꽃을 들고

거기서 무얼 하시나요 늙은 여자여

죽어가는 꽃을 들고
승리자를 기다리고 있답니다

— 프레베르,「꽃다발」(김화영 역) 전문

시의 전문이다. 1연에서는 시인 혹은 화자가 여인에게 묻고 2연에서는 여인이, 혹은 여인들이 대답한다. 시에는 한 여인이 아니라 여자의 일생을 압축하는 네 여자, '작은 아씨', '처녀', '여인', '늙은 여자'가 나오고 네 여자가 '승리자를 기다리고 있다'고 대답하는 것이 유머러스하고 슬프고 사랑스럽다. '거기서 무얼 하시나요'는 반복되고 '작은 소녀여'는 변주된다. 그러나 문장이 변주되지 않고 반복되는 경우도 있다.

강가에 키 큰 미루나무 한 그루 서 있었지
봄이었어
나, 그 나무에 기대앉아 강물을 바라보고 있었지

강가에 키 큰 미루나무 한 그루 서 있었지
여름이었어
나, 그 나무 아래 누워 강물 소리를 멀리 들었지

— 김용택,「나무」부분

시의 1, 2연이다. '강가에 키 큰 미루나무 서 있었지'라는 문장은 5연까지 각 연의 첫 행에서 반복되고 이런 반복이 이 시의 통일성을 부여한다. 가을에는 기대서서 멀리 흐르는 강물을 보고, 겨울에는 강물에 눈이 오고, 다시 봄이 오면 그냥 기대앉아 있었다는 것. 다음은 각 연의 시작이 아니라 한 연 속에 같은 문장이 반복되고 다른 연에서는 변주되는 경우.

기차가 지나갔다

그들은 피묻은 내 반바지를 갈아입혔다

기차가 지나갔다

그들은 나를 다락으로 옮겨 놓았고

기차가 지나갔다

첫 번째 기차가 아버지의 머리를 깨고 지나갔다

두 번째 기차가 어머니의 배를 가르고 지나갔다

세 번째 기차가 내 눈동자 속에서 덜컹거렸고

— 박상순, 「빵공장으로 통하는 철도」 부분

김용택의 반복이 정적이라면 박상순의 경우는 역동적이고 전자가 자연을 노래한다면 후자는 기계, 문명을 노래한다. 그러나 이 기차는 박상순의 무의식을 표상하고, 따라서 지나가는 기차는 그를 살해하고 그를 분리하고 그를 소외시키고 동시에 아버지, 어머니에 대한 적의와 통하고 삶에 대한 경악, 공포, 전율을 상징한다. 이상은 문장의 반복이고 다음은 연이 반복되는 경우.

배꽃가지
반쯤 가리고
달이 가네

경주군 내동면
혹은 외동면
불국사 터를 잡은

그 언저리로

배꽃가지
반쯤 가리고
달이 가네

— 박목월, 「달」 전문

　　이 시는 불국사 터를 잡은 언저리를 배경으로 달이 가는 풍경을 노래
하지만 같은 연의 반복이 문제이다. 1연에서는 달이 강조된다면 3연에서는 불
국사 터를 배경으로 가는 달이 강조된다. 따라서 같은 달이지만 1연에서는 달
이 전경으로 드러나고 3연에서는 달이 배경으로 드러난다. 그런가 하면 1연과
2연이 반복되는 경우도 있다.

그대
　날
　　기다리는
　　　마음으로

그대
　날
　　기다리는
　　　마음으로

그렇게
　잠이
　　들었다

— 성민, 「놀이」 전문

이런 반복은 내용을 강조하기도 하지만 이 시의 경우 시간은 변하지만 아무 사건도 발생하지 않는, 따라서 한결같이 지속되는 정서나 관념의 흐름을 강조한다. 내가 그대를 기다리는 마음이 아니라 그대가 나를 기다리는 마음으로, 그러니까 그대의 마음과 내 마음이 하나가 되는 마음으로 잠이 드는 사람들의 마음은 얼마나 아프고 아름다운가? 대체로 많은 사람들은 나만 그대를 기다리는 마음으로 잠이 들기 때문이다.

제6강

상징과
이미지의 변주

내가 사는 아파트 약방 앞 보도블록에는 언제나 비둘기들이 모여 있다. 놀고 있나 하고 가까이 다가가 보면 평화롭게 놀고 있는 게 아니라 모이를 찾느라고 정신이 없다. 너희들이나 우리나 모두 먹고 살기가 이렇게 어렵구나. 이런 비둘기들은 평화가 아니라 먹고 살기 위한 고통, 싸움, 전쟁을 상징한다. 물론 생각하기 나름이겠지만 유념할 것은 이런 인습적 상징을 사용하는 경우 그 상징적 의미를 시의 문맥에 의해 변형시키고 변주해서 새로운 의미를 보여주라는 것이다.

상징과 이미지의 변주

1. 은유냐 상징이냐

직유가 발전하면 은유가 되고 은유는 서로 다른 범주에 있는 두 사물을 동일시하는 기법이라고 말한 바 있다. 직유가 상사성을 토대로 두 사물을 비유한다면 은유는 비상사성을 토대로 비유하고, 그런 점에서 전자에 비해 신비한 느낌을 준다. 말하자면 시적 호소력이 크다. 그러나 두 기법 모두 두 사물을 비교하고 비교되는 두 사물이 시에 나타난다는 점에서는 비슷하다. 예컨대

장님처럼 나 이제 더듬거리며 문을 잠그네
가엾은 내 사랑 빈 집에 갇혔네

— 기형도, 「빈 집」 부분

같은 시행에서 '장님처럼 나 이제 더듬거리며 문을 잠그네'는 직유의 형식으로 되어 있다. 말하자면 '나는 장님처럼'은 직유이고 따라서 이런 형식은 '더듬거리며 문을 잠그는 행위'를 구체적으로 설명한다. 이 시행을 예컨대

'나 장님 이제 더듬거리며 문을 잠그네'라고 쓴다면 은유가 되고, 직유의 형식에서 비교조사 '—처럼'을 생략하면 은유가 된다는 말은 이런 의미에서이다. 그러나 '나는 장님처럼'이라는 말과 '나는 장님'이라는 말은 두 사물을 비교한다는 점에서는 같지만 그 내용은 매우 다르다. 전자는 문을 잠그는 행위를 구체적으로 설명하지만 후자는 그런 설명보다 '나'와 '장님'의 동일시가 강조되고 따라서 이때 '나'는 '장님'이면서 '장님'이 아닌 이상한 특성을 보여준다. 왜냐하면 기형도는 장님이 아니기 때문이다. 그러나 그가 만일 이렇게 쓴다면 그는 장님이고 장님이 아니다. 그리고 은유의 형식으로 시를 쓴다면 '더듬거리며 문을 잠그네'가 아닌 다른 내용이 나오는 게 좋다.

한편 '가엾은 내 사랑 빈 집에 갇혔네'의 경우 '빈 집'의 이미지는 이 시행만 놓고 보면 무엇을 비유하는지 알 수 없고 따라서 취의tenor와 매재vehicle의 관계가 시행에 드러나지 않고 취의가 생략된 형식이 된다. 직유나 은유에서는 취의와 매재의 관계가 시행에 드러나지만 이런 이미지의 경우에는 취의가 생략되고 매재만 드러난다. 이런 이미지를 상징이라고 부른다. 그런 점에서 상징은 은유가 발전한 형식이고 그 의미는 하나가 아니고 분명치 않고 모호하다. 간단히 도식으로 나타내면 다음과 같다.

[직유] $t : v = 1 : 1$ (나는 장님처럼)
[은유] $t : v = 1 : 1$ (나는 장님)
[상징] $t : v = ? : 1$ (빈 집)

'빈 집'은 무엇인가를 의미하지만 이 시행만 놓고 보면 그 내용, 말하려고 하는 취의를 알 수 없다. 그렇지 않은가? '가엾은 내 사랑 빈 집에 갇혔네'라는 시행만 놓고 보면 이 '빈 집'이 무엇을 의미하는지 분명치 않고 다만 전체 시를 찬찬히 읽을 때 그 의미가 드러난다. 이 '빈 집'이 무엇을 상징한다는 것은(상징象徵은 영어로 symbol이고 이 말은 그리스어로 표시를 뜻하는 명사 symbolon에서 오고 이 명사는 짜맞춘다는 뜻의 동사 symballein과 관계가 있다. 좀 더 자세한 것은 이승훈, 『시작법』, 탑출판사, 1988년, 201면 참고), 그러니까 다른 무엇과 짜맞추어져야 한다는 것은, 말하자면 이 이미지가 어떤 관념을 지시한다는 것은 이 '빈 집'이 말 그대로 우리가 흔히 말하는 그런 '빈 집'이 아니기 때문이다. 물론 '가엾은 내 사랑'을 의인법으로 읽어 '가엾은 내 애인'이 갇혔다고 할 수도 있지만 사랑이든 애인이든 '빈 집'에 갇혔다는 말은 이상한 소리이기 때문이다. 특히 사랑의 경우가 그렇다. 사랑이 어떻게 빈 집에 갇힐 수 있는가?

요컨대 은유와 비교하면 상징은 비유되는 두 사물 가운데 취의가 생략되는 형식이고 또한 이미지와 관념의 관계로 치환하면

[은유] 이미지 : 관념 = 1 : 1 (장님은 나)
[상징] 이미지 : 관념 = 1 : 다 (빈 집은 무엇?)

와 같다. 이미지와 관념의 관계가 '1 : 다多'라고 할 때 다는 다, 모두라는 뜻이 아니라 아직도 모자란다는 뜻이고 말하자면 상징의 의미는 아무리 퍼내고 쏟아붓고 계속 의미를 부여해도 모자란다는 뜻이고 그러므로 다多는 다이고 다가 아니다. 그런가 하면 또한 다는 다da이다. 이 다는 다자인dasein, 현존재라는 의미의 다자인의 접두사이고 현재 존재하는 나, 지금 여기 있는 나의 의미를 강조한다. 현존재는 존재sein와 현da이 결합된 존재이고 그러므로 여기, 현을 뜻하는 da가 중요하다. 여기는 어디인가?

프로이트는 18개월짜리 손자가 혼자 노는 것을 관찰하며 그 아이가 오/아를 반복하는 것에 주의한 바 있다. 엄마가 없는 빈 방에서 아이는 혼자 실패놀이를 하고 실패가 멀리 가면 '오', 실패가 돌아오면 '아'라고 소리친다. '오'는 fort(저기), '아'는 da(여기)라고 해석한 것은 프로이트이다(프로이트, 『쾌락

원칙을 넘어서』). 여기서 실패는 '나'를 상징한다. 그러므로 나는 나를 멀리 던지고 그 나는 다시 돌아온다. 나를 던질 때 나는 돌아온다. 무슨 말인가? 그러나 나는 떠나고 돌아오고 다시 떠나고 돌아온다. 요컨대 반복이 있을 뿐이고 이 반복, 죽고 싶은 마음이 칼을 찾는다. '칼은 날이 접혀서 퍼지지 않으니 날을 노호하는 초조가 절벽에 끊어지려 한다'(이상, 「침몰」).

나는 지금 시작법(그것도 알기 쉬운?)에 대해 글을 쓰는지 '1 : 다'에 나오는 다에 대한 잡념에 시달리는지 잡념을 즐기는지 나도 모르겠다. 아마 다―콤플렉스가 아니면 다―강박증인가 보다. 요컨대 현재는 없기 때문에 현존재는 자신 속에 있는 존재를 밖으로 던지고, 이 존재가 돌아온다. 하이데거가 말하는 존재는 사물들이나 인간이 이 세계에 있는 그런 존재가 아니라 이런 인간, 사물들의 근거, 진리를 뜻한다. 그런 점에서 현존재가 존재를 던지는 것은 존재를 깨닫는 것이고, 따라서 다(da)는 그런 진리, 불교식으로는 空을 지향한다. 그렇다면 이 무, 공의 의미는 무엇인가? 모두(다)는 무엇이고 많다는 것(多)은 무엇이고 다(da)는 무엇인가? 지난밤에는 밤새도록 비가 오고 어두운 새벽 빗소리에 놀라 잠이 깼다. 갑자기 무섭고 서럽고 불안한 생각이 들어 작은 방, 지금 이 글을 쓰는 방, 옛날에 딸애가 공부하던 방으로 와서 전등을 켜고 앉아 담배를 피우고 다시 자던 방으로 돌아갔다. 자다 말고 일어나 작은 방에 와서 담배를 피우고 돌아가 다시 잠이 든 이런 행위는 무엇을 상징하는가?

2. 사랑을 잃고 나는 쓰네

다시 요약하면 상징은 하나의 낱말, 어구, 이미지가 복잡한 추상적 관념을 암시하지만 그 의미는 전체 시를 전제로 알 수 있다는 것. 말하자면 그 낱말이 나오는 시행에서는 생략된다는 것. 따라서 생각하기 나름이겠지만 상징은 은유보다 고급이고 한편 은유보다 난해한 기법이다. 그렇다면 도대체 왜 이런 기법이 나오고 이런 기법, 말하자면 상징이 추구하는 것은 무엇인가? 시에서 상징을 강조한 것은 19세기 말 상징주의 시인들이고 그 가운데 대표적인 시인이 보들레르이다. 그는 「교감」에서 이렇게 노래한다.

자연은 하나의 신전神殿, 거기 살아 있는 기둥은
이따금 어렴풋한 말소리 내고
인간이 거기 상징의 숲을 지나면
숲은 정다운 눈으로 그를 지켜본다.

밤처럼 그리고 빛처럼 아득한
어둡고 그윽한 통합 속에
긴 메아리 멀리서 어울리듯
향기와 빛깔과 소리가 상통한다.

그 향기들 어린이 살결처럼 산뜻하고
오보에처럼 부드럽고 목장처럼 푸르고
— 또 그밖에 썩고 풍부하고 호기로운 향기 있어

호박琥珀, 사향麝香, 안식향安息香, 훈향薰香 처럼
무한한 것으로 퍼져 나가
정신과 관능의 열광을 노래한다.

— 보들레르, 「교감」(정기수 역) 전문

'교감correspodence'은 '만물조응'으로도 번역된다. 자연은 인간이 모르는 가운데 저희들끼리 무엇인가를 주고받는다, 감각을 교환한다는 뜻. 이 시에서 보들레르가 강조하는 것은 자연에 대한 새로운 인식, 인간과 자연의 관계, 자연이 주고받는 것들이다. 낭만주의자들의 경우 자연은 시인의 정서를 환기하는 수단에 지나지 않지만 여기서는 '신의 궁전'으로 노래된다. 신의 궁전이기 때문에 자연은 이 세상을 초월하는 이상의 세계, 혹은 그런 세계로 갈 수 있는 수단이 되고 그런 점에서 자연은 신, 초월자, 절대자의 목소리를 상징하는 '상징의 숲'이 된다. 시인은 이런 숲의 목소리를 듣는 자이고, 그 목소리는 만물조응, 곧 '향기와 빛깔과 소리'가 서로 주고받는, 상통하는 것을 들을 때 알 수 있다. 만물조응은 향기(후각), 빛깔(시각), 소리(청각)가 서로 통합하는 것이라는 점에서 이른바 감각의 교환이고, 교감의 세계가 된다.

물론 현대시를 쓰는, 혹은 쓰고자 하는 분들은 반드시 이런 상징의 미학에 구애될 필요는 없다. 그러나 최소한 상징을 제대로 이해하기 위해서는 온고이지신溫故而知新이라는 말이 있듯이 그 역사적 문맥에 대한 지식이 요구된다. 요컨대 상징을 강조하는 시들은 이 시가 암시하듯이 관념을 전제로 사물을 보는 게 아니라 감각에 의해 사물을 보고 그 감각이 환기하는 혹은 암시하는 여러 관념들을, 자신도 모르는 그런 관념들을 이미지로 전달해야 한다. 앞에서 인용한 기형도의 경우 '빈 집'은 상징이고 그는 살아가면서 '빈 집'을 보고 혹은 감각적으로 체험하고 그 체험의 내용을 시로 노래한다.

사랑을 잃고 나는 쓰네

잘 있거라, 짧았던 밤들아
창밖을 떠돌던 겨울 안개들아
아무 것도 모르던 촛불들아, 잘 있거라
공포를 기다리던 흰 종이들아
망설임을 대신하던 눈물들아
잘 있거라, 더 이상 내 것이 아닌 열망들아

장님처럼 나 이제 더듬거리며 문을 잠그네

가엾은 내 사랑 빈 집에 갇혔네

— 기형도, 「빈 집」 전문

그가 쓰는 것은 '사랑을 잃은 마음'이고, 따라서 '빈 집'은 이런 마음을 상징한다. 상징적 이미지는 시에서 반복되는 수도 있고 이 시처럼 변주되는 수도 있다. 이 시의 경우 '빈 집'은 '더듬거리며 문을 잠그는 나', 그리고 '가엾은 내 사랑 빈 집에 갇혔네'로 변주된다. 한편 이런 마음, 그러니까 '빈 집'이 상징하는 것들은 '짧았던 밤들', '창밖을 떠돌던 안개들', '아무 것도 모르던 촛불들', '공포를 기다리던 흰 종이들', '망설임을 대신하던 눈물들', '더 이상 내 것이 아닌 열망들'로 변주된다. 이런 변주는 상징적 이미지가 보여주는 난해성을 극복하기 위한 시적 책략이고 따라서 상징을 강조하는 시인들은 하나의 상징적 이미지를 선택하면 그 이미지를 시에서 여러 번 반복하거나 다양하게 변주시켜야 한다.

일반적으로 이렇게 한 시인이 개인적으로 체험하고 혹은 상상력에 의해 창조한 이미지를 개인적 상징이라고 부른다. 상징에는 크게 세 가지 유형이 있는바 첫째는 개인적 상징, 둘째는 인습적 상징, 셋째는 원형적 상징이다.(좀 더 자세한 것은 이승훈,『시론』, 고려원, 1979년, '상징의 유형', 206~211면 참고). 개인적 상징은 사물에 대한 시인의 개인적 감각을 중심으로 그 내면성 혹은 상상의 세계를 강조하고, 이때는 그 의미가 모호할 수 있기 때문에 반드시 구조에 의해 혹은 시 전체의 문맥에 의해 의미를 암시해야 한다. 인습적 상징과 원형적 상징에 대해서는 뒤에 가서 다루기로 한다. 개인적 상징을 중심으로 특히 그 상징적 이미지를 변주하면서 한 편의 시를 완성하는 시들을 좀 더 살피기로 하자.

결국 그것은 제 몸 치근대는 바람 때문일 거야 큰 송아지만한 사냥개 절뚝절뚝 저녁 어스름 이끌고 날 찾아왔지 큰채와 사랑채 이음새 헛간에서

주먹밥을 나누어 먹던 한철을 잊을 수 없네 헛간 고요에 상처 아물고 주먹
밥의 柔順에 길들여졌다 할지라도 어느 날 훌쩍 사냥개 사라지고 텅 빈 고
요만 비에 젖어 슬펐네

— 강현국,「가난한 시절 4」부분

이 시에서 '사냥개'는 '가난한 시절'을 상징한다.
그러나 '사냥개'라는 이미지에는 단순히 먹이를 사냥하는
동물이라는 의미만 있는 게 아니라 공포, 사냥이 암시하는
야수성, 짐승이 짐승을 잡는 아이러니 등 여러 가지가 의
미가 있다. 그러므로 강현국이 노래하는 가난은 단순히 배
가 고프다는, 굶주린다는 의미가 아니고, 또한 이 시에서 그는 사냥개가 '절뚝
절뚝 어스름 이끌고 나를 찾아온다'고 노래함으로써 그것이 병든 가난, 어스름
이 표상하는 무력감을 동반하는 가난을 상징한다. 그리고 그는 현재 '컹 컹 컹
밀려오는 저녁놀'을 본다/ 듣는다. 그 가난은 밀려오며 무너진다. 말하자면 아
직도 그를 지배하는 것은 옛날의 가난이다. 그는 지금도 저녁놀에서 사냥개 울
음소리를 듣기 때문이다.

석탄을 적재한 무개화차들이 굴러가는 철길 너머에 저탄장이 있다.
거대한 재의 무덤, 바람에 석탄가루들이 일어난다. 그것은 흩어진다. 그것
은 바람에 불려간다. 검은 바람, 펄럭이는 검은 작업복, 탄부들이 움직이고
있다.

— 최승호,「재」부분

이 시의 경우 '재'는 석탄가루를 표상하고 그것이 재라는 점에서 죽음
을 상징한다. 모든 살아 있는 것들은 불타고 나면 재가 된다. 그러나 이 재, 죽
음은 이 시에서 일어나고 흩어지고 불려간다. 물론 바람을 매개로 하지만 재

의 이미지는 이런 변주에 의해 죽음에 대한 새로운 인식을 낳고 개인적 상징의 한계를 초월한다. 재라는 이미지가 이렇게 변주됨으로써 그 상징적 의미가 분명해지기 때문이다. 요컨대 이 시에서 '재'는 죽음을 상징하지만 그 죽음은 바람에 의해 일어나고 흩어지고 불려간다. 결국 재는 바람과 동일시된다. 바람 속에 죽음이 있고 죽음 속에 바람이 있다.

쾌락으로 가는
길목에 털이 있다. 궁창이 열리고
땅이 혼돈을 멈추었을 때, 가장 나중에 만들어진 인간을
가장 나중에 완성시킨 건, 아무래도 털이다. 당신이 떠나고
세상에서 가장 싼 값으로
인생을 구겨버리고 싶을 때, 낡은 침대나
주전자 옆에서, 꼼지락거리는
털.
윤기가 잘잘 흐르는 털. 궁창이 열리고
혼돈이 멈춘 메마른 땅을, 촉촉하게 완성시킨 건
아무래도 풀이다. 땅의 털인
풀.

— 원구식, 「엉큼한 털은 꼼지락거린다」 부분

이 시의 지배적 이미지는 '털'이지만 그 의미는 분명치 않고, 따라서 상징이 된다. 무엇을 상징하는가? 이 '털'은 '쾌락으로 가는 길목'에 있다는 점에서 쾌락과 관계되고, 따라서 머리털이나 수염이 아니라 음모를 의미하고, 시인은 '당신이 떠난' 방에서 낡은 침대와 주전자 옆에 떨

어진 음모를 본다. 이 털은 육체에서 떨어진 것이므로 털로서의 기능이 없고, 따라서 죽음을 표상하지만 이 시에서는 꼼지락거린다. 살아 있다. 그리고 이 털은 대지의 풀에 비유된다. 말하자면 풀은 '땅의 털'이다. 도대체 정사가 끝나고 '당신이 떠난 다음'낡은 침대에 떨어진 털을 보는 것도 이상하고 이 털이 살아 꼼지락거린다고 노래하는 것도 이상하고 풀을 땅의 털이라고 노래하는 것도 이상하다. 그러나 모든 진리는 이렇게 이상한 데 있고 이상한 것이 진리이다. 상식, 기준, 표준이 깨질 때 진리가 태어나기 때문이다. 털은 육체를 보호한다는 의미가 있고, 머리털은 신체 정상에 자란다는 점에서 정신적 힘을 상징한다. 그렇다면 음모는 생식, 성행위를 돕는다는 의미가 있지만 이 털은 그런 의미를 벗어난다. 그러나 이 털은 죽은 것이 아니라 생명을 상징한다. 죽은 털이 살아 있기 때문이다. 이런 의미는 모두 상징적 이미지의 변주를 통해 변주와 함께 변주를 먹고 태어난다.

3. 인습적 상징을 이용하라

이상에서 나는 상징의 세 유형 가운데 이른바 개인적 상징에 대해 말했다. 다음은 이른바 인습적 상징. 말 그대로 이런 상징은 이미지와 관념의 관계가 내적 필연성(개인적 상징)이 아니라 오직 인습, 습관, 사회적 약속에 의존한다. 따라서 이런 상징은 일정한 역사적·사회적 특성을 소유한다. 말하자면 한 시대나 한 사회에서만 공유하는 상징이다. 예컨대 십자가는 기독교 정신을 상징하고 비둘기는 평화를 상징하고 태극기는 조국을 상징한다. 그러나 이런 상징은 보편성을 띠는 것이 아니다. 십자가는 기독교인들의 진리이고, 비둘기는 구약의 문맥에서 평화이고, 태극기는 한국인들의 (그것도 남한만의) 조국을 상징하기 때문이다. 미국인들은 태극기를 보고 조국을 생각하지 않는다.

시대적·역사적 제약이 있기는 하지만 이런 상징은 인습적으로 습관적으로 사용되기 때문에 난해하지 않고, 난해하지 않기 때문에 알기는 쉽지만 한편 시적 깊이가 사라진다. 오늘 이 시대에 비둘기가 평화를 상징한다고, 비둘기를 보면서 평화롭다고 생각하는 사람들은 별로 없고, 그런 생각은 과거의 인습에 지나지 않는다. 그렇지 않은가? 내가 사는 아파트 약방 앞 보도블록에는 언제나 비둘기들이 모여 있다. 놀고 있나 하고 가까이 다가가 보면 평화롭게 놀고 있는 게 아니라 모이를 찾느라고 정신이 없다. 너희들이나 우리나 모두 먹고살기가 이렇게 어렵구나. 이런 비둘기들은 평화가 아니라 먹고 살기 위한 고통, 싸움, 전쟁을 상징한다. 물론 생각하기 나름이겠지만 유념할 것은 이런 인습적 상징을 사용하는 경우 그 상징적 의미를 시의 문맥에 의해 변형시키고 변주해서 새로운 의미를 보여주라는 것. 다음은 비둘기라는 이미지를 인습적 의미로 사용하되 변주시킨 보기이다.

> 비둘기들이 걷고 있는 이 고요한 지붕은
> 반짝거린다, 소나무 사이, 무덤 사이에서
> 여기 공정한 '정오'가 불로서 구성한다
> 바다를, 언제나 다시 시작하는 바다를!
> 신들의 고요를 오래 관조하는
> 오 사색이 받는 보상이여!
>
> — 발레리, 「해변의 묘지」(민희식, 이재호 역) 부분

시의 표제가 '해변의 묘지'로 되어 있기 때문에 '이 고요한 지붕'은 '바다'를 비유한다. 그렇다면 '비둘기들'은 바다 위를 걷고 있는 비둘기로 읽을 수 있지만 바다에는 비둘기가 아니라 (물론 조금 미친 비둘기들은 바다에 떠 있을 수도 있다. 김기림의 「바다와 나비」에는 조금 미친 나비가 바다에 떠 있음) 갈매기가 많고 따라서 이 비둘기들은 바다 위에 떠 있는 '고기잡이 배들의 하얀 돛대'를 비유한다. 그런 점에서 이 시행은 이중 구조로 되어 있다.

하나는 지붕/비둘기가 바다/하얀 돛대를 비유한다는 것. 다른 하나는 고요한 지붕을 비둘기들이 걷고 있다는 것. 그러므로 이 시행이 주는 시적 효

과는 이런 이중 구조가 산출하고 그것은 고요한 지붕(바다)에 하얀 돛대가 비둘기처럼 평화롭게 떠 있다는 독특한 의미를 낳는다. 물론 여기서 비둘기의 이미지는 평화라는 인습적 의미를 유지한다. 그러나 이 비둘기는 비둘기이면서 동시에 하얀 돛대이기 때문에 이중적 의미를 암시한다. 요컨대 비둘기의 평화는 하얀 돛대의 평화가 된다. 이 시의 전경은 소나무 사이, 무덤 사이에서 바다가 반짝이는 풍경이고 후경은 하얀 돛대로 나타난다. 다음 시 역시 인습적 상징을 변주해서 특수한 시적 의미를 보여준다.

> 새떼가 날아가도 손 흔들어주고
> 사람이 지나가도 손 흔들어주고
> 남의 논일을 하면서 웃고 있는 허수아비
>
> 풍년이 드는 해나 흉년이 드는 해나
> ―논두렁 밟고 서면―
> 내 것이거나 남의 것이거나
> ―가을 들 바라보면―
> 가진 것 하나 없어도 나도 웃는 허수아비
>
> 사람들은 날더러 허수아비라 말하지만
> 맘 다 비우고 두 팔 쫙 벌리면
> 모든 것 하늘까지도 한 발 안에 다 들어오는 것을
>
> ― 조오현, 「허수아비」 전문

허수아비는 막대기와 짚으로 사람 형상을 만들어 헌 삿갓을 씌워 논에 세우는 물건. 그러나 허수아비는 쓸 데 없는 사람, 주관이 없는 사람을 상징하고, 이런 의미는 어디까지나 역사적·사회적 인습에 지나지 않는다. 많

은 사람들은 허수아비를 이런 인습적 상징으로 사용한다. 그러나 오현 스님은 이런 인습적 의미를 변주시켜 독특한 시적 공간을 보여준다. 독특하다는 것은 이 시에서 허수아비는 가을 들에 서 있는 물건이지만 동시에 '남의 논일을 하면서 웃는 존재'이고, 가진 것 하나 없어도 웃는 삶을 상징하고, 그런 점에서 불교가 강조하는 무소유를 상징한다. 가진 것이 없기 때문에 자유롭고, 텅 빈 존재이기 때문에 모든 것을 포용한다. 이 시에서 하수아비는 스님이고 불성이고, 부처님이다.

그러나 인습적 상징은 그 의미를 이렇게 변형하지 않고 그대로 사용하는 경우도 있다. 다음은 그 보기.

쫓아오던 햇빛인데
지금 교회당 꼭대기
십자가에 걸리었습니다.
첨탑이 저렇게 높은데
어떻게 올라갈 수 있을까요.

— 윤동주, 「십자가」 부분

4. 원형적 상징

인습적 상징이 시대적 · 사회적 제약을 받고 그 의미가 사회적 인습에 의존한다면 이와는 달리 이런 시대적 · 사회적 제약을 초월하고 상징(이미지)과 관념의 관계가 보편성을 띠는 것이 있다. 이른바 보편적 상징 혹은 원형적 상징. 원형archetype은 으뜸가는 이미지, 원초적 이미지라는 뜻으로 시인들, 화가들이 수많은 이미지들을 생산하지만 결국은 몇 가지 원형으로 환원된다는 점에서 모든 이미지들의 바탕이라고 부를 수 있다.

융에 의하면 이런 이미지는 사회와 역사를 초월하는 인간의 보편적 무의식이 생산하고 그런 점에서 집단 무의식의 산물이다. 프로이트에 의하면 이미지(상징)는 개인 무의식 그것도 성적 욕망이 생산하지만 그의 제자인 융에 의하면 집단 무의식이 생산하고 이런 보편적 상징은 옛날부터 현재까지 인류에게 무의식적으로 계승되는 이미지이다. 그것은 인간이기 때문에 소유하는 인간적 꿈, 소망, 원망을 암시한다. 이런 소망은 지금도 계속된다. 예컨대 이 세계는 물, 불, 바람, 흙의 원형으로 되어 있다거나 자연은 계절적으로 순환하기 때문에 인간도 다시 태어난다는 재생 원형 등이 있고, 재생 원형은 결국 우리 인간들이 옛날이나 지금이나 죽고 싶지 않다는 것, 이른바 불사不死, 영원에의 꿈을 상징한다. 그런가 하면 지상의 삶을 초월해서 하늘, 천상의 세계에 닿고 싶은 소망도 있고, 이런 소망은 흔히 계단, 산, 나무, 탑의 이미지로 구현된다.

프로이트가 강조하는 상징은 개인적인 성적 욕망과 관계되고, 융이 강조하는 것은 보편적인 집단적 무의식과 관계된다. 다음 시는 프로이트가 말하는 개인적 상징의 보기.

번개처럼 떨어지는 접시를 받았다
바나나가 있는 접시였다
바나나가 좋아
난 바나나가 좋아
더 주세요
위에 대고 소리 질렀다

내일부터 접시 닦기를 할 거예요
내 꿈은 작고 웃기는 거

껍질을 벗기면 하얀 과육이 나오고 빨면 즙이 나오는

바나나는 신기해

나는 아껴서 핥아 먹었다

눈을 감고

달빛이 펼쳐진 장원에 누워

조금만 부드럽게

— 김이듬,「날치고 훔치고」부분

　　　　　　　　　　이 시는 꿈 이야기. 그러나 이 꿈을 지배하는 것
은 성적 욕망이다. 그러니까 억압된 성적 욕망이 이런 꿈
으로 나타나고, 그는 이 꿈을 모티브로 시를 쓴다. 갑자기
위에서 접시가 떨어지고, 그는 접시를 받는다. 접시에는
바나나가 있다. 갑자기 접시가 떨어진 건 꿈이기 때문이
다. 문제는 바나나다. 김이듬은 바나나 껍질을 벗기고 과육을 빨고 즙이 나오
는 바나나를 핥아 먹는다. 그것도 달빛이 펼쳐진 장원에 누워서 핥아 먹는다.
나는 이 시를 해석하면서 오랄 섹스 이미지라고 말한 바 있다. 그러니까 이 시
에서 바나나는 남근을 상징하고, 이 시에 의해, 꿈에 의해 그의 욕망은 충족된
다. 하기야 바나나는 개인적 상징도 되고, 인습적 상징도 되고, 원형적 상징도
된다. 그러므로 개인적 상징과 원형적 상징의 관계도 중요하다. 다음 시는 이
런 개인적 상징이 보편적 원형적 상징과 결합된 보기.

　　나의 두개골 안에

　　불타는 가시덤불의 거센 불길이

　　느껴지는 이 싱싱한 밤

— 최승호,「나의 두개골」부분

이 시에서 시인은 자신의 두개골을 노래한다. 두개골은 두뇌 속 **뼈**를

뜻하고, 그가 '머리 속'이 아니라 '두개골 안'이라고 표현한 것은 두뇌, 머리보다 이런 표현이 한결 구체적이기 때문이고, '두개골'이라는 말이 해골, 죽음을 연상하기 때문이다. 아무튼 그는 밤에 자신의 머리 속에 '불타는 가시덤불의 거센 불길'을 느낀다. 쉽게 말하면 그의 머리 속에 불이 탄다. 이런 말은 말이 안된다. 왜냐하면 머리에 열을 느낄 수는 있지만, 이렇게 불이 타면 우리는 죽기 때문이다. 그러므로 이 '불'은 상징이 된다. 이 불은 무엇을 상징하는가? '이 불'을 붙여 읽으면 '이불'이 되니까 이 불은 이불을 뜻하는가? 내가 왜 이런 생각을 하는지 모르겠다.

　　이 불은 머리 속에서 불타고, 따라서 그의 머리는 뜨겁고, 이 뜨거움은 정열, 욕망을 상징한다. 한편 이 '거센 불'은 성적 욕망을 상징할 수도 있다. 그러나 다시 생각하면 이 불은 죽음을 상징하고, 죽음은 재생을 암시한다. 요컨대 이 불은 개인의 욕망(개인적 상징)과 죽음과 재생(원형적 상징)이 결합된 이미지이다. 그런가 하면 다음 시는 보편적 상징이 개인적 상징으로 넘어가는 경계를 보여준다.

　　　　나는 계단을 오른다.
　　　　부서진 계단

　　　　내가 한 걸음 디딜 때마다
　　　　계단들은 사라진다.

　　　　두 사람이 싸우고 있다.

　　　　한 사람이 다른 사람의 팔을 꺾어
　　　　멀리 던진다.

멀리 날아간 팔이

되돌아와

계단을 오른다.

— 이수명, 「부서진 계단」 부분

'계단'의 이미지는 나무, 탑, 산처럼 옛날부터 인간들이 지상의 삶을 초월해서 더 높은 세계, 신성의 세계로 오르고자 하는 이른바 집단 무의식의 산물이고, 그런 점에서 보편적 원형적 상징에 속한다. 그러나 이 시의 경우 계단은 이런 원형적 상징에서 개인적 무의식의 상징으로 전환된다. 나는 계단을 오르지만 그 계단은 부서진 계단이고, 한 걸음 디딜 때마다 계단은 사라지기 때문이다. 부서진 계단이나 사라진 계단을 '상승 의지', '초월 의지'의 좌절과 부재로 읽을 수도 있다. 그리고 두 사람이 싸우는 이미지. 멀리 날아간 팔이 되돌아와 계단을 오르는 이미지는 초현실주의적 이미지에 가깝고, 그런 점에서 집단 무의식이 아니라 개인 무의식을 보여준다. 날아간 팔이 돌아와 오르는 계단은 무엇을 상징할까? 여러분들이 한 번 생각해 보시기 바란다.

원래 보편적 원형적 상징은 이렇게 개인 무의식과 결합되거나(최승호), 개인 무의식으로 전환되지(이수명) 않고 사회와 역사를 초월하는 인간의 보편적 무의식이 생산하고, 그것은 개별성보다 보편성을 보여준다. 예컨대 다음 시는 나무를 노래하되 원형적 이미지, 곧 옛날부터 계승되는 인간들의 집단적 무의식, 곧 지상 초월과 천상에의 꿈을 노래한다.

꿈을 아느냐 네게 물으면

플라타너스

너의 머리는 어느덧 파아란 하늘에 젖어 있다.

123

너는 사모할 줄 모르나
플라타나스
너는 네게 있는 것으로 그늘을 늘인다.
먼 길에 올 제
호올로 되어 외로울 제
플라타나스
너는 그 길을 나와 같이 걸었다.

이제 너의 뿌리 깊이
나의 영혼을 불어넣고 가도 좋으련만
플라타나스
나는 너와 함께 신이 아니다!

수고로운 우리의 길이 다하는 어느 날,
플라타나스
너를 맞아 줄 검은 흙이 먼 곳에 따로이 있느냐?
나는 길이 너를 지켜 네 이웃이 되고 싶을 뿐
그곳은 아름다운 별과 나의 사랑하는 창이 열린 길이다.

— 김현승, 「플라타나스」 전문

이 시의 중심적 이미지는 '플라타나스'이고 여기서 이 나무는 단순히 가로수를 의미하는 게 아니라 '너의 머리는 어느덧 파아란 하늘에 젖어 있다'는 시행이 암시하듯이 하늘과 닿는 나무, 이른바 초월을 상징하고, 이런 초월은 지상으로부터 벗어나 신의 세계에 닿고 싶은 인간들

의 집단적인 꿈을 암시한다. 그러므로 시의 후반에는 '나는 너와 함께 신이 아니다'는 시행이 나오고, 이런 시행을 전제로 할 때 인간의 꿈이 나무의 꿈이고 이 꿈은 신의 세계에 닿고 싶은 인간의 보편적 소망을 의미한다. 한편 인간에게는 탄생, 창조, 재생에의 꿈이 있고, 이런 꿈은 계절적으로는 봄, 하루의 수준에서는 새벽의 이미지로 나타난다.

> 그해 겨울이 지나고 여름이 시작되어도
> 봄은 오지 않았다 복숭아나무는
> 채 꽃 피기 전에 작은 열매를 맺고
> 불임의 살구나무는 시들어 갔다
> 소년들의 성기에는 까닭없이 고름이 흐르고
> 의사들은 아프리카까지 이민을 떠났다 우리는
>
> — 이성복, 「1959년」 부분

이 시의 경우 '봄'은 오지 않고, 그것도 여름이 되어도 오지 않는다. 그렇다면 이런 봄은 자연으로서의 봄이면서 동시에 이런 의미를 초월하고 따라서 관념으로서의 봄이고 ('지금은 들을 빼앗겨 봄조차 빼앗기겠네', 이상화) 이런 봄이 암시하는 것은 새로운 삶, 신생, 창조, 계몽 등이다. 말하자면 죽음을 상징하는 '겨울'과 대비되는 삶이다. 그러나 이 시에서는 그런 삶, 새로운 삶의 창조가 불가능하다는 것을 노래한다.

5. 상징이냐 알레고리냐

상징과 알레고리가 비슷한 느낌을 주는 것은 이 두 기법 모두 이미지를 보여줄 뿐 그 의미를 직접 진술하지 않기 때문이다. 말하자면 취의가 생략되고 매재만 존재하기 때문이다. 그러나 상징과 알레고리는 다르고, 이 차이가 중요하다. 알레고리allegory는 흔히 우유寓喩, 우화寓話로 번역되고 allegory는 그리스어로 '다른 것'을 뜻하는 allos와 '말하다'를 뜻하는 agoreuein이 결합된 말이다. 따라서 알레고리는 어떤 말 혹은 이미지가 그것이 아닌 다른 것을 의미한다는 뜻이고, 우화가 암시하듯이 이런 말하기는 상징과 다른 몇 가지 특성을 보여준다.

첫째로 상징이 사물이나 이미지에서 출발해서 관념에 이른다면 알레고리는 거꾸로 관념에서 출발해서 이미지에 이르는 과정을 밟는다. 둘째로 상징의 경우 이미지와 관념의 관계가 1 : 다로 나타난다면 알레고리의 경우엔 1 : 1로 나타나며 시간적 계기성을 띠고 그런 점에서 연속성을 띤다. 셋째로 상징의 의미는 모호하지만 알레고리의 경우엔 분명하고 교훈적이고, 넷째로 알레고리는 교훈적인 것과 관계가 있지만 설화성을 띤다는 점이다(좀 더 자세한 것은 이승훈, 『시작법』, 탑출판사, 1988년, 201~206면 참고). 다음은 알레고리에 의한 시.

> 그는 들어왔다.
> 그는 앉았다.
> 그는 빨강머리의 이 열병은 바라보지도 않는다.
> 성냥불이 켜지자
> 그는 떠났다.
>
> — 아폴리네르, 「시」(오증자 역) 전문

'그'는 시를 의미하고, 따라서 이 시는 시 쓰기에 대한 시이며, 시 쓰기 혹은 시상이 전개되는 과정을 시간적 순서에 따라 노래한다. 그러나 머리 속에 떠오른, 혹은 환각으로 나타난 시가 성냥불을 켜자 사라지고 말았다는 것. 다음과 같은 시도 알레고리의 기법에 의존한다.

태양신이라고 불리던 루이 14세는

그의 통치 말기에
종종 구멍 난 의자에 앉곤 했다
지독히 어둡던 어느 날 밤
태양신은 자리에서 일어나
의자에 가 앉더니
사라지고 말았다.

— 프레베르, 「일식」(오증자 역) 전문

루이 4세를 풍자한 시로 일종의 교훈이 있고, 설화성도 있고, 이미지가 시간적으로 발전한다.

제7강
아이러니와 역설

어항에 붕어 세 마리가 살았다. 빨간 색, 파란 색, 노란 색 붕어였다. 주인은 도무지 먹이를 주지 않고 마침내 세 붕어는 칼로 자신의 배를 갈라 자살하기로 했다. 빨간 붕어의 배에선 빨간 피가 나오고 파란 붕어에선 파란 피가 나왔다. 그러나 노란 붕어에선 까만 피가 나왔다. 다른 두 붕어는 하도 이상해서 물었다. '아니 넌 노란 피가 아니고 어째서 까만 피냐?' 노란 붕어가 하는 말 '난 붕어빵이야.' 그렇다. 붕어빵도 붕어. 붕어빵은 붕어인가? 빵인가? 붕어빵이 어항에서 칼로 자살하는 아이러니. 농담은 압축, 치환, 간접적 표현이라는 점에서 꿈과 비슷하지만 꿈이 불쾌감의 절약에 기여한다면 농담은 쾌락 획득에 기여한다.

아이러니와 역설

1. 보내는 마음 잡고 싶은 마음

아이러니는 현대시의 대표적인 기법일 뿐만 아니라 현대시의 기본적 특성이고 따라서 아이러니는 현대시의 형식과 내용을 동시에 의미한다. 아니 현대시는 내용이 따로 있고 형식이 따로 있는 게 아니기 때문에 현대시를 말하면서 내가 지금 형식과 내용에 대해 말하는 것 자체가 아이러니이고 아이러니하고 아이러닉하다. 흔히 어떤 현상을 두고 아이러니하다고 말하지만 나는 아이러닉하다는 표현이 적합한 것 같아 이렇게 두 가지 표현을, 번역을 함께 사용해 본다. 그러나 아이러니하다는 표현보다는 아이러닉ironic하다는 표현이 적합하다는 생각이다. 왜냐하면 우스운, 희극적인, 웃기는 풍경을 보고 우리는 일반적으로 코믹comic한 풍경이라고 하지 코미디한 풍경이라고 하지는 않기 때문이다.

63빌딩에서 한 남자가 자살을 하려고 뛰어내린다. 그를 바라보는 사람들은 그가 땅에 떨어져 죽을 것이라고 생각한다. 그러나 예상과 달리 그는 땅에 떨어져 바닥에 육신이 조각나 죽는 게 아니라 멀쩡하게 손을 털고 일어나 허허 웃는다. 말이 되는가? 유머이긴 하지만 이런 풍경이 아이러니이고 아이러닉한 풍경이다. 이른바 이런 아이러니를 극적 아이러니라고 부른다. 이런 풍경은 우리의 기대를 배반한다는 특성이 있다. 그가 죽으리라고 우리는 기대했지만 그는 기대를 배반하고 살았기 때문이다. 물론 이런 장면은 아이러닉하고 동시에 코믹하다. 그런 점에서 아이러니는 희극적이고 유머러스할 때가 많다. 아이러니에는 이런 극적 상황만 있는 게 아니라 말하기, 곧 언어 사용, 이른바 언어적 아이러니도 있다. 시인은 일상인과 다르게 특별하게 특수하게 이상하게 말하는 사람들이고 따라서 언어적 아이러니를 곧잘 사용한다. 예컨대 김소월은 이렇게 노래한다.

> 나 보기가 역겨워
> 가실 때에는
> 말없이 고이 보내 드리오리다.
>
> 영변에 약산
> 진달래꽃
> 아름 따다 가실 길에 뿌리오리다.
>
> 가시는 걸음걸음
> 놓인 그 꽃을
> 사뿐히 즈려 밟고 가시옵소서.
>
> 나 보기가 역겨워
> 가실 때에는
> 죽어도 아니 눈물 흘리오리다.
>
> — 김소월, 「진달래꽃」 전문

시의 화자는 김소월이 아니라 한 여인이고, 이 여인은 님과의 이별을 근심한다. 자신이 역겨워서, 싫어서, 구역질이 나서 떠난다면 어떻게 하나? 만일 자신이 역겨워서 님이 떠난다면 화자는 '죽어도 아니 눈물 흘리겠다'고 말한다. 말이 되는가? 자신이 역겨워 님이 떠난다면 이런 님에 대한 반응은 다음과 같은 몇 가지가 있을 것이다. 첫째는 님을 붙잡고 떠나지 말라고 울며불며 하소연하는 고전적이고 감상적인 태도. 둘째는 칼이나 총을 들고 떠나지 못하게 위협하거나 님의 옷을 찢는 공격적인 사디스트의 태도. 셋째는 이별을 체념하는 나 같은 허무주의자의 태도. 넷째는 뭐? 역겹다구? 그래 나도 네가 역겨웠다. 그러니까 잘 되었다고 기뻐하는 낙천적 현실주의적 태도. 다섯째는 재수 없다고 소금을 뿌리는 샤머니즘의 태도. 물론 생각하기에 따라서는 얼마든지 여러 가지 경우가 있을 수 있다.

그렇다면 이 시의 화자는 어떤가? 님이 떠난다면, 그것도 역겨워 떠난다면 화자는 먼저 '말없이 고이 보내 드리겠다'고 말한다(1연). 말없이 고이 보내는 것은 고맙지만, 2연에 오면 이 여인은 영변 약산에 핀 진달래꽃을 한 아름 따다 '가시는 길에 뿌리겠다'고 말한다. 아니 말 없이 보내주는 깃, 그러니까 협박도 안 하고 소금도 안 뿌리고 괴롭히지도 않고 보내주는 것은 고맙지만 웬 꽃까지 뿌려준단 말인가? 님이 떠나는 게 그렇게 기쁘단 말인가? 또 이 꽃을 사뿐히 즈려 밟고 가라니?(3연) 어떻게 가는 게 사뿐히 즈려 밟고 가는 건가?

이런 여인의 행위에 대한 남자들의 반응은 크게 세 가지이다. 첫째는 진달래꽃을 그냥 밟고 가는 남자. 둘째는 사뿐히 즈려 밟으려고 노력하다 쓰러지는 남자. 셋째는 도대체 이 꽃이 무엇을 의미하는지 몰라 망설이는 남자. 물론 사뿐히 즈려 밟고 가는 남자도 있을 수 있다. 이 꽃이 무엇을 의미하는지도 모르고 그냥 밟고 가는 남자는 야만적이고 씩씩하고 늠름하고 남성적이다. 한편 사뿐히 즈려 밟으려다 쓰러지는 남자는 내성적이고 섬세하고 병적이고

133

아둔하고 아마 내가 이 모양일 것이다. 문제는 이 꽃 앞에서 망설이는 남자. 그렇다면 싫어서 떠나는 남자가 가는 길에 꽃을 뿌리는, 그것도 빨간 진달래꽃을 뿌리는 이 여인의 행위는 도대체 무엇을 의미하는가? 기쁘다는 표현인가? 꽃을 뿌리는 행위는 무덤을 제외하면 대체로 기쁨을 상징한다. 그러나 이 시의 경우 화자는 님과의 이별이 기쁜 건 아니다.

그렇다면 이런 행위, 이별의 시간에 꽃을 뿌리는 행위는 겉 다르고 속 다른 이 여인의 심리적 이중성, 말하자면 내숭떨기가 아닌가? 이 여인은 겉으로는 꽃을 뿌리며 기쁜 척하지만 속으로는 가지 말라고 호소한다. 그러므로 '죽어도 아니 눈물 흘리겠다'는 말 역시 겉으로는 눈물을 흘리지 않겠지만 속으로는 눈물을 흘린다는 의미. 이런 심리적 이중성을 흔히 심리적 양가성 ambivalence이라고 부르고, 이런 양가성이 아이러니와 통하고 이런 표현은 이른바 언어적 아이러니에 속한다. 이런 아이러니의 특성은 말의 표면과 심층이 대립한다는 것. 그러나 이 대립은 서로 반대된다는 의미가 아니라 두 항목을 동시에 인식하는 태도이고 이런 태도가 현대적인 인식과 통한다.

그렇다는 것은 우리들의 삶은 행복한 것만도 아니고 고통스럽기만 한 것도 아니기 때문이다. 삶도 그렇고 사랑도 그렇고 행복하면서 고통스럽고, 사물이나 자연에도 밝음과 어둠이 동시에 존재하고, 그런 점에서 이런 인식은 삶이나 사물을 인식할 때 어느 한 면만을 강조하는 이른바 감상적인 태도를 극복하고 이런 태도가 현대성과 통한다. 그러므로 김소월의 시에 나오는 여인은 떠나는 님을 보내면서 동시에 잡고 싶은, 혹은 보내야 하는 마음과 잡고 싶은 마음의 갈등을 겪고, 이런 갈등이 현대성과 통한다. 김소월의 시가 전통적인 시에 속하지만 최소한 이런 아이러니, 그리고 시의 화자를 김소월이 아니라 한 여인으로 설정한 점이 현대성과 통한다.

2. 비숍 여사와 연애를 하다

아이러니는 흔히 반어反語라고 번역되고, 희랍어 에이로네이아eironeia

를 어원으로 하고, 이 말은 은폐를 의미한다. 따라서 아이러니는 '숨기다, 은폐하다'라는 어원을 갖는다. 어째서 숨긴다는 의미를 어원으로 하는가? 희랍시대 희극 인물 가운데 에이론eiron이 있고 그는 상대인 알라존alazon보다 약하지만 최후에 가서는 승리한다. 그것은 그가 표면적으로 약한 시늉을 하기 때문이고, 그런 점에서 그는 자신의 정체를 숨긴다. 그는 약한 자인가? 강한 자인가? 표면적으로는 약하지만 심층적으로는 강하고, 따라서 약하면서 강한 인물이고 에이론이 아이러니와 통하는 이유이다.

이런 태도는 이른바 소크라테스적 아이러니와 관계되고, 소크라테스는 자신이 아무 것도 모르는 척하면서 상대와 대화를 진행하고 마침내 상대를 이긴다. 그 후 낭만주의 시대에 오면 이른바 낭만적 아이러니가 나타난다. 이는 시인이나 작가가 새로운 환영의 세계를 창조하고 어조나 개인적 언급, 혹은 격렬한 모순적 감정에 의해 자신이 창조한 세계를 갑자기 파괴하는 것을 의미한다. 20세기에 오면 아이러니는 리처즈의 시론에서 중요한 의미를 띤다. 그에 의하면 시에는 배제적 시와 포괄적 시가 있고, 전자는 아이러니가 없는 감상적인 시, 후자는 아이러니가 있는 현대적 시가 된다(아이러니에 대한 좀 더 자세한 것은 이승훈, 『시론』, 고려원, 1990년, 증보판, 263~275면 참고).

이렇게 다양한 문맥을 거느리는 아이러니를 쉽게 요약하고 알기 쉬운 시 쓰기에 적용하는 일은 말처럼 쉽지 않다. 이 글에서는 고대 수사학의 개념을 중심으로 아이러니의 유형을 살피기로 한다.

첫째로 화자는 이중의미, 곧 아이러니를 의식하지만 청자는 그 이중의미를 모르는 경우가 있다. 보기는 다음과 같다.

그날 아버지는 일곱 시 기차를 타고 금촌으로 떠났고
여동생은 아홉 시에 학교로 갔다 그날 어머니의 낡은
다리는 퉁퉁 부어올랐고 나는 신문사로 가서 하루 종일
노닥거렸다 전방은 무사했고 세상은 완벽했다 없는 것이

없었다 그날 역전에는 대낮부터 창녀들이 서성거렸고
몇 년 후에 창녀가 될 애들은 집일을 도우거나 어린
동생을 돌보았다 그날 아버지는 미수금 회수 관계로

— 이성복, 「그날」 부분

　　　　　　그날 아버지는 미수금 회수 관계로 사장과 다투
지만 세상은 완벽했다. 과연 그날 세상은 완벽했던가? 이
성복은 완벽하고 무사하다고 말하지만 사실은 완벽한 게
아니라 완벽한 것 같고 따라서 겉은 완벽하고 속은 상처
투성이이고 썩어가고 병들고 신음소리를 내는 세상이다.
시인의 말에 의하면 '모두 병들었는데 아무도 아프지 않았다'. 시인은 이런 이
중의미를 의식하고 있지만 우리는 모르고 따라서 이중의미를 의식해야 한다.

　　둘째로 야유sarcasm가 있다. 이 경우에는 화자나 청자나 이중의미를 의
식한다. 대상이나 타자를 빈정거리고 놀려대는 야유의 보기는 다음과 같다.

비숍 여사와 연애를 하고 있는 동안에는 진보주의자와
사회주의자는 네에미 씹이다 통일도 중립도 개좆이다
은밀도 심오도 학구도 체면도 인습도 치안국
으로 가라 동양척식회사, 일본영사관, 대한민국 관리,
아이스크림은 미국놈 좆대강이나 빨아라 그러나
요강, 망건, 장죽, 종묘상, 장전, 구리개 약방, 신전,
피혁점, 곰보, 애꾸, 애 못 낳는 여자, 무식쟁이,
이 모든 무수한 반동이 좋다
이 땅에 발을 붙이기 위해서는

— 김수영, 「거대한 뿌리」 부분

이 땅에 발을 붙이고 살기 위해서는 이 모든 무수한 반동이 좋다는 말은 반동의 아이러니이고, 이런 아이러니는 김수영도 알고 나도 안다. 그리고 그는 이런 시각에서 진보주의자, 사회주의자를 빈정대고 놀리고 욕하고 침을 뱉는다. 비숍 여사는 1893년 조선을 처음 방문한 영국 왕립 지학협회 회원. 김수영이 사랑하는 것은 그가 알려주는 우리 조상의 초상이고, 그것은 요강, 망건, 곰보, 애꾸로 요약되고 이 무수한 무식이 우리의 거대한 뿌리이다. 이 무수한 반동에 비하면 진보주의, 사회주의, 제3인도교 등은 '좀벌레의 솜털'에 지나지 않는다는 것.

셋째로 과장법hyperbole, overstatement. 이는 사실을 과장하고 하찮은 것을 진지하게 말하고 허풍을 떨고 따라서 희극적 효과도 있고 이런 허풍 떨기는 희극적 과장법에 속한다. 아무튼 과장은 전통적인 시작의 기법이다. 백발삼천척白髮三千尺이라고 하지 않는가?

투구를 쓴 게가
바다로 가네

포크레인 같은 발로
걸어온 뻘밭

들고 나고 들고 나고
죽고 낳고 죽고 낳고

바다 한가운데에는
바다가 없네

— 황지우,「게 눈 속의 연꽃」부분

투구를 쓴 게나 포크레인 같은 발은 과장된 표현이고 이런 표현은 희극적인 효과를 준다. 그렇지 않은가? 게가 투구를 쓰고 바다를 향해 간다고 생각해 보시오. 그러나 한편 이런 희극적, 해학적 표현이 게의 힘든 삶, 고통, 투쟁과 긴장 관계에 있다. 그렇게 게는 죽고 낳고 죽고 낳고 마침내 바다에 닿는다. 바다는 어디 있는가?

넷째로 이와는 반대되는 축소법understatement. 이는 크기, 중요성, 진지성의 정도를 낮추거나 줄여 말하는 기법으로 내용이 주는 직접적 충격을 최소화하거나 어조에 의해 완충지대를 만든다.

루이 1세
루이 2세
루이 3세
루이 4세
루이 5세
루이 6세
루이 7세
루이 8세
루이 9세
루이 10세(세칭 고집쟁이)
루이 11세
루이 12세
루이 13세
루이 14세
루이 15세
루이 16세
루이 18세

그리고는 끝

도대체 어찌된 사람들이

스물까지도 다 셀 줄 모르게 생겨먹었을까?

— 프레베르, 「멋진 가문」(김화영 역) 전문

이 시는 프랑스 왕가를 비판하지만 '스물까지도 다 셀 줄 모르게 생겨 먹었다'고 말함으로써 내용의 크기, 중요성, 진지성을 약화하고 말하기의 정도를 낮추고 이런 낮춤이 아이러니의 효과를 준다.

다섯째로 대조법 역시 과장법처럼 시 쓰기의 전통적 기법 가운데 하나이다. 키가 몹시 큰 사람과 몹시 작은 사람이 함께 다정하게 가는 풍경은 아이러니의 효과를 준다. 이런 풍경이 강조하는 것은 크다/작다에 대한 동시적 인식이고 시의 경우도 크게 다르지 않다.

나는 나룻배

당신은 행인

당신은 흙발로 나를 짓밟습니다.

나는 당신을 안고 물을 건너갑니다.

나는 당신을 안으면 깊으나 옅으나 급한 여울이나 건너갑니다.

— 한용운, 「나룻배와 행인」 부분

나와 당신이 대조되는 것은 내가 나룻배, 당신이 행인에 비유되기 때문이다. 이런 비유를 토대로 나와 당신의 관계는 '나를 흙발로 짓밟다/ 그런 당신을 안고 가다'로 발전하고 당신은 물만 건너면 나를 보지도 않고 가지만 나는 '당신을 기다리면서 날마다 낡아가는' 운명적 존재로 발전한다.

3. 붕어빵은 붕어인가 빵인가

여섯째로 농담joke. 실없는 소리. 그러나 실없는 소리가 이 고달픈 삶을 구원하고 그런 점에서 농담이 주는 아이러니의 효과는 억압된 삶의 탈출이고 해소이고 해방이다. 이런 농담이 있다. 어항에 붕어 세 마리가 살았다. 빨간색, 파란색, 노란색 붕어였다. 주인은 도무지 먹이를 주지 않고 마침내 세 붕어는 칼로 자신의 배를 갈라 자살하기로 했다. 빨간 붕어의 배에선 빨간 피가 나오고 파란 붕어에선 파란 피가 나왔다. 그러나 노란 붕어에선 까만 피가 나왔다. 다른 두 붕어는 하도 이상해서 물었다. '아니 넌 노란 피가 아니고 어째서 까만 피냐? 노란 붕어가 하는 말 '난 붕어빵이야.' 그렇다. 붕어빵도 붕어다. 붕어빵은 붕어인가? 빵인가? 붕어빵이 어항에서 칼로 자살하는 아이러니. 프로이트에 의하면 농담은 압축, 치환, 간접적 표현이라는 점에서 꿈과 비슷하지만 꿈이 불쾌감의 절약에 기여한다면 농담은 쾌락 획득에 기여한다.

> 꿈은 환각이라는 퇴행적 우회로를 통해서 소원을 성취하려 하며 꿈이 허용될 수 있는 것은 밤에 유일하게 활동적인 수면 욕구 때문이다. 반면 농담은 정신기관의 욕구에서 자유롭고 단순한 활동을 통해 작은 쾌락을 이끌어 낸 다음 그 쾌락을 활동 중에 얻은 부차적인 성과로서 잽싸게 포착함으로써 외부세계로 향한 사소하지 않은 기능들을 달성한다. 꿈이 주로 불쾌감의 절약에 기여한다면 농담은 쾌락 획득에 기여한다. 그러나 우리의 모든 정신적 활동은 이 두 가지 목표에서 만난다.
> — 프로이트, 『농담과 무의식의 관계』, 임인주 옮김, 열린책들, 1997년, 232~233면

꿈이나 농담이나 억압된 무의식의 해방이고 승화이고 방출이고 퇴출이다. 그러나 꿈은 불쾌 절약을 지향하고 농담은 쾌락 획득을 지향하고, 전자가 욕구를 전제로 한다면 후자는 그런 욕구에서 자유롭다. 그리고 전자가 비사회적 활동이라면 후자는 사회적이다. 사회적이라는 것은 농담은 최소한 두

사람 이상을 요구하기 때문이다. 꿈은 혼자 꾸지만 농담은 혼자 하는 것이 아니다. 그런 점에서 농담은 참여적이고 사회적이고 사회정화적이다. 시의 경우는 어떤가?

> 경찰관 ― 12월 25일 0시 당신 어디 있었습니까?
> 살인범 ― 별 우스운 질문을 다 하십니다. 0시라면 난 아무 데도 안 있었을 수밖에요.
> 경찰관 ― 맞아요. 당신은 자유요.
> 살인범 ― 시간처럼.
>
> ― 프레베르,「범죄 시간」(김화영 역) 전문

이런 시가 강조하는 것은 농담이 환기하는 사회성. 말하자면 0시는 현실 어디에도 존재하지 않기 때문에 현실을 지배하는 법도 맥을 못춘다는 아이러니이고 이런 아이러니는 사회비판성을 띤다.

일곱째로 조롱mockery과 조소. 조롱은 비웃거나 깔보고 놀리는 것. 조소는 비웃는 것. 그러나 조롱이나 조소나 크게 보면 대상이나 타인을 비웃는다는 공통점이 있고 따라서 풍자에 포함된다. 물론 조소나 풍자에는 자기조소도 있고 자기풍자도 있다. 먼저 조롱의 보기.

> 밤 사이, 그래 대문들도 안녕하구나
> 도로도, 도로를 달리는 차들도
> 차의 바퀴도, 차 안의 의자도
> 광화문도 덕수궁도 안녕하구나
>
> 어째서 그러나 안녕한 것이 이토록 나의 눈에는 생소한 것이냐
> 어째서 안녕한 것이 이다지도 나의 눈에는 우스꽝스런 풍경이냐

문화사적으로 본다면 안녕과 안녕 사이로 흐르는
저것은 보수주의의 징그러운 미소인데

— 오규원, 「우리 시대의 순수시」 부분

안녕과 안녕 사이로 흐르는 저것은 보수주의가 아니라 보수주의의
징그러운 미소이고, 이 미소는 징그럽다는 점에서 안녕이 은폐하고 있는 위기
나 불안을 암시한다. 요컨대 이 시는 겉으로 안녕한 것 같은 당대 현실을 조롱
한다.

그런가 하면 다음과 같은 시에선 짙은 자기조소가 나타난다.

난 화물, 썩은 물 흐르는 컨테이너다
출하되자마자 급하게 포장해서 운반되어진
뭐든지 입으로 가져가던 음식물 분쇄기이다
영세한 가내공장에서 만들어져
교회 입구에 유기되었음직한 재봉이 터진 우주복
세심하게 기록을 살펴볼수록 모호한 출처

— 김이듬, 「물류센터」 부분

이 시에서 김이듬은 화물, 컨테이너, 그것도 썩은 물 흐르는 컨테이
너, 음식물 분쇄기, 재봉이 터진 우주복이 되고 이런 표현을 통해 그는 자신을
조소한다. 이런 조소는 '모호한 출처'가 암시하듯 존재의 근거나 기원에 대한
회의를 동기로 한다. 그러므로 그는 '성가신 짐짝'이고 '꽉 막혀버린 골방'이고
'아무 것도 아닌 표류물'이 된다. 다음은 이와 달리 타인을 조소하는 경우.

아주 젊었을 때 나폴레옹은 말라깽이
포병장교였네

나중에 그는 황제가 되었네

그러자 그는 배가 나오고

많은 남의 나라를 삼켰네

그가 죽던 날 그는 아직

배가 나왔지만

그는 더 작아졌다네

— 프레베르, 「프랑스어 작문」(김화영 역) 전문

4. 큰길은 장안으로 통한다

여덟째로 언어유희pun. 대체로 언어유희는 말장난이고 그렇기 때문에 진지하고 엄숙한, 그런 면에서 도덕주의자에 속하는 이 땅의 많은 시인들은 이런 유희를 비판하고 부정하고 혐오하지만 과연 그런가? 예술이 궁극적으로는 놀이이고 장난이고 이 놀이는 현실원칙을 뛰어넘는다. 그만큼 자유롭다는 말씀. 언어유희를 강조해야 하는 또 하나의 이유는 언어의 조건과 관계된다. 언어는 기표(소리)와 기의(의미)로 구성되지만 이 기의는 한 번도 완성된 적이 없고 언제나 지연되고 다른 것으로 치환된다. 지금도 치환된다.

이런 말을 하려면 끝이 없고, 내일까지 해도 모자라고, 내가 기침 감기로 고생을 하는 것도 끝이 없다. 3월부터 두통 때문에 이브론정과 판피린을 복용하다가 다시 기침 감기로 코푸정과 판피린을 복용하는 게 20일이 넘는다. 감기는 자랑이 아니지만 수치도 아니다. 물론 언어는 감기를 모른다. 그리고 기표와 기의가 따로 논다는 것도 모른다. 언어유희, 특히 동음이의어로 하는 장난은 언어가 보여주는 이런 차이, 사이, 틈을 파고든다. 어디 시뿐이랴? 진리는 언어유희를 지향한다.

한 스님이 조주趙州에게 물었다.

"도란 무엇입니까?" "담장 바깥에 있는 것이다."

"그것을 물은 것이 아닙니다." "그럼 무슨 도를 물었는가?"
"대도大道입니다." "큰길은 장안으로 통한다."

─『조주록』에서

길은 담장 밖에 있고 큰길은 장안으로 통한다. 그러나 스님이 물은 건
그런 길이 아니다. 그것은 큰 깨달음을 의미한다. 그러나 대도는 그저 큰길을
의미할 수도 있고, 큰길은 장안으로 통한다. 이 공안에서 조주는 낱말놀이를
통해 언어유희를 통해 스님을 깨달음으로 인도한다. 이런 유희가 강조하는 것
은 언어에 집착하지 말라는 것. 큰 깨달음이나 큰길에 집착하지 말라는 것. 이
른바 분별하지 말라는 것. 다음은 시의 보기.

> 글이 오는 동네에서
> 면목 없는 동네로 가는 좌석버스가 지나치는
> 우리 동네 한 귀퉁이에서 157번 버스를 기다리고
> 서 있노라면
> 영원한 등불의 포구를 통해 올라온
> 갓 잡혀온 갖가지 물고기들의 판때기를
> 확성기로 알리는 소리, 그 왁짜한 소리들

─ 박상배, 「영등포 수첩」 부분

 이 시에서 박상배는 동음이의어로 말장난을 하는
게 아니라 조주 공안公案과 비슷하게 기표와 기의의 관계
로 장난을 한다. 문래동은 그저 동네 이름이고 면목동도
그렇고 영등포도 그렇다. 그러나 그에 의하면 문래동은
글이 오는 동네요 면목동은 면목이 없는 동네요 영등포는
영원한 등불의 포구가 된다. 재미있지 않은가? 영등포는 영원한 등불의 포구

이기 때문에 거기서는 갓 잡힌 물고기들을 확성기로 팔고 있다. 그러나 버스는 영영 오지 않고 박상배는 더욱 면목 없이 초라해지는 자신을 조소한다.

아홉째로 패러디parody. 흔히 풍자적 개작으로 불리는 패러디는 다른 시인의 작품이 보여주는 소재, 형식, 문체를 모방하고 이 모방을 통한 차이나 부조화가 원본에 대한 비판성을 띤다. 그러나 포스트모더니즘의 경우에는 이런 비판성이 없는 이른바 공백의 패러디, 혼합 인용의 방식인 패스티쉬pastiche 가 강조된다. 패러디가 원본에 대한 비판성을 띠느냐 띠지 않느냐는 시인의 세계관, 문학관과 관련되고, 흔히 비판을 강조하면 모더니즘, 비판이 결여되면 포스트모더니즘으로 수용된다. 장정일은 「라디오」에서 김춘수의 「꽃」을 패러디하면서 김춘수의 시가 암시하는 내용을 비판하고, 최근에 읽은 이민하는 내 시를 패러디하지만 그 내용을 비판하는 것은 아니다.

나는 시를 쓴 다음 가까스로, 거의 힘들게, 어렴풋이 **증발한다.** 나는 시를 쓰는 게 아니라 시 속에 **지워진다.** 시 속에 **지워진다.** 시 속에 시 속에 내가 증발한다. 그렇다면 나란 무엇인가?

나는 **나라는 육체**에 속하는 게 아니라 **나라는 육체**에 참여한다. 참여한다는 건 속하지 않으며 동시에 속함을 의미하고, **나**는 **나라는 육체**에 속할 때, 말하자면 **나라는 육체**로 일반화될 때 이미 **나**가 아니다. 우리 **사이**엔 이런 의미로서의 귀속, 너무나 **나** 같은 **나, 육체라는 일반의 옷을 입고 행세하는 그대들이 너무 많다.**

— 이민하, 「프리즘」 부분

이 시는 내가 쓴 시 「시」를 패러디한다. 나는 이 시에서 육체에 대해 말한 건 아니고 이른바 시 쓰기와 자아의 문제, 시라는 장르의 문제에 대해 말한다. 시의 원본을 옮기면 다음과 같다.

나는 시를 쓴 다음 가까스로, 거의 힘들게, 어렴풋이 발생한다. 나는 시를 쓰는 게 아니라 시 속에 태어난다. 시 속에 태어난다. 시 속에 시 속에 내가 발생한다. 그렇다면 시란 무엇인가?

시는 시라는 장르에 속하는 게 아니라 시라는 장르에 참여한다. 참여한다는 건 속하지 않으며 동시에 속함을 의미하고, 시는 시라는 장르에 속할 때, 말하자면 시라는 장르로 일반화될 때 이미 시가 아니다. 우리 시단엔 이런 의미로서의 귀속, 너무나 시 같은 시, 장르라는 일반의 옷을 입고 행세하는 시들이 너무 많다.

─이승훈, 「시」 부분

요컨대 나는 시를 쓰면서 태어나는 자아를 말하고 시라는 장르를 비판한다. 그러나 이민하는 시를 쓰면서 사라지는 자아를 말하고 이 자아의 육체적 속성에 대해 말한다. 그러므로 그는 처음엔 내 시를 비판하는 것 같지만 그게 아니고 내 시의 형식을 빌려 육체에 대한 그의 생각을 말한다. 따라서 그의 시는 내 시의 형식을 빌려 내 시의 내용을 부정하는 게 아니라 내 시의 형식을 빌려 그의 내용을 강조한다. 이런 부조화는 비유해서 말하면 뒤샹이 여성 복장을 하고 나오는 만 레이의 사진 로즈 셀라비*Rrose Sélavy*가 주는 아이러니와 유사하다. 남성이 여성 복장을 하거나 거꾸로 여성이 남성 복장을 하는 것은 정신분석에서는 이른바 복장도착transvestism이고 이런 도착이 성적 쾌락을 준다. 물론 이런 도착은 자아 이론에서는 자아의 분화를, 여성주의에서는 여성/남성의 해체를 암시한다. 이런 해석은 한이 없다. 다음은 패스티쉬의 보기.

칸나가 처음 꽃이 핀 날은 신문이 오지 않았고
칸나가 핀 날은 아무 일도 일어나지 않고 다음 날 소나기가 왔고*

칸나란 제목 아래 까만 겉눈썹도 젖은 눈시울도 이젠 없고

또 너무 많은 하늘이 남의 집 울타리에 하릴없이 다리 하나를 걸치고**

칸나가 아스팔트에도 피고 기침을 하면서 서해로 가면
칸나도 나와 함께 피를 토하며 서해로 달려가고
칸나 앞에서 한 일도 없는 나는
칸나 속에서
칸나와 함께
칸나에 대한 시나 쓰고***

시나 쓰고 시나 쓰는
가을은 기침만 하는 나의
가을은 머리카락만 날리고 덩달아 부는 바람에 속눈썹만 날리고
아내도 없는 빈 방 칸나는
팔방 무늬 천장에 펄럭이고
국화꽃 무늬 벽에도 펄럭이고

— 송준영, 「칸나」 부분

패스티쉬는 어떤 의도 없이 남들의 작품을 인용
하고 섞고 혼합하는 기법이다. 송준영은 이 시에서 *표
는 오규원의 「칸나」, **표는 김춘수의 「칸나」, ***표는 이
승훈의 「칸나」를 인용, 변용한다고 밝힌다. 원문을 그대
로 인용할 수도 있고 변용할 수도 있다. 문제는 이런 기법
이 노리는 효과이다. 도대체 이런 인용은 무슨 효과를 노리는가? 한마디로 이
시는 한 사람이 쓴 게 아니고 그렇다고 네 사람이 쓴 것도 아니다. 이런 기법은
창조 주체에 대한 회의, 근대적 주체 개념에 대한 회의와 관계되고 나아가 작
품에 무슨 통일성, 유기성이 있어야 한다는 근대 미학에 대한 비판을 낳는다.

이상에서 살펴본 아이러니는 어디까지나 고전 수사학의 개념을 따른 것이고 현대에 오면 아이러니와 역설의 관계가 문제이고 나아가 낭만적 아이러니, 구조적 아이러니 등도 문제가 된다. 시적 언어의 특성과 구조적 특성을 역설로 보는 것과 아이러니로 보는 것은 유사하다. 물론 리처즈의 아이러니와 브룩스Brooks의 역설은 차이가 있지만 크게 보면 유사하다는 입장이다(아이러니와 역설, 구조적 아이러니에 대해서는 이승훈, 『시작법』, 탑출판사, 1988년, 234~245면 참고).

끝으로 낭만적 아이러니는 작가가 예술적 환상을 증대시키다가 마지막에 가서는 그가 등장인물과 그들의 행동을 마음대로 창조하고 조종하는 자라는 것을 폭로함으로써 그 환상을 파괴하는 극적 기법이다. 시의 경우는 다음과 같다.

연기나는 바닥에 쓰러진다
연기의 毒에 취해 쓰러진다
밖으로는 사정없이 햇볕이 흐르고
햇볕에 취해 더욱 쓰러진다

어머니를 불러야겠다 그 다음
누이를 불러야겠다 누이를…
어쩌다 도망친 죄가 이토록
연기나는 바닥에 나를 쓰러뜨리다니
어쩌다 도망친 죄가 이토록
연기의 毒을 내 앞에 바르며
내 몸을 말려 비틀다니

연기나는 바닥에 쓰러진다

연기나는 바닥에 쓰러지며
그러나 이제는 웃는다 희디흰
無를 향한 추락은 계속된다

이윽고 캄캄한 바닥에 당겨지는
無의 毒, 어디선가 소리가 들린다
하, 하, 하, 쯧, 쯧, 돌아버렸군!

— 이승훈, 「연기나는 바닥」 전문

제8강

리듬은
숨결이다

시의 고향은 리듬이다
리듬은 숨결이다
자유시에도 운이 있다
누구의 목소리인가?

문학은 결국 말하기의 양식이고 그런 점에서 시 속에서 누가 어떤 목소리로 말하는가가 중요하다. 특히 현대에 오면 시인은 시 속에서 다른 이의 얼굴을 하고 마스크를 하고 탈을 쓰고 말하기 때문에 시인이 아니라 퍼스나란 말이 사용된다. 한편 이렇게 마스크를 쓰고 말할 때 한 편의 시는 극적 구조나 긴장을 드러낸다. 근대시에서는 시인이 직접 자신의 정서나 관념을 노래하지만 현대에 오면 시와 일상세계가 분리되고 단절되고 이른바 자율성 미학이 강조되고 시의 화자, 퍼스나가 나오는 것은 이런 사정과 관계된다.

리듬은 숨결이다

1. 시의 고향은 리듬이다

현대시는 리듬보다 이미지를 강조하지만 원래 시는 노래에 뿌리를 둔다. 고대 시가인 「황조가」, 「공후인」이 그렇고 신라 향가가 그렇고 고려 가요가 그렇고 이조 가사나 시조가 그렇다. 근대시 이전엔 시라는 말보다 노래[歌]가 강조되고 따라서 시와 노래가 분리된 것이 아니라 시와 노래는 함께 움직이고 서로 넘나들며 특수한 공간을 이룬다. 시조[時調]라는 말도 시 혹은 글귀를 의미하는 詩가 아니라 때를 의미하는 時이고, 이 때(時)가 가락(調)과 결합된다. 그런 점에서 시조 역시 노래를 강조한 용어이다. 시조란 당대의 가락이라는 뜻이고 오늘의 용어로 말하면 이른바 유행가이다. 시조는 당대 유행하는 가락이란 의미이기 때문이다. 고려 시대엔 그저 고려가요, 이른바 여요이다. 「청산별곡」이 그렇다.

> 살어리 살어리랏다
> 청산에 살어리랏다

머루랑 다래랑 먹고
청산에 살어리랏다
얄리얄리 얄라셩 얄라리 얄라

울어라 울어라 새여
자고니러 울어라 새여
널라와 시름한 나도
자고니러 우니노라
얄리얄리 얄라셩 얄라리 얄라

「청산별곡」 앞부분이다. 표제는 청산을 이별한 노래, 말하자면 이별
가라는 뜻이지만 '살어리랏다'는 과거가정법에 속하고, 그 의미는 '살아야 했었
을 것을'이다. 따라서 '과거에 청산에 살아야 했었을 것'을 하고 후회하는 노래.
요컨대 머루나 다래를 먹는 삶이지만 청산에 살아야 했었을 것을 그러지 못해
고생이라는 말씀이다. 이런 절망은 자고 일어나 우는 새를 보며 '너보다 시름
이 많은 나도/ 자고 일어나 운다'는 표현이 암시하고, 전체시를 보면 결국 청산
도 포기하고 바다에 가서 살았을 것을 하고 후회하지만 바다도 포기한다. '얄
리얄리 얄라셩'은 후렴구이고 같은 낱말의 반복, 어구의 반복을 통해 리듬을
강조하고 있다.

이렇게 시와 노래가 함께 어울리던 것이 근대가 되면서 시와 노래가
분리되고 따라서 근대가가 아니라 근대시라는 용어가 암시하듯이 이제는 노
래가 아니라 시가 강조된다. 그러나 시라는 용어는 말씀을 뜻하는 언言과 관청
을 뜻하는 시寺로 되어 있고, 이 관청 시寺가 후에 절을 뜻하는 사寺가 된다. 이
寺자 역시 분석하면 갈 지之와 법도를 뜻하는 촌寸으로 되어 있고, 그런 점에서
일정한 법도로 일을 해 나가는 관청을 의미하고, 후에 불교가 들어왔을 때 관
청에서 불법을 논한 까닭으로 절을 의미하게 된다. 시는 詩言志라는 말이 있

듯이 마음에 있는 뜻을 말하는 것에 지나지 않는다. 그러나 시라는 말이 관청 시ㅓ를 포함한다는 점에서 일정한 법도로 일을 한다는 의미이고 결국 시는 마음 속에 있는 뜻을 운율(ㅓ)에 맞추어 말(詩)로 표현하는 글(詩)이다. 그리고 법法은 율律과 통하고 율은 시의 경우 음률이다.

물론 시詩라는 말은 말씀 언言과 절 사寺로 되어 있다. 원래는 말씀 언과 관청 시ㅓ로 되어 있지만 후에 그렇게 변했기 때문에 그렇게 읽을 수도 있으나 많은 시인들이 생각하듯이 이런 의미를 고지식하게 정의하면 이상한 해석이 된다. 무슨 말인가? 시를 정의한답시고 말씀 언과 절 사를 강조하면서 시는 언어로 된 사원이고, 따라서 시는 세속을 떠난 초월적이고 신성한 공간이라고 주장하는 시인들도 있지만 이런 해석이나 주장은 다분히 주관적이고 감상적이다.

요컨대 지금 내가 강조하는 것은 근대시에 오면 시와 가, 말과 노래, 언어와 음악이 분리되면서 전자를 강조하지만 그것은 어디까지나 강조의 문제라는 것, 따라서 근대시든 현대시든 음악성, 노래의 요소, 리듬이 중요하다는 사실이다. 우리 시의 경우 김소월, 한용운, 서정주, 청록파, 김수영, 김춘수 등은 리듬을 무시하지 않는다. 그러나 최근의 우리시는 리듬에 대한 이해가 부족하고 그저 문장을 토막내 쓰면 시가 되는 것으로 오해하고 그런 점에서 시가 쓸데없이 길고 재미가 없다. 물론 전위적이고 실험적인 시를 쓰는 시인들의 경우 리듬을 무시할 수 있지만 중요한 것은 무시가 아니라 전통적인 리듬과의 싸움이고 투쟁이고 변증법이다.

2. 리듬은 숨결이다

시는 일정한 거리에 오면 행갈이를 하고 산문은 행갈이 없이 계속 진행하는 형태로 되어 있다. 다음은 행갈이의 보기.

손발이 시린 날은

일기를 쓴다

무릎까지 시려오면
편지를 쓴다
부치지 못할 기인 사연을

작은 이 가슴마저
시려드는 밤이면
임자 없는 한 줄의
시를 찾아 나서노니

사람아 사람아
등만 뵈는 사람아

유월에도 녹지 않는
이 마음 어쩔래
육모 서리꽃
내 이름을 어쩔래

— 유안진,「서리꽃」전문

이 시의 앞부분을 산문으로 표기하면 이렇다. '손발이 시린 날은 일기를 쓴다. 그리고 무릎까지 시려오면 부치지 못할 기인 사연의 편지를 쓴다'. 그러나 유안진은 이렇게 표기하지 않고 왜 행을 갈아가며 표기했을까? 이유는 두 가지이다. 하나는 리듬 때문이고 다른 하나는 이런 리듬이 함축하는 의미 때문이다. '손발이 시린 날은 일기를 쓴다'는 문장을 읽는 경우와 '손발이 시린 날은/ 일기를 쓴다'는 시행을 읽는 경우 무엇이 다른 가? 전자의 경우 우리는 중간에서 쉬지 않고 비슷한 속도로 리듬 없이 계속 읽 어 나간다. 예컨대 '손발이/ 시린 날은/ 일기를/ 쓴다'처럼 초등학교 학생들이 국어책을 읽는 식이다. 그러나 후자의 경우는 '손발이 시린 날은/ 일기를 쓴다' 처럼 중간에서 쉬고 동시에 이런 휴지에 의해 우리는 '손발이'와 '일기를'을 강 조하게 된다. 이 두 부분, 특히 '손'과 '일'에 강세가 놓인다.

　　　한편 이런 읽기는 산문과 다른 의미를 전달한다. 산문의 경우 의미는 '손발이 시린 날', 그러니까 추운 날은 일기를 쓴다는 사실, 곧 하나의 정보뿐이 지만 시의 경우 '손발이 시린 날'은 독립적인 의미를 띠면서 다음 행과 연결된 다. 따라서 이 시행은 단순히 부사구의 기능, 말하자면 '일기를 쓴다'는 중심 문 장에 종속되는 게 아니라 2연의 '무릎까지 시려오면'과 대립되고, 따라서 추위 라는 단순한 의미를 넘어 시린 손발과 일기의 아이러니를 보여준다. 그렇지 않은가? 손발이 시린 시간에 어떻게 일기를 쓴단 말인가? 물론 쓸 수는 있다. 그러나 손발이 시리면 따뜻하게 녹여야지 무슨 일기인가? 그러므로 이런 표현 은 아이러니이고 이런 표현이 시적 효과를 준다. 요컨대 행갈이 때문에 '시린 손발'은 추위에 대한 감각, 삶의 추위, 가난, 고독을 의미하고 '일기' 역시 자기 성찰, 자기 고백, 자기와의 만남 같은 여러 의미를 함축한다. 이런 의미는 가슴 이 시린 밤이면 시를 찾아 나서고(3연), 등만 보이는 사람을 부르고(4연) 마침 내 자신을 유월에도 녹지 않는 서리꽃으로 인식하는(5연) 전체시와 관계된다. 중요한 것은 리듬 때문에 행갈이를 하고 이런 행갈이가 독특한 시적 의미를 함축한다는 것.

　　　그렇다면 리듬rhythm이란 무엇인가? 리듬이란 흔히 율동 혹은 운율로 번역된다. 그러나 좀 더 세분하면 첫째로 율동이라는 일반적 개념, 둘째로 운 율이라는 문학적 개념, 셋째로 음의 강약을 나타내는 박자라는 음악적 개념, 넷째로 선, 형, 색의 반복에 의한 조화를 강조하는 회화적 개념. 나는 다른 책 에서 리듬을 광의의 율동 개념과 협의의 운율 개념으로 나누어 살핀 바 있다.

율동이란 주기적인 반복 운동이고 운율이란 시의 경우 소리에 의한 주기적 반복 운동을 뜻한다.

따라서 광의의 개념인 율동은 시를 포함하여 일체의 우주 현상, 자연 현상, 생명 현상에 두루 나타난다. 율동은 좀 더 부연하면 상이한 요소들이 재현하는 주기적 반복 현상을 말한다. 우주의 경우 일출/일몰의 반복, 자연의 경우 바다는 썰물/밀물의 반복, 생명의 경우 인간의 호흡이 그렇다. 내쉼/들이쉼의 반복이 삶이고 이런 반복이 멈추면 인간은 죽는다. 그러므로 산다는 것은 숨쉬기이고 숨쉬기는 호흡이 암시하듯이 숨을 내쉬고 들이쉬는 일을 반복하는 것에 지나지 않는다. 그리고 이런 호흡은 숨결을 거느리고 그것은 숨쉬는, 호흡하는 속도나 높낮이를 뜻한다. 요컨대 호흡과 숨결은 생명의 본질이고 시, 음악, 회화의 리듬도 비슷한 의미를 띤다. 시의 고향이 리듬이고 리듬이 숨결이라는 것은 이런 사정을 전제로 한다(이승훈, 『시작법』, 탑출판사, 1988년, 111~112면 참고).

시의 경우 리듬은 크게 정형시와 자유시로 나누어 살필 필요가 있다. 정형시는 말 그대로 리듬이 일정한 형식을 소유하고, 자유시는 그런 형식에서 자유롭다. 정형시의 리듬은 율격meter과 각운rhyme이 대표적이고 자유시의 경우는 이런 율격을 벗어나며 시인의 호흡과 관계된다. 그러나 자유시의 경우도 각운은 존재하고 우리시의 율격은 흔히 음수율, 음보율로 나타난다(좀 더 자세한 것은 이승훈, 위의 책, 114~123면 참고).

자유시의 리듬은 정형시의 율격이나 일상어의 억양을 변형시킨 경우와 리듬의 단위로서의 이런 소리 요소를 포기하고 형태소, 낱말, 어귀, 이미지, 어절, 통사 및 그 형식의 반복에 의해 성취되는 경우가 있다. 말하자면 리듬의 단위를 소리에 두는 경우와 소리가 아닌 문법적 요소에 두는 경우이다. 전자를 전통적 리듬이라고 한다면 후자는 현대적 리듬이라고 할 수 있다. 전자에는 김소월, 박목월 등이 후자에는 이상, 김수영 등이 포함되고, 나는 자유시의 리듬이 보여주는 이런 양상을 다른 책에서 살핀 바가 있기 때문에 이 글에서는 다른 문제들을 살피기로 한다(이승훈, 같은 책, 128~146면 참고).

그리고 이런 리듬, 곧 형태소, 낱말, 어구, 어절, 이미지, 통사 형식의 반복에 대해서는 이 책의 제5강 「반복, 반복, 반복」에서도 말한 바 있다. 물론 그때는 리듬이 아니라 시적 효과를 강조했지만 아무튼 반복이 문제이다. 글쓰기도 반복이고 시 쓰기도 반복이고 사랑도 반복이고 식사도 반복이고 감기도 반복이고 우울도 반복이다. 반복이 삶이고 삶은 호흡이고 숨쉬기이고 이 호흡과 숨결이 강조되면 리듬이 된다. 먼저 어절의 반복에 의한 리듬의 보기.

나는
쿠바 사람들의
눈에 보이는
모든 것을
만져보고 싶었고
모든 것을
느끼고 싶었고
그리고
모든 것을
알고 싶었다

— 체 게바라, 「쿠바」(이산하 역) 부분

어절의 반복이란 내용이 아니라 형식의 반복을 말하고, 이 시의 경우 '모든 것을/ 만져보고 싶었고'라는 형식이 반복된다. 내용의 반복이 아니라 '─고 싶었고'라는 형식이 반복된다. 이 시의 내용은 아르헨티나 귀족 가문에서 태어나 의과대학을 졸업하고 쿠바로 건너가 카스트로와의 만남을 계기로 게릴라 혁명 투쟁에 임한 게바라의 쿠바에 대한 애정이다. 물론 형식이 아니라 내용이 반복되는 경우도 있다. 다음은 문장의 내용이 반복되는 경우.

슬퍼하는 자는 복이 있나니

슬퍼하는 자는 복이 있나니

슬퍼하는 자는 복이 있나니

슬퍼하는 자는 복이 있나니

슬퍼하는 자는 복이 있나니

슬퍼하는 자는 복이 있나니

슬퍼하는 자는 복이 있나니

슬퍼하는 자는 복이 있나니

저희가 영원히 슬플 것이요

― 윤동주, 「8복 ― 마태복음 5장 3~12절」 전문

시인은 동일한 문장 '슬퍼하는 자는 복이 있나니'를 여덟 번 반복하고
한 행을 비운 다음 '저희가 영원히 슬플 것이요'라는 문장으로 시를 완성한다.
완성인가? 다시 생각하면 '저희가 영원히 슬플 것이요'라는 문장은 '슬플 것이
다'가 아니기 때문에 침묵을 내포하는 진술 형식에 가깝고, 그러므로 앞에서
반복된 '슬퍼하는 자는 복이 있나니'에 대한 아이러니의 효과가 강조된다. 물
론 이런 형식은 리듬과 함께 8복이라는 내용을 전제로 한다.

3. 자유시에도 운이 있다

앞에서도 말했지만 정형시뿐만 아니라 자유시의 경우도 각운rhyme에
의해 시의 음악성이 강조된다. 각운은 흔히 낱말의 동일한 위치에서 동일한
소리가 반복되는 현상. 한국어의 낱말은 일반적으로 초성, 중성, 종성으로 되
어 있고, 따라서 각운은 초성이 반복되면 두운alliteration, 중성이 반복되면 요운
internal rhyme, 종성이 반복되면 말운rhyme이 된다. 각운이란 말은 운을 맞춘다는

의미와 머리, 허리, 다리에서 다리가 되는 운, 곧 말운이라는 의미가 있다. 따라서 각운은 광의로는 두운, 요운, 말운을 포함하고 협의로는 말운에 해당한다. 물론 각운은 낱말과 낱말 사이에도 적용되고 시행과 시행 사이에도 적용된다. 다음은 낱말과 시행 양자에 걸쳐 두운이 나타나는 경우.

> 말리지 못할 만치 몸부림치며
> 마치 천리만리나 가고도 싶은
> 맘이라고나 하여 볼까
>
> — 김소월, 「천리만리」 부분

먼저 낱말의 경우 1행에는 '말리지/ 못할/ 만치/ 몸부림치며'에서 알 수 있듯이 네 낱말의 머리에 'ㅁ'이 반복되는 두운 현상이 나타난다. '만치'를 독립된 낱말로 읽지 않는 경우 1행은 '못할 만치/ 몸부림치며'가 되고 이때는 '못할/ 몸부림'의 두운 현상, '−만치/−림치며'의 요운 현상이 나타난다. 그런가 하면 1행의 첫 소리, 2행의 첫 소리, 3행의 첫 소리는 모두 'ㅁ'으로 시작되는 두운 효과를 준다. 문제는 말운이다. 정형시의 경우도 우리시에는 말운 현상은 없고 운 대신 형태소나 낱말이 반복된다. 윤동주의 대표작 「서시」가 아름답고 감동을 주는 것은 무슨 사상의 깊이가 있기 때문이 아니라 음악성 때문이고, 그것도 두운과 요운 현상 때문이다.

> 죽는 날까지 하늘을 우러러
> 한 점 부끄럼이 없기를
> 잎새에 이는 바람에도
> 나는 괴로워했다.
> …(중략)…

오늘 밤에도 별이 바람에 스치운다.

— 윤동주,「서시」부분

먼저 '하늘을 우러러'가 문제이다. '하늘을 우러러'란 무슨 뜻인가? 정확하게 표기하면 '하늘을 쳐다보며'이거나 '하늘을 공경하며'이다. 그러나 시인은 '하늘을 우러러'라고 표기한다. '쳐다보며', '공경하며'가 아니라 '우러러'라고 표기한 것은 무엇보다 요운의 효과 때문이다. '하늘을/ 우러러'의 경우 'ㅡㄹㅡ/ ㅡㄹㅡ'이 반복됨으로써 요운 현상이 나타나고, 따라서 '하늘을 쳐다보며'나 '하늘을 공경하며'가 단순한 의미 전달을 목표로 한다면 이런 표기는 미적 효과를 목표로 하고 시가 예술일 수 있는 것은 이런 미적 책략 때문이다.

그런가 하면 '한 점'도 문제이다. 우리는 일상적으로 '한 점 부끄럼이 없기를'이라고 말하지는 않고 '결코 부끄럼이 없기를' 혹은 '죽어도 부끄럼이 없기를'이라고 말한다. 혹시 일부에서 '한 점 부끄럼이 없기를' 하는 식으로 말하는 이가 있다면 그것은 '서시'의 영향을 받았기 때문이다. 도대체 우리말에는 시간을 알리는 경우나 점에 대해 말하는 경우가 아니면 '한 점'이라는 말은 잘 쓰지 않는다. 그것도 한 점 부끄럼이라니? 그렇다면 두 점 부끄럼도 있고 세 점 부끄럼도 있단 말인가? 이런 표기는 앞에 나온 '하늘'과 관계되는 바, 두 낱말 모두 첫 소리가 'ㅎ'으로 되어 있고 따라서 두운 효과가 있다. 요운 현상은 2행 '부끄럼이 없기를'에도 나타난다. 'ㅡㄲㅡ/ ㅡㄱㅡ'의 반복이 그렇다. 'ㄲ'과 'ㄱ'은 다르지만 이 시행의 경우 비슷한 소리가 나기 때문이다. 마지막 행이 아름다운 것 역시 'ㅡ밤ㅡ/ ㅡ별ㅡ/ ㅡ바람ㅡ'의 요운 현상 때문이다. 결국 윤동주의 「서시」는 사상이 아니라 소리 효과, 음악성, 그것도 섬세한 운의 효과가 감동을 주고 그의 시가 명시인 것은 이런 예술성 때문이다.

우리시에는 정형시든 자유시든 말운 현상이 없다고 말했다. 그렇다고 각 시행의 끝이 비슷한 혹은 같은 소리로 되지 말라는 법은 없다. 말운은 아니지만 각 시행의 끝에 비슷한 혹은 같은 소리가 옴으로써 미적 효과를 낳는 경우는 많다. 엄격하게 정의하면 앞에서도 말했지만 각운rhyme은 각 시행의 끝소리가 같은 소리로 조직되는 것이고, 따라서 협의로는 말운을 뜻한다. 그러므로 두운 역시 각 시행의 첫 소리가 같은 소리로 조직되는 것을 말한다. 그런 점에서 위에 인용한 두 편의 시 가운데 김소월의 시가 두운 현상에 적합하고 윤동주의 경우는 변형으로 볼 수 있다. 그리고 요운 현상 역시 각 시행 중간에 같은 소리가 나오는 경우이고 한 시행 속에 나오는 경우는 요운의 변형, 혹은 자음조화consonance나 모음조화assonance로 읽는 것이 일반적 현상이다. 말하자면 '말리지 못할 만치 몸부림치며'는 자음조화, '마치 천리만리나'는 모음조화로 읽을 수 있다. 우리 시의 경우 각 시행이 끝에 같은 소리가 오는 이른바 말운 현상은 없지만 비슷한 소리(?)가 오는 경우는 있다.

> 내 마음의 어딘 듯 한 편에 끝없는
> 강물이 흐르네.
> 돋쳐 오르는 아침 날빛이 뻔질한
> 은결을 돋우네.
> 가슴엔 듯 눈엔 듯 또 핏줄엔 듯
> 마음이 도른도른 숨어 있는 곳
> 내 마음의 어딘 듯 한 편에 끝없는
> 강물이 흐르네.
>
> ― 김영랑, 「끝없는 강물이 흐르네」 전문

말운의 정확한 보기라고 할 수는 없지만 이 시의 미적 효과는 각 시행의 끝에 비슷한 소리가 오기 때문이다. 1행, 3행, 7행은 '끝없는/ 뻔질한/ 끝없는'의 'ㄴ'소리가 반복되고 2행, 4행, 8행은 '―네/ ―네'의 같은 모음이 반복되고 5행, 6행은 '듯/ 곳'의 'ㅅ'소리가 반복된다. 그러나 이런 소리의 반복은 말운 현상이 아니다. 왜냐하면 이 시의 경우 각 소리들은 각 낱말의 종성에 위치하는 소리가 아니라 그저 낱말이거나 어미 활용에 속하고(끝없는, 흐르네, —인 듯) 굳이 종성에 위치하는 소리를 찾자면 '곳'이 있을 뿐이다. 그러나 같은 'ㅅ'소리를 반복하는 경우가 있다 하더라도 이 소리는 운이 아니라 '곳'이라는 낱말의 반복이기 때문에 말운이 아니다. 요컨대 우리시의 경우 말운이 아니라 같은 어미나 낱말이 반복되고 이런 반복이 미적 효과를 준다.

4. 누구의 목소리인가?

시든 소설이든 문학은 결국 말하기의 양식이고 그런 점에서 시 속에서 누가 어떤 목소리로 말하는가가 중요하다. 시론에서는 화자persona와 어조 tone라고 부른다. 화자로 번역되는 퍼스나는 원래 고대 희랍극에 나오는 배우들이 썼던 마스크, 우리말로는 탈을 의미한다. 영어의 사람person 역시 이런 어원을 지닌다. 시의 경우 시인이 말하는 것 같지만 따지고 보면, 특히 현대에 오면 시인은 시 속에서 다른 이의 얼굴을 하고 마스크를 하고 탈을 쓰고 말하기 때문에 시인이 아니라 퍼스나란 말이 사용된다. 한편 이렇게 마스크를 쓰고 말할 때 한 편의 시는 극적 구조나 긴장을 드러낸다. 근대시에서는 시인이 직접 자신의 정서나 관념을 노래하지만 현대에 오면 시와 일상 세계가 분리되고 단절되고 이른바 자율성 미학이 강조되고 시의 화자, 퍼스나가 나오는 것은 이런 사정과 관계된다.

말하기의 양식으로 작품을 인식한다는 것은 요컨대 화자가 누구이며 어떤 목소리로 말하는가를 살피는 일과 통한다. 대체로 화자는 작품 속의 인물이나 사물, 작품 밖의 독자에 대한 자신의 태도를 표현한다. 독자의 입장에서 보면 화자의 말은 네 가지로 분류된다.

(1) 처음부터 끝까지 한 목소리가 드러나는 것. 수기, 수필, 서간.
(2) 처음부터 끝까지 한 목소리임에는 틀림없으나 그의 (혹은 화자의) 목소리가 아니라 그가 내세운 어떤 다른 사람의 목소리인 경우. 김소월의

「진달래꽃」에서 말하는 이는 김소월이라는 신식 교육을 받은 평안도 청년이 아니라 어떤 젊은 여성이다.

　(3) 두 가지 이상의 목소리가 들리는 것. 저자의 목소리와 더불어 남의 목소리가 직접 인용되는 것. 남의 목소리는 따옴표 속에 들어가거나 대화가 삽입되는 소설 같은 것.

　(4) 전혀 남의 목소리만 직접 인용된 것. 희곡.

— 이상섭,『문학비평용어사전』, 1976, 198면

　실험적인 시가 아닌 일반적인 시 쓰기에 요구되는 것은 두 번째 유형이다. 시의 경우 시인이 말하지만 그는 다른 사람을 내세우고 다른 사람의 마스크를 쓰고, 따라서 이때 시인과 화자는 아이러니의 관계에 놓인다. 그리고 시에서 누가 말하는가 하는 문제는 어디까지 그의 목소리에만 의존하기 때문에 어조가 중요하다. 말하자면 어린이의 어조인가, 여성의 어조인가 등을 통해 우리는 화자를 알게 된다. 결국 화자, 목소리, 어조는 상호유기적인 관계에 있다.

　시론에서 최초로 어조를 강조한 이론가는 리처즈이다. 그에 의하면 어조는 청자에 대한 화자의 태도를 표현하고, 청자에 대해 그가 어떤 위치에 있는가를 반영한다(I. A. Richards,『Practical Criticism』, chapter 1. 3). 어조를 좀 더 복잡하게 정의한 이론가는 바흐친이다. 그에 의하면 어조 혹은 억양은 두 방향을 지향하며 하나는 청자를 동반자와 관찰자로 여기고, 다른 하나는 언술 속의 대상을 제3의 살아 있는 참여자로 여기고, 이때 어조는 이 대상을 비난하거나 위로하고 혹은 낮추어 평가하거나 높이 평가한다(Bakhtin, Freudianism:『A Marxist Critique』, trans, 1976년). 요컨대 말하는 방식은 말하는 대상에 대한 인식과 태도, 청자에 대한 관계, 청자의 사회적 수준, 지성, 감성에 대한 화자의 지식을 드러낸다(이상 M. H. Abrams,『A Glossary of Literary Terms』, 6th ed. 156면 참고). 화자가 그의 목소리에 의해 드러나고 그의 목소리는 어조를 동반하기 때문에 무엇보다 어조가 중요하다. 그런 점에서 누구의 목소리로 시를 쓸 것인가를 먼저 결정해야 한다.

> 엄마야 누나야 강변 살자
> 뜰에는 반짝이는 금모래빛
> 뒷문 밖에는 갈잎의 노래
> 엄마야 누나야 강변 살자
>
> — 김소월, 「엄마야 누나야」 전문

이 시의 경우 화자는 김소월이 아니라 어린이이다. 이렇게 판단할 수 있는 근거는 화자의 목소리, 곧 어조 때문이다. 이 화자의 목소리는 어린이의 목소리이고, 따라서 이 시는 김소월이라는 어른의 목소리와 어린이의 목소리가 나타나기 때문에, 말하자면 김소월이 과거로 퇴행해서 어린이가 되어 말하기 때문에 어조의 아이러니가 나타난다. 과연 이 시에서 누가 말하는가? 물론 김소월이 말하지만 그는 어린이의 탈을 쓰고 말하기 때문에 그는 어른이면서 동시에 어린이라는 어조의 이중성, 아이러니를 보여주고, 이런 아이러니는 김소월의 심리적 갈등, 양가성을 암시한다. 또한 이 아이는 여자가 아니라 남자이고 그런 점에서 그의 모성 지향성을 암시한다. 요컨대 이런 어조에 의해 그가 지향하는 강변은 엄마이고 누나이고 자연이고 모성이 된다. 그는 아빠, 형, 골목, 도시가 상징하는 문명사회를 부정한다. 다음은 어조, 특히 억양의 문제.

> 뭐락카노, 저편 강기슭에서
> 니 뭐락카노, 바람에 불려서
>
> 이승 아니믄 저승으로 떠나는 뱃머리에서
> 나의 목소리도 바람에 날려서

뭐락카노 뭐락카노
썩어서 동아 밧줄은 삭아내리는데

하직을 말자 하직을 말자
인연은 갈밭을 건너는 바람

뭐락카노 뭐락카노 뭐락카노
니 흰 옷자라기만 펄럭거리고

오냐. 오냐. 오냐.
이승 아니믄 저승에서라도……

이승 아니믄 저승에서라도
인연은 갈밭을 건너는 바람

뭐락카노, 저편 강기슭에서
니 음성은 바람에 불려서

오냐. 오냐. 오냐.
나의 목소리도 바람에 날려서.

— 박목월, 「이별가」 전문

이 시의 경우 화자는 경상도 말씨로 어조로 말하고 이런 어조는 억양
과 관계된다. 경상도 말씨는 억양이 강하고 따라서 이런 강한 억양은 죽음이
라는, 이승과의 이별이라는 슬픈 주제와 대조적이고 이런 대조가 어조의 아이
러니와 통한다. 죽음, 이별의 세계는 강한 억양의 세계가 아니라 가라앉는 억

167

양, 아니 억양이 없는 단조로운 음성이 어울리기 때문이다. 화자는 나이가 든 경상도 노인으로 저편(저승) 강기슭에서 들려오는 목소리를 듣지만 그 목소리는 분명치 않다. 따라서 화자의 목소리는 시의 후반으로 올수록 더 강해진다. '뭐락카노'라는 목소리는 5연에 오면 세 번 반복될 정도이다. 박목월 선생이 지금 (시를 쓰던 그때) 강기슭에 서 있는 게 아니라 그가 아닌, 혹은 그가 경상도 노인의 탈을 쓰고 말한다. 물론 박목월 선생은 경상도 출신이다. 그러나 선생은 이렇게 강한 어조로 말씀한 적도 없고 그런 시도 없다. 갑자기 선생님 생각이 나고 겨울 저녁 하늘이 흐려오고 우울하고 슬퍼진다. 선생님 생각이 나기 때문이다. 인연은 갈밭을 건너는 바람인가? 글을 더 쓸 수가 없다. 선생님은 나의 은사이시다.

그러나 참고 이 글을 쓴다. 이상은 말하기 양식 가운데 시가 한 목소리로 계속되고, 그 목소리가 시인이 아니라 다른 사람(퍼스나)의 목소리로 드러난 경우이다. 그러니 실험적인 시의 경우엔 수기, 편지, 수필 같은 형식도 있고, 두 가지 이상의 목소리가 나오는 경우, 곧 대화가 삽입되는 소설 같은 형식도 있고, 전혀 남의 목소리만 직접 인용하는 경우도 있다. 이런 형식들은 전통적인 시의 형식을 부정하고, 그것에 도전한다는 점에서 실험적이고 전위적이다. 내가 최근에 관심을 두는 게 그렇다. 예컨대 다음은 두 가지 목소리가 들리는 보기.

올 겨울엔 이런 일이 있었다. 진눈깨비 치던 오전 난 택시를 타고 공항터미널로 가고 있었다. 그날 제주에서 제주대 대학원 박사 논문 심사가 있었기 때문이다. 나는 기사 옆에 앉고 그는 50대로 보이는 남자. 공항터미널로 가면서 그가 힐끗힐끗 나를 보더니 조심스레 물었다. 선생님은 무엇을 하십니까? 난 검은 바바리를 걸치고 낡은 밤색 가방을 무릎에 놓고 있었다. 글쎄 뭐 하는 사람 같아요? 그랬더니 기사 왈. 철학하는 사람 같군요! 네?

철학이요? 왜 있잖아요? 풍수도 보고 예언도 하는 철학 말입니다.

— 이승훈,「철학」전문

아니 이 시엔 두 목소리가 아니라 세 목소리가 나온다. 하나는 '올 겨울엔 이런 일이 있었다'고 말하는 나의 목소리, 하나는 기사 목소리, 하나는 기사와 대화하는 나의 목소리다. 겨울 오전에 생긴 일에 대해 말하는 목소리와, 기사와 대화하는 목소리는 모두 나의 목소리지만 같은 목소리가 아니다. 시를 쓰며 이야기하는 나는 방에 있고, 기사와 대화하던 나는 택시 속에 있기 때문이다. 이 시의 주제는 철학의 아이러니이고, 그것은 두 목소리의 아이러니가 생산한다. 그런가 하면 다음 시는 남의 목소리를 직접 인용한 보기.

신기했던 것은 황당하고 뻔뻔한
질문에 답하는 선생님들의 방식
이었다 시 창작 강의 시간에 이
승훈 선생님은 유년기의 트라우
마를 날 것으로 들이밀며 과장
된 고통과 절망의 해결책을 묻
는 데 대해 "나도 그런 게 늘 문
제야."라고 말씀하셨다. 이건 국
문과 졸업생 윤빈이가 쓴 대학
시절 추억담에 나오는 이야기

— 이승훈,「윤빈이」전문

제목이 「윤빈이」이고, 그러므로 이 시에서 나는 윤빈이 이야기, 그의 이야기, 그의 목소리를 인용했을 뿐이다. 그러나 시의 끝에 '이건 국문과 졸업생—이라는 나의 목소리가 나오는 것은 친절이고 부연이지만, 이 목소리에 의

169

해 그의 질문에 대답하는 나의 목소리는 다시 아이러니의 효과를 낼 수 있다고 생각했기 때문이다.

제3부

형태에 대한
관심이 필요하다

제9강
이야기시의 유형

인간에게는 노래하고 싶은 욕망이 있고 노래를 듣고 싶은 욕망이 있고 이야기 하고 싶은 욕망이 있고 이야기를 듣고 싶은 욕망이 있다. 욕망은 결핍의 산물 이고 이야기는 욕망의 산물이다. 따지고 보면 한 세상 산다는 것이 노래하고 이야기하며 시간 보내는 일에 지나지 않고, 그러므로 현실이 있는 게 아니라 이야기가 있고 우리는 이야기 바다에서 떠돈다. 이야기가 없다면 도대체 심심 해서 어떻게 살 것인가? 이야기가 구원이고 이야기가 밥이다.

이야기시의 유형

1. 서사시, 설화시, 이야기시

시 쓰기엔 천 가지 방법이 있다. 어디 천 가지뿐이랴. 시인마다 쓰는 방법이 다양하고 그만큼 많다는 뜻이다. 한 시인의 경우도 자신이 쓰는 방법을 일일이 헤아려 보지는 않기 때문에 구체적으로 몇 가지나 되는지 모르고, 나도 그 동안 시를 써 왔지만 과연 어떤 방법을 썼는지 자세히 모르는 입장이다. 이런 건 나 같은 현대시론 전공 교수들이 할 일이지만 내가 내 시를 연구하는 것도 우습다. 한편 자신이 어떤 방법으로 시를 쓰는지 생각하면서 시를 쓰는 것도 아니고 그렇다고 방법도 없이 시를 쓰는 것도 아니다. 축구를 하려면 최소한 축구의 룰rule을 알아야 하고 이 룰을 지키며 볼을 차야 한다. 공부도 그렇고 식사도 그렇고 이른바 문화는 방법을 전제로 한다. 좀 더 심하게 말하면 방법이 문화이다. 식사 방법이 바로 식사 문화이기 때문이다. 일부에선 방법은 2차적이고 목표가 중요하다고 하지만 천만의 말씀이다.

특히 시의 초심자들은 시 쓰기의 방법을 공부해야 하고, 이 여러 가지 방법 가운데 비교적 오래된 것이지만 생각하기에 따라서는 시가 아니라고 생각한 것으로 이른바 이야기시narrative poetry가 있다. 이제까지 나는 이 알기 쉬운 시작법에서 시는 이야기가 아니고, 사물에 대한 현실에 대한 자연에 대한 정서적·상상적 반응의 세계라고 주장했다. 물론 옳은 말씀이다. 서정시라는 말이 암시하듯이 시는 정서를 매개로 세계를 인식하고 세계와 자아가 하나가 되는 세계이다.

그러나 고대에는 이런 서정시뿐만 아니라 이른바 서사시epic, 극시도 있었고, 물론 이 서사시는 그 후 소설로 발전하고 극시는 희곡으로 발전한다. 그러나 고대 문학론에서 이들을 모두 시라고 부른 것은 이른바 운문 형식으로 되어 있기 때문이다. 그렇다고 서사시와 극시에 시적 효과가 없었던 것도 아니다. 담시ballad는 민요 형식으로 된 이야기 혹은 민중들의 이야기를 민요 형식으로 노래하고 따라서 이야기의 요소와 시적 요소가 결합된 보기이다. 물론 이런 문제는 이론적으로 다소 복잡하기 때문에 이 자리에서는 보류하고 이야기시로 넘어간다.

이야기시는 설화시라고 부를 수도 있고 서사시라고 부를 수도 있다. 소설을 포함해서 일반적으로 이야기를 다루는 학문을 서사학narratology, 혹은 설화학으로 부른다. 그런가 하면 일련의 말들, 일련의 문장들을 다루는 학문을 담화 이론discourse, 혹은 담론이라고 부르고 일련의 말 또는 글들을 분석하고 기술하는 경우 그 말이나 글들을 텍스트text라고 부른다. 물론 이 때의 텍스트라는 용어는 데리다나 바르트 같은 후기구조주의자들이 사용하는 텍스트와는 의미가 다르다. 요컨대 이 시대에 오면서 서사학, 담화이론, 텍스트학이 강조되는 것은 이 시대가 이야기의 시대이고, 이때 이야기는 소설에만 국한되지 않고 영화, 만화, 희곡, 르포, 역사 등 여러 장르에 걸쳐 나타나고, 이야기시에도 나타나기 때문이다.

그러나 이 글에서 내가 서사시나 설화시, 담론시라는 용어를 피하고 굳이 이야기시라고 부르는 것은 서사시가 고대의 서사시를 연상시키고 설화시는 지나치게 설화가 강조된다는 느낌 때문이다. 결국 이 시대의 시는 전통적인 서정시뿐만 아니라 시에 이야기를 도입하는 이야기시가 나타나고, 우리 시의 경우에는 1920년대 카프시에서 김팔봉이 이른바 단편서사시 운동을 펼치고 1980년대 민중시에서 이야기가 강조되는 시들이 나타난다. 그렇던 것이 최근에는 이야기, 허구든 사실이든 꿈이든 아무튼 이야기가 있는 시들이 자주 눈에 띈다.

　　　인간에게는 노래하고 싶은 욕망이 있고 노래를 듣고 싶은 욕망이 있고 이야기하고 싶은 욕망이 있고 이야기를 듣고 싶은 욕망이 있다. 이야기시는 소박하게 말해서 이런 인간적 욕망의 산물이다. 욕망은 결핍의 산물이고 이야기는 욕망의 산물이다. 그런 점에서 우리는 결핍을 메우려고 노래하고 이야기한다. 따지고 보면 한 세상 산다는 것이 노래하고 이야기하며 시간 보내는 일에 지나지 않고, 그만큼 한 세상이 결핍이라는 말이고 우리 일생도 잡다한 이야기이고 역사도 이야기이고 현실도 이야기이다. 대통령 이야기, 국회의원 이야기, 재벌 이야기, 탤런트 이야기, 누가 자살한 이야기, 누가 누구를 사랑하는 이야기.

　　　그러므로 현실이 있는 게 아니라 이야기가 있고 우리는 이야기 바다에서 떠돈다. 이야기가 없다면 도대체 심심해서 어떻게 살 것인가? 이야기를 합시다. 무슨 이야기든 좋다. 당신들이 살아온 이야기, 느낀 이야기, 꿈을 꾼 이야기, 거짓말도 좋고 진정한 말도 좋고 남들 이야기도 좋다. 이야기가 없는 사람들은 고독을 모르고 결핍을 모른다. 이런 사람들은 아마 문학도 모를 것이다. 누구나 만나면 무슨 이야기든 이야기를 하자. 이야기가 구원이고 이야기가 밥이다. 쓸 데 없는 이야기는 더 좋다. 쓸 데 없는 것이 문학이고 예술이고 시이고, 사는 것은 이야기를 하고 듣는 과정이고 말이 없는 사람들은 외로움을 모르는 사람들이다. 우리는 외롭기 때문에 이야기를 한다. 그렇다면 시인들은 어떤 이야기를 어떻게 해야 할까?

2. 왕이 죽고 왕비도 죽었다

최근에는 담당하지 않지만 그 동안 담당했던 대학 1학년 문학개론 시간에 내가 강조한 것은 이야기story와 소설novel이 다르다는 것. 이야기엔 구성plot이 없고 소설엔 구성이 있다는 것. 예컨대 이야기는 '왕이 죽고 왕비도 죽었다'로 전개되고 소설은 '왕이 죽자 너무 슬퍼서 왕비도 죽었다'로 전개된다는 것이다. 이야기 속에선 사건이 필연성 없이 전개되고, 소설 속에선 사건이 필연성을 매개로 전개되고, 이런 전개가 주제를 암시한다.

그렇지 않은가? 왕이 죽고 왕비도 죽었다면 사건이 시간적 순서에 따라 전개되지만 두 사건 사이에는 필연성이 없다. 왜 왕비가 죽었는지 우리는 알 수가 없다. 그러나 왕이 죽자 너무 슬퍼서 왕비도 죽었다면 왕비의 죽음은 필연성을 띤다. 물론 이런 필연성은 지나치게 소박하다. 왕이 죽자 너무 기뻐서 왕비는 웃었다. 이런 것도 필연성이고 아무튼 소설은 이렇게 요소들이 혹은 사건들이 필연적으로 전개되어야 한다. 물론 이야기시는 이상에서 말한 스토리와 소설 양자를 포함하지만 최소한 현대시라면 현대소설이 그렇듯이 사건이 아무렇게나 전개되는 게 아니라 시간적 순서를 따르되 필연적으로 전개되어야 한다. 그러나 시는 소설이 아니다. 먼저 보기를 든다.

당신을 찾아갔다는 것은 현실을 직시하기 위해서였다
마침 당신은 집에 없고 당신의 아우만이 나와서 당신이 없다고 한다
부산에서 언제 올라왔느냐고 헛말 같이라도 물어보아야 할 것을
나는 총에 맞은 새같이 가련하게도 당신의 집을 나와버렸다
그 아우는 물론 들어와서 쉬어가라고 미소를 띄우면서 권하였다
흔적은 없어도 전재戰災를 입은 것만 같은(그렇게 그 문은 나에게는 너무나 컸다)
낡은 대문 사이에 매일같이 흐르는 강물이 오늘에야 비로소 꽉 차 있다
설움의 탓이라고 이 새로운 현상을 경시하면서도

어제와 같이 다시는 '헛소리'를 하지 않으려고 결심하면서
자꾸 수그러져가는 눈을 들어 강과 대안對岸의 찬란한 불빛을 본다
횃불로 검은 물 속을 비춰가며 고기를 잡는 배가 증언처럼 다가오고
나는 당신과 아우에게로 뛰어가서 나의 '말'을 하지 못하는 나를 미워
하였다

— 김수영, 「말—K.M에게」 전문

원래 이 시는 시행과 시행 사이가 비어 있는 이른바 변형 단련單聯 형태이지만 전문을 인용하고 지면을 아낀다는 의미에서 이렇게 표기한다. 아마 김수영 시인이 알면 이렇게 표기한 이 모 교수는 시학 교수도 아니라고 화를 낼 것이다. 그건 그렇고 이 시는 부제가 암시하듯 K.M에게 건네는 말, 곧 이야기이고 그는 시에서 말을 하지만 마지막 행에서는 '말'을 하지 못했다고 고백한다. 이 시에서 그가 하는 말, 곧 이야기는 당신을 찾아간 이야기. 그가 당신을 찾아갔을 때 당신은 집에 없었고 그는 부산에서 언제 올라왔느냐고 묻지도 못하고 나온다. 그리고 눈을 들어 강과 대안의 불빛을 본다. 사건이라면 이게 사건이다.

이 시의 경우 소설과의 차이는 첫째로 말의 아이러니. 그는 말을 하지만 말을 하지 못한 나를 미워한다. 둘째로 사건의 세부가 생략된다. 셋째로 강물의 상징. 낡은 대문 사이로 흐르던 강물은 당신과 시인 사이의 거리나 단절을 상징하고, 따라서 강물이 꽉 찬 것은 완전한 단절을 상징한다. 그리고 그는 먼 강과 대안을 바라본다. 요컨대 소설이 세부에 집착한다면 이야기시는 오직 필요한 요소들만 선택하고 이를 통해 독자는 시인의 의도나 결론을 추측한다. 그런 점에서 주제를 암시하는 사건만 간결하게 묘사하거나 필연적 사건의 뼈대만 드러난다. 다음은 소설적 세부가 더욱 생략된 보기.

군모를 새장에 벗어 놓고

새를 머리 위에 올려놓고

외출했더니

그래 이젠 경례도 안 하긴가? 하고

지휘관이 물었다

아뇨

경례는 이제 안 합니다

새가 대답했다

아 그래요?

미안합니다 경례를 하는 건 줄 알았는데

하고 지휘관이 말했다

괜찮습니다 누구나 잘못 생각할 수도 있는

법이지요

새가 말했다

— 프레베르, 「자유지역」(김화영 역) 전문

앞의 시가 1인칭 시점이라면 이 시는 3인칭 시점으로 되어 있고, 주인공은 지휘관이고 그의 상대역은 새이다. 그런 점에서 이 시는 이야기와 우화가 결합된 양식. 사건은 군모 대신 새를 머리에 쓰고 나갔더니 아무도 그를 보고 경례를 하지 않는다는 것. 가령 이 이야기를 소설로 쓴다면 이야기의 세부에 해당하는 군모를 묘사하고, 새장의 공간적 배경이 나와야 하고, 새장의 위치, 내부 묘사가 필요하고, 집에서 외출하는 과정, 외출한 거리 풍경과 경례하지 않는 사람들의 구체적인 묘사가 필요하다. 그러나 이야기시에서는 이런 세부는 생략되고 사건의 간결한 구조만 드러난다. 소설이 구상화라면 이야기시는 반추상화에 비유할 수 있다.

3. 1인칭 시점의 이야기시

앞에서 나는 리듬을 다루면서 화자와 어조의 관계에 대해 말한 바 있다. 화자가 누구냐에 따라 어조가 다르고 거꾸로 어조에 따라 화자가 다르고, 이렇게 어조가 문제인 것은 어조가 대상과 독자에 대한 화자의 태도를 암시하기 때문이다. 따라서 시를 쓸 때 누구의 목소리로 쓰느냐가 문제이다. 이야기시에도 물론 어조가 중요하지만 이야기가 강조된다는 점에서 누가 어디서 말하는가가 더 중요하다. 김수영의「말」은 화자 곧 김수영이 중심인물이 되어 자신이 겪은 사건을 '당신'에게 하는 말이지만, 프레베르의「자유지역」에서는 화자가 이야기 밖에서, 말하자면 객관적인 입장에서 사건을 묘사할 뿐 사건에 참여하지는 않는다.

따라서 누가 말하는가의 문제는 화자가 어디서 말하는가의 문제와 통하고 그것은 화자가 이야기에 참여하며 말하는 양식, 거리를 두고 말하는 양식 두 가지로 나누어진다. 전자는 1인칭 시점, 후자는 3인칭 시점이다. 그러나 좀 특수한 경우이긴 하지만 2인칭 시점도 가능하다. 어떤 시점이냐에 따라 이야기에 대한 독자의 반응이 다르기 때문이다. 예컨대 1인칭 시점이 사건에 대한 화자의 주관적 반응과 성찰을 강조한다면, 3인칭 시점에서는 사건에 대한 객관적 묘사와 이런 묘사를 통한 비판이 강조된다. 나아가 1인칭 시점의 경우도 화자가 인간인 경우와 동물인 경우가 다르다.

서정시는 일반적으로 독백의 양식이기 때문에 1인칭 시점이 흔하고 이야기시의 경우에도 사정은 비슷하다. 그러나 1인칭 시점에도 몇 가지 유형이 있다. 첫째는 이야기하고 있는 사건들의 우연한 증인으로서의 나, 둘째는 이야기 혹은 사건의 주변적 참가자로서의 나, 셋째는 이야기의 중심인물로서의 나이다. 그러나 김수영의 경우는 부제가 암시하듯이 '당신'을 전제로 '당신'에게 말하는 양식으로 되어 있기 때문에 독자의 참여는 제한된다. 말하자면 이런 시의 독자는 '당신'이고 우리는 이 두 사람, 곧 김수영이 '당신—K.M'에게 하는 말을 옆에서 엿듣는 입장이다. 따라서 일반적인 1인칭 시점, 그것도 사건의 중심인물로서의 나의 이야기보다 섬세한 이해가 요구된다. 다음은 이런 '당신'이 없는 경우.

> 의미 있는 시가 하도 지겨워
> 의미 없는 방정식을 푼다
> 내가 기호들과 즐겁게 노는데
> 창가로 팡새가 날아와 앉는다
> 주머니 달린 빨간 조끼를 입고 있다
> 선물이야 주인 아저씨 몰래 훔쳐 왔어!
> 새는 과자로 만든 시계를 꺼내 건네준다
> 아이스크림으로 만든 발을 꺼내 건네준다
> 나는 시계를 먹으며 창 밖을 본다
> 파스칼 아저씨네 과자가게가 보인다
> 토마토 모자를 쓰고 과자를 굽고 있다
>
> — 함기석, 「파스칼 아저씨네 과자가게」 부분

이야기는 계속된다. 시 전문을 옮기면 좋겠지만 전문을 옮길 순 없고 아무튼 화자가 겪는 이야기의 흐름을 요약하면 다음과 같다. 나는 방정식을 푼다—팡새가 날아와 과자 시계와 아이스크림 발을 준다—나는 시계를 먹으며 창 밖 파스칼 아저씨네 과자가게를 본다—나는 다시 방정식을 푼다—시간이 녹아 내린다—나는 다시 방정식을 푼다—그러나 아무리 풀어도 해답은 없다. 그런데 그것이, 말하자면 해답이 없다는 것이 해답이고 나의 삶이라고 말하며 시가 끝난다.

화자는 현실적인 이야기가 아니라 환상적인 이야기를 하고 따라서 그는 환상적인 사건을 마치 동화처럼 이야기한다. 지루한 삶, 재미없는 시들을 극복하기 위해 방정식을 풀 때 '팡새'라는 이상한 새가 날아오고 이 새는 파스칼의 '팡세'(명상록)의 언어유희. 그러나 아무튼 이런 새가 날아와 그를 구원하지만 파스칼 아저씨네 과자가게에는 생각도 갈대도 보이지 않고 그가 하는 일은 시간을 먹는 일. 계속 방정식을 푸는 일. 해답이 없다는 해답을 깨닫는 일이다. 이런 이야기를 통해 그가 강조하는 것은 현대인의 권태와 파스칼 철학의 아이러니이다.

4. 2인칭 시점의 이야기시

1인칭 시점이 이야기를 독자에게 직접 건네는 양식이라면 2인칭 시점역시 이야기에 직접성을 부여한다. 그러나 이때는 이야기의 주인공이 '나'가 아니라 '당신, 너, 그대'가 되기 때문에 1인칭 시점과는 다른 미적 효과가 나타난다. 1인칭 시점이든 3인칭 시점이든 일반적으로 '당신'은 '당신'이며 동시에 '독자'에 해당한다. 왜냐하면 시 속의 당신은 시인이 말하는 구체적인 '당신'이며 동시에 시를 읽는 독자가 되기 때문이다. 그런 점에서 2인칭 시점, 곧 '당신'이 주인공이 된다면 이 '당신'은 두 가지 문맥을 거느리게 된다. 하나는 화자가이야기의 주인공인 당신이 되는 경우. 쉽게 말하면 일기를 쓸 때 '나'를 '너', '당신'으로 부르는 형식과 비슷하다. 이때 화자는 주인공인 화자—당신이 겪는 이야기에 대해 말하고 독자는 이 화자의 이야기에 귀를 기울인다. 다른 하나는독자가 이야기의 주인공인 당신이 되는 경우이다. 이때는 독자가 이야기의 주인공이 되고 따라서 우리—독자는 이중적 역할을 한다. 곧 이야기의 주인공이며 동시에 독자가 되고 따라서 독자는 주인공인 독자가 겪는 사건에 대해 말하는 화자의 이야기에 귀를 기울이는 특수한 상황에 놓인다. 그러나 이런 경우는 실험적인 시로 그렇게 일반적인 것은 아니다. 다음은 전자의 보기.

여름날 오후
헌 책방에서

네가 찾는 건

책이 아니다

땀을 흘리며

네가 찾는 건 너의

마음인지 모른다

여름날 오후

모자를 쓰고

먼지 속에서

네가 부지런히 찾는 건

시간인지 모른다

흘러간 시간

헌 잡지를 뒤지며

헌 잡지에 문득

코를 박는 건

너의 가슴을

박는 건지 모른다

길 모퉁이 허름한

책방에서 오늘도

헌 책을 뒤지는

너의 손과 가슴과

부르튼 입술은

문득 흐려진다.

— 이승훈, 「네가 찾는 것」부분

이 시에서 '너'는 '나'를 암시한다. 그런 점에서 화자는 주인공인 화자 당신의 이야기를 한다. 이 시는 이런 의미로서의 주인공 '너'가 여름날 오후 헌 책방에 들러 무언가를 찾는 이야기. 그는 달리던 버스에서 갑자기 뛰어내려 헌 책방으로 달려간다. 모자를 쓰고 땀을 흘리며 헌 책방에서 계속 무언가를 찾고 헌 잡지를 뒤지고 헌 잡지에 코를 박는다. 그가 찾는 것은 그의 마음이고 흘러간 시간이고 계속 책을 뒤지는, 입술이 부르튼 그의 얼굴이 문득 흐려지면서 시가 끝난다. 결국 아무 것도 찾지 못했다는 이야기.

이 시에 나오는 '너'는 '나'로 바꿔도 되고 '그'로 바꿔도 된다. 그렇다면 차이는 무엇인가? 1인칭 시점이라면 이야기는 화자 혹은 시인이 겪는 주관적인 이야기가 되지만 2인칭이 되면 이런 주관성이 어느 정도 소멸하고 이른바 화자와 타자, 혹은 주체와 객체 사이에 대화적 관계가 나타나고 또한 이 '너'는 화자의 분신일 수도 있고 아무튼 화자와 가까운 관계에 있는 '너'이다. 그러나 이 '너'를 '그'라고 하면 이런 대화적 관계는 소멸하고 주인공은 물체로 전락한 객관화된 소외된 주체가 된다. 이렇게 '너'가 '나'를 암시하는, 그런 점에서 '너'가 '나'의 거울 이미지가 되는 경우도 있지만, 시 속의 '너', '당신'이 '나'를 암시하지 않고 어디까지나 타자인 경우도 있다. 이때는 비록 주인공을 '너'라고 부르지만 '나'와 가깝다기보다는 '나'와 거리를 두는, 혹은 대립되는 경우가 많다. 예컨대 다음과 같은 시.

마음의 어디를 동여맨 채 살아가는 이를
사랑한 것이 무섭다고 너는 말했다
두 팔을 아래로 내린 채 눈을 뜨고
오늘 죽은 이는 내일 더 죽어 있고
모레엔 더욱 죽어 있을 거라고 너는 말했다
사랑할 수 있는 사람들 틈에서 마음껏
사랑하며 살아가는 일
이 세상 여자면 누구나 바라는 아주 평범한 일
아무것도 원하지 않으나 다만

보호받으며 살아가는

그런 눈부신 일이 차례가 올 리 없다고 너는 말했다

조금도 나아지지 않는 오늘, 오늘, 오늘의 연속

이제까지 이렇게 어렵게 살아왔는데 앞으로도

이렇게 어렵게 살아가야 된다면

차라리 죽음을 택하는 길이 쉬운 거라고 너는 말했다

버림받고 병들고 잊혀지는 일이 무섭다고 너는 말했다

― 조정권,「목숨」부분

이 시의 경우 화자는 '너'의 이야기를 듣고 있을 뿐 그 이야기에 대해 거리를 유지하고, '너'는 여자라는 점에서 화자를 반영하는 게 아니다. '너'의 이야기는 사랑의 고통이다. 그건 마음을 동여맨 채 살아가는 사람을 사랑한 일을 모티브로 한다. '너'가 바라는 것은 '이 세상 여자면 누구나 바라는 아주 평범한 일', '보호받으며 살아가는 일'이다. 그러나 이런 평범한 사랑도 힘들다는, 그러니까 이 시대 사랑의 고통이 주제이다.

5. 3인칭 시점의 이야기시

3인칭 시점은 3인칭 대명사 그, 그녀, 그것을 사용하여 이들이 겪는 사건이나 이야기를 보여준다. 앞에서도 말했듯이 3인칭 시점은 1, 2인칭 시점보다 허구성이 강하고, 이야기에 대한 객관적 거리가 유지된다. 그러나 같은 거리가 유지되지만 3인칭 시점은 일반적으로 전지적omniscient 시점과 제한적limited 시점으로 나누어진다. 전지적 시점의 경우 화자는 인물들과 사건에 대해 거의 전부를 알고 있으며 마음대로 시간과 장소를 옮겨가고, 한 인물에서 다른 인물로 옮겨가며 그들의 말과 행동을 보고한다. 또한 한 인물의 언행뿐만 아니라 그의 사상과 감정과 동기에 대해서도 말할 수 있기 때문에 화자는 전지

전능한 신과 같은 입장에 있다.

　　그러나 전지적 시점은 다시 화자가 인물의 행동과 동기를 평가하고 세계에 대한 자기의 견해를 피력하고 인물들에 대해 논평까지 하는, 말하자면 사건이나 이야기에 간섭하는 간섭적intrusive 화자와 이런 논평이나 판단을 유보하고 대체로 극적인 장면들 속의 행동을 묘사하거나 보고하거나 상황 자체를 그대로 보여주는 비간섭적unintrusive 화자로 나누어진다. 먼저 간섭적 화자의 전지적 시점.

　　모래를 사고 싶어하는 아이가 있었네. 거리에 나가 봤지만 어느 상점에서도 모래를 팔지 않았네. 바람은 계속 같은 속도로 불어 주었네. 더듬이 잘린 개미떼가 바람을 등지고 지나가네. 아이는 눈썹 없는 남자에게 전화를 거네. 다른 집이 나오네. 다시 전화를 걸었네. 알 수 없는 여자가 화를 내네. 붉은 전화박스 뒤의 계단으로 올라가네. 아이는 빨간 하늘 속에 잿빛 구름이 다리를 저는 풍경 속으로 들어가네. 모든 것이 다급해 보이네.
　　　　　　　　　　　　　　　　　　　　　　　　　　　　　　　　── 정재학, 「모래」 부분

　　이 시의 경우 주인공은 아이이고, 이야기는 계속된다. 모든 것이 다급해 보이고 거리에는 노래 소리가 들리고 한 상점에서 아이에게 자갈을 준다. 아이는 이번엔 눈썹 그린 남자에게 전화를 걸고 다른 집이 나오고 무서운 여자가 화를 내고 아이는 보랏빛 비가 내리는 풍경 속으로 들어간다. 다시 모두가 다급해 보이고 그 낯선 풍경으로 들어가는 길이 모래로 되어 있었지만 아이는 모르고 그의 팔은 비에 멍들고 아이는 머리카락을 잘라 닫힌 상점 문 밑에 넣어 두고 밤새도록 모래를 기다린다.

　　무슨 꿈 이야기 같고 카프카의 소설 같은 이런 이야기를 통해 정재학이 말하려는 것은 한마디로 현대인의 악몽 같은 삶이고, 이런 시를 읽으면 젊은 시절의 나를 보는 것 같고, 김언희, 박상순, 박찬일, 이수명, 함기석, 김참, 이민하, 김이듬 같은 시인들이 특히 이런 악몽의 세계를 노래한다. 언젠가 나는 정재학의 이런 시 쓰기를 '사막의 시 쓰기'라고 말한 바 있고, 아무튼 모래를 사고 싶어하는 아이는 죽음을 통해 새로운 삶을 꿈꾸는 현대인의 알레고리이다. 화자는 사건, 인물, 풍경 등에 간섭한다. 비간섭적 화자로 된 전지적 시점의 보기로는 앞에 든 프레베르의 「자유지역」을 들 수 있다.

　　3인칭 시점에는 이른바 제한적 시점이 있고 이때 화자는 3인칭으로 이야기하지만 그의 이야기는 이야기 속의 한 인물 혹은 제한된 수의 인물들이 경험하고 생각하고 느낀 것에 한정한다. 현대 모더니스트 작가들은 이런 양식을 이른바 '의식의 흐름' 기법으로 발전시킨다. 다음은 제한적 시점에 의한 3인칭 시점의 보기.

　　　　을지로 4가 지하 다방 윈도우에 앉아 있다
　　　　다방 레지쯤으로 보이는 늙은 여자 하나 앉히고
　　　　사내라는 이름이 무색한 사내가 앉아
　　　　늙은 레지의 엉덩이를 더듬고 있다
　　　　나란히 앉은 늙은 레지의 엉덩이를
　　　　더듬는 것으로
　　　　삶은 가까스로 안심에 이르는 모양이다

　　　　　　　　　　　　　　　　　　　　　― 조하혜, 「을지로 4가」 부분

　　　　이 시는 크게 두 부분으로 되어 있고, 인용한 부분은 1부의 전반부에 해당한다. 1부는 을지로 4가 어느 지하 다방에서 사내가 레지의 엉덩이를 더듬는 행위와 그것에 대한 화자의 논평, 2부는 을지로 골목길에서 길을 잃고 여러 모양의 손잡이 장식들을 구경하는 이야기로 요약된

188

다. 따라서 2부는 엄격하게 말하면 3인칭 시점이 아니라 1인칭 시점에 해당하고, 그런 점에서 이 시의 1부는 3인칭 제한적 시점, 2부는 1인칭 시점으로 되어 있다. 이렇게 한 편의 시에서 하나의 시점이 아니라 두 개 혹은 그 이상의 시점을 사용하면 시가 입체성을 띠게 된다.

다음은 3인칭 시점과 2인칭 시점이 동시에 사용된, 혹은 2인칭 시점을 전제로 3인칭 시점이 사용된 보기이다. 그런 점에서 시점 혼란이 나타나지만 이런 혼란이 특수한 미적 효과를 준다.

저 선한 풀빛 눈망울이
환각의 천장에 매달린
천 개의 눈알 박힌 색색의 회전조명과 뒤엉켜
최면의 술을 따르고
심란한 교태의 잔을 부딪히며
빛과 어둠 경계를 오락가락하다니
…(중략)…
명절날에도 고향 돌아갈 수 없어
바퀴벌레나 쥐벼룩처럼
지하실 단칸방을 철통수호하고 있는
25권짜리 시리즈 순정 만화책을 빌려놓고
낄낄 깔깔 박장웃음 속에 눈물 헹구며
간신히 아무 생각 없이 긴 하루를 때우는
저리 천진하게 굴러먹은 어린애 같은 접대부가

— 이기와, 「영자야 18」 부분

이 시의 부제는 '설날 연휴'로 되어 있다. 시의 내용은 설날 연휴에 고향에도 못 가고 순정 만화책을 빌려 놓고 지하실 단칸방을 지키는 영자라는

어린 접대부의 이야기. 그러나 좀 더 찬찬히 읽으면 화자의 시점은 고정되지 않고 시간과 공간에 따라 이동하며 전개되는 무슨 단편소설 같은 이야기이다. 그러나 표제는 '영자'가 아니라 '영자야'이다. 표제가 '영자'인 경우는 화자가 영자의 삶, 영자가 겪는 이야기를 객관적으로 보여주지만 '영자야'인 경우는 화자가 영자를 부른다는 점에서 영자가 2인칭이 되고, 따라서 화자와 영자는 대화적인 관계에 있고, 이 시의 시점은 그런 점에서 2인칭 시점과 3인칭 시점이 섞여 있는 특이한 미적 효과를 나타낸다.

6. 집단적 시점과 대화

집단적 시점이란 이야기의 주인공이 나, 너, 그대, 그, 그녀 같은 단일 인물이 아니라 '우리'가 되는 경우이고, 이 '우리'는 1인칭 시점의 변주로 읽을 수도 있고 나아가 우리―독자가 될 수도 있다. 따라서 이야기와 독자 사이에 거리가 유지된다기보다는 거리가 좁혀지고 그만큼 이야기가 독자에게 다가오고 독자와 이야기 속의 인물들이 하나가 된다. 그러나 화자는 어디까지나 개인적인 입장에서 '우리'에 대해 말하기 때문에 '우리'가 소유한/소유하는 경험을 개인적인 입장에서 다시 정리하는 효과가 있다.

> 교문을 나서다가
> 우리는 커다란 철길을 만나
> 그 철길이 우리를
> 금빛 기차에 태워
> 세상을 한 바퀴 돌아 데려갔지
> 지구를 한 바퀴 돌아
> 우리는 바다를 만나
> 모든 조개껍질들과

향기로운 섬들과

아름다운 난파를 데불고

돌아다니는 바다를 만났지

― 프레베르, 「방과후」(김화영 역) 부분

어린 시절 학교 가기가 싫었던 나는 이 시를 읽을 때마다 얼마나 공감이 가는지 모른다. 학교 가기 좋아하는 학생도 있고 싫어하는 학생도 있다. 프레베르가 이 시에서 이야기하는 것은 교문을 나서며 체험하는 환상과 자유와 행복이다. 그것도 '우리', 곧 나, 프레베르, 이 시를 읽는 독자 여러분, 프랑스 학생들, 한국 학생들 모두가 교문을 나서고 금빛 기차를 타고 지구를 한 바퀴 돌아 바다를 만나고 '일본으로 떠나는 돛단배 위의/ 달과 별'을 만나고 이야기는 계속된다. 우리는 계속 철길을 달리고, 겨울을 쫓아 달리고 봄이 온다. 꽃들이 뒤죽박죽으로 정신없이 핀다. 우리는 세상, 바다, 태양, 달, 별들을 한 바퀴 돈다.

집단적 시점은 이렇게 너와 내가 뒤죽박죽으로 하나가 되는 미적 효과가 있다. 이야기시의 유형으로는 대화의 기법이 사용되는 경우도 있고, 이런 기법은 3인칭 시점의 변주일 수도 있고 나와 너의 대화 형식이면 2인칭 시점의 변주일 수도 있다. 대화는 두 사람 혹은 그 이상의 인물들이 주고받는 이야기. 한편 두 인물이 알레고리로 사용되는 경우도 있다. 프레베르의 「자유지역」 역시 대화가 중심이 되지만 이 경우는 지휘관의 행위가 강조된다. 다음은 이런 사건이나 행위보다 두 사람의 대화만 강조된 보기.

여자 : 다시 태어나면

　　　무얼 하고 싶어?

남자 : 다시 태어나길

　　　바라는 게 죄야

여자 : 그러니까 만약 다시
        태어난다면
남자 : 그땐 물새만 그리는
        화가가 되고 싶어
여자 : 그래 그런 화가
        물새만 찾아다니는
남자 : 언제나 물새만 그리는
여자 : 밥은 누가 먹여주고?
남자 : 그렇군 다시 태어나면
        밥 걱정이나 없었으면
…(중략)…
남자 : 난 지은 죄가 너무 많아
여자 : 그건 나도 그래
남자 : 나무를 봐
여자 : 봄이 오려나 봐
남자 : 벌써 봄이 온다고?

여자와 남자 멍하니
창 밖을 본다

— 이승훈, 「봄이 오던 날의 대화」 부분

과연 우리는 다시 태어날 수 있을까? 태어나길 바라는 게 죄이고 사는
게 죄이고 이 죄의 바다에서 시는 무엇이고 예술은 무엇인가? 봄이 오는 날 멍
하니 창 밖을 보며 사는 사람들도 있다.

제10강

서정시에도 여러 가지가 있다

서정시는 이야기가 아니라 사물이나 자연이나 현실에 대한 정서적 반응을 강조하는 문학 장르이다. 그런데 이런 문학 장르는 문학을 이해하기 위해 내세우는 형식적 특성을 의미할 뿐이다. 문제는 장르가 아니라 양식이고, 양식은 그것이 양식이기 때문에 우리를 살지게 하고 배부르게 한다. 일용할 양식이 없다면 우리는 굶을 수밖에 없고 굶으면 죽는다. 무슨 말들이 그렇게 많은가? 양식이 있어야 하고 물론 양식樣式은 양식糧食이 아니지만 한편 양식일 수도 있다. 양식이 양식이라고?

서정시에도 여러 가지가 있다

1. 장르가 아니라 양식이다

앞에서는 이야기가 있는 시를 이른바 이야기시라는 용어로 설명하고 그 유형을 살펴보았다. 이야기시는 엄격하게 말하면 전통적인 의미로서의 서정시가 아니라 서정시의 변주라고 할 수 있다. 왜냐하면 서정시는 이야기가 아니라 사물이나 자연이나 현실에 대한 정서적 반응을 강조하는 문학 장르이기 때문이다. 이야기 혹은 서사를 강조하는 문학은 고대의 서사시, 중세의 기사담, 전설, 민담, 근대의 소설 등이 포함되고, 우리가 말하는 소설은 이야기의 근대적 양식일 뿐이다. 어디 그뿐인가? 문학에는 이렇게 정서를 강조하는 시, 이야기를 강조하는 소설 외에 극적 상황을 중심으로 인물들의 갈등을 보여주는 희곡이 있다. 고대에는 문학의 이런 세 가지 유형을 서정시, 서사시, 극시라고 부르고, 근대에 오면 시, 소설, 희곡이라고 부른다. 물론 이론가에 따라서는 문학의 유형은 이상 세 가지가 아니라 시와 산문 두 가지로 나누는 경우도 있고, 시, 소설, 희곡, 수필 등 네 가지로 나누는 경우도 있고 콜웰Colwell 같은 이론가는 서사시와 소설을 다시 구분하여 서사시, 소설, 희곡, 서정시, 수필 등 다섯 가지 유형으로 구분한다.

　　그런 점에서 문학의 유형은 절대적인 것이 아니고 문학을 이해하기
위해 내세우는 형식적 특성을 의미할 뿐이다. 흔히 이런 문학의 유형을 장르
라고 부르고 결국 장르는 일정한 기준에 따라 이론가가 문학 작품들을 분류한
것에 지나지 않는다. 최초로 문학을 서정시, 서사시, 극시로 나눈 소크라테스
의 기준은 말하기, 곧 말하는 양식이었다. 그에 의하면 인간이 말하는 양식은
크게 독백과 대화이고 따라서 문학 작품들 역시 독백으로 된 것(서정시), 독백
과 대화로 된 것(서사시), 대화로만 된 것(극시)으로 나누어진다.

　　그러나 이런 장르는 절대적인 게 아니다. 예컨대 시와 이야기가 결합
되는 이야기시처럼 장르에 혼란이 나타나고 이런 혼란을 비판적으로 극복하
면서 새로운 이론을 정립하기 위해 독일 이론가 슈타이거Steiger는 장르가 아니
라 양식이라는 용어를 강조한다. 말하자면 서정시가 아니라 서정적 양식을 강
조하고, 따라서 이런 양식론에 의하면 예컨대 서정적 양식에는 서정적 시, 서
정적 소설, 서정적 희곡 등이 포함되고 이런 식의 논리는 문학의 이해뿐만 아
니라 창작에도 매우 쓸모가 있고 유연하다. 장르가 아니라 양식을 강조하는
것은 이런 의미에서이다.

　　그에 의하면 양식에는 서정적 양식, 서사적 양식, 극적 양식이 있다.
그는 이상 세 양식의 차이를 언어, 철학, 주체와 객체의 거리, 지향점, 심리 세
계, 성적 차이, 공간, 시간, 시제, 존재론 등 무려 열 가지 수준에서 면밀하게 고
찰한다. 아니 열 가지 수준을 넘는지 모른다. 나는 이상 열 가지 수준에 의한
양식의 차이를 이 글에서 살피고 따질 처지가 아니고 따라서 세 양식에 대한
간단한 차이만 언급하기로 한다. 주로 주체/객체의 거리와 시간 개념을 중심
으로 말하면 그 차이는 다음과 같다.

　　첫째로 서정적 양식에서는 주체와 객체가 정서에 의해 액화, 동일화
함으로써 거리가 소멸하고 시간으로는 과거, 곧 회상의 시간을 지향한다. 이
때의 회상 속에는 과거, 현재, 미래가 혼용된다. 말하자면 과거, 현재, 미래가

분별되지 않는다. 둘째로 서사적 양식에서는 주체와 객체가 소외의 관계에 있고 따라서 주체는 객체를 비판할 수 있는 거리가 유지된다. 시간으로는 현재를 지향한다. 이 현재는 이른바 서사적 과거, 예컨대 '그는 머리를 숙이고 골목을 걸어가고 있었다'처럼 시제는 과거로 되어 있지만 그가 걸어가는 장면은 현재 그러니까 소설을 읽는 우리 눈앞에 전개된다는 의미로서의 현재이다. 셋째로 극적 양식에서는 주체가 절대적 정신이 되고 객체, 곧 세계의 구성은 스스로 결정된다. 서사적 양식에 나타나는 객체에 대한 주체의 관조, 절도, 분별, 질서는 해소되고, 따라서 추상적이고 선험적이고 절대적인 정신이 되고 이 절대성은 객체와의 절연을 의미한다. 시간으로는 미래를 지향하고 그것은 극적 양식이 격정과 문제 해결을 중시하기 때문이다(이상 슈타이거, 『시학의 근본 개념』, 오현일·이유영 공역, 삼중당, 1978년, 277~327면 참고). 거리 개념을 중심으로 하는 세 양식의 차이에 대한 슈타이거의 말을 그대로 옮기면 다음과 같다.

카시러Cassirer는 정감적인 것에서 형상적인 것으로 다시 논리적인 것으로 향하는 길을 가치 있는 대상과 같은 어떤 것이 형성되는 전진적인 객관화 과정이라고 말한다. 거리 개념의 범주를 통해 이 전진적인 객관화 과정을 살피면 다음과 같다. 서정적인 존재에는 하나의 객관과 주관의 거리 관계가 아직 존재하지 않는다. 자아는 무상한 것 속에 함께 어울려 유영한다. 서사적인 것 속에는 평면 위의 대상을 볼 때의 상면相面 자세가 성립한다. 관조의 행위 속에 대상과 동시에 이러한 대상을 관찰하는 자아가 확립된다. 자아와 대상은 뚜렷이 나타나 바라보는 가운데 서로 결부된다. 하나는 또 다른 것에서 성립되며 확증된다. 그러나 극적인 존재에서는 어느 정도는 대상이 문제되지 않을 것 같다. 인간은 관조하는 게 아니라 심판한다. 늘 사물과 인간이 연관되고 있는 가운데서 서사적인 편력을 하고 있는 관조자에게 일어나는 절도, 분별, 질서는 이제 대상에서부터 해소되며 그 자

체로 파악되므로 추상적이며 따라서 새로운 것은 오직 이러한 '선험 판단'
이라는 관점에서만 그 존재 가치를 획득한다는 사실이 주장된다. 세계 구
상構想은 스스로 결정結晶된다. 세계 즉 정신적인 자아는 절대적인 것이 되
며 절대적이 된다 함은 절연됨abgelost을 의미하며, 그리고 절연 작용에서만
오로지 타당하게 된다. 극작가는 그러한 정점에서부터 변화하고 있는 생을
내려다본다.

— 슈타이거, 『시학의 근본개념』, 285~286면

번역 탓도 있지만 독일 이론가들이 보여주는 지나치게 관념적이고 형
이상학적인 개념들이 이해를 어렵게 하고 특히 극적 양식에 대한 논의가 그
렇다. 그렇기 때문에 나는 어려운 개념들을 나대로 쉽게 요약하고 정리하면
서 이 글을 전개할 것이다. 문제는 장르가 아니라 양식이고 양식은 그것이 양
식이기 때문에 우리를 살지게 하고 배부르게 한다. 일용할 양식이 없다면 우
리는 굶을 수밖에 없고 김영삼 전 대통령은 최병렬 한나라당 대표가 단식농성
을 할 때 찾아가 굶으면 죽는다고 말했다. 그렇다. 굶으면 죽는다. 무슨 말들이
그렇게 많은가? 양식이 있어야 하고 물론 양식樣式은 양식糧食이 아니지만 한편
양식일 수도 있다. 양식이 양식이라고?

다시 피로가 오나 보다. 어제는 목요일. 방학 중에도 중앙일보 시창작
야간 강의가 있었고, 한낮엔 따뜻하던 날씨가 저녁이 되면서 다시 추워 오고
강의가 업이라고 생각하면서 힘들게 강의 두 시간이 끝나면 추운 겨울밤 젊은
시인들, 나이 든 학생들과 함께 서소문 뒷골목 시끄러운 분식집에 앉아 호프를
마시는 것이 거의 습관이 되었다. 겨울밤 호프 한 잔이 그렇게 정겨울 수가 없
고 야간 강의의 피로도 풀리지만 다음 날이면 피로가 더 심해지고 오늘도 그
렇다. 피로는 나의 운명이고 나의 브랜드이고 나의 애인이다. 문제는 양식이
고 양식이 아니고 문학에는 세 가지 장르가 있는 게 아니라 슈타이거 식으로
말하면 아홉 가지 장르가 있을 수 있다. 도표로 나타내면 다음과 같다. 물론 좀

더 세분하면 27개의 장르도 있을 수 있다.

	L	E	D
L	LL	EL	DL
E	LE	EE	DE
D	LD	ED	DD

도표의 가로줄에 나오는 L E D는 양식으로서의 '서정적, 서사적, 극적'을 의미하고 세로줄에 나오는 L E D는 장르로서의 '서정시, 소설, 희곡'을 의미한다. 가로줄은 양식이고 세로줄은 장르이다. 위 도표에서 알 수 있듯이 서정시의 유형은 이런 양식을 적용하면 서정적 서정시 LL, 서사적 서정시 EL, 극적 서정시 DL로 세분되고 소설도 서정적 소설, 서사적 소설, 극적 소설, 희곡도 서정적 희곡, 서사적 희곡, 극적 희곡으로 세분된다.

2. 서정적 서정시

서정적 서정시라는 말은 좀 이상하게 들릴지 모르지만 슈타이거의 양식 개념을 적용한 것으로, 쉽게 말하면 전통적으로 우리가 서정시라고 불러온 순수한 서정시를 의미하고 그런 점에서 전통적 서정시라고 불러도 된다. 이런 시는 앞에서 말한 서정적 양식으로 충만하는 시로서 먼저 주체와 객체가 정서를 매개로 하나가 되는 혼융되는 녹아 버리는 액화하는 동일시되는 것으로 다음과 같은 시를 보기로 들 수 있다.

1
내내 구름만 보며
새소리만 들으며

물소리에 풀벌레 울음소리에
옷깃이 젖었습니다.
그대 눈 속을 지키다 내가 먼저 글썽
두 눈에 눈물 고였습니다.

2
나는 그대 마음 알지 못해
망설이다 바람이 되고
그대 내 마음 짐작 못해
산골짝 숨어 흐르는 물소리 되다
어느덧 눈을 들면
면전에 임자 없이 익어버린
감나무 산감나무
가지 휘도록 바알간 서릿감!
산의 허리에 감긴
가느다란 가느다란 아침 실안개여.
그대 비단 실허리띠여.

— 나태주, 「산」 부분

 　　　　1번에서는 자아와 산, 곧 주체와 객체가 하나로
용해되는바, 그것은 울음소리가 상징하는 슬픔, 비애라는
정서를 매개로 한다. 말하자면 이 시에서 시인과 산이 하
나가 되는 것은 '물소리에 풀벌레 울음소리에/ 옷깃이' 젖
는 이미지로 나타나고, 이렇게 산을 구성하는 물소리, 풀
벌레 울음과 시인이 하나가 되는 것은, 그의 옷깃이 젖는 것은 그의 눈에 먼저
눈물이 고이기 때문이다. 요컨대 그는 산을 보면서 슬픔을 느끼고 이 슬픔이

그를 적시고 산을 적신다. 이 슬픔은 '그대 눈 속을 지킨다'는 말이 암시하듯이 그대에 대한 슬픔이고 비애이다. 요컨대 그대에 대한 비애가 산으로 투사되고, 이런 비애에 의해 그는 무상한 것 속에 유영한다.

　　그런가 하면 2번에서는 나와 그대의 관계가 노래되면서 산이 그대와 동일시된다. 나아가 '나는 바람이 되고, 그대는 물소리가 된다'는 표현에서는 비애를 매개로 주체와 객체가 혼용되는 과정이 한결 복잡해진다. 나는 산(바람)이 되고 그대 역시 산(물소리)이 되기 때문이다. 그런 점에서 이 시는 나/산의 대립과 나/그대의 대립이 산을 매개로 소멸하는 양상을 띤다. '아침 실안개가 그대 비단 실허리띠가 되는 것'도 비슷한 이치이다. 다음은 서정성이 보여주는 이런 무상 속의 유영, 헤엄치기, 무분별, 정처없음이 좀 더 강조되는 보기이다.

>   그대 보고 싶은 마음 죽이려고
>   산골로 찾아갔더니 때아닌
>   단풍 같은 눈만 한없이 내려
>   마음 속 캄캄한 자물쇠로
>   점점 더 벼랑끝만 느꼈습니다
>   벼랑끝만 바라보며 걸었습니다
>   가다가 꽃을 만나면
>   마음은 꽃망울 속으로 가라앉아 재와 함께 섞이고
>   벼랑끝만 바라보며 걸었습니다
>
> 　　　　　　　　　　　　　　 — 조정권,「벼랑끝」전문

　　나태주가 그대에 대한 비애를 매개로 자아와 산이 하나가 되는 과정을 보여준다면 조정권은 그대에 대한 갈증, 갈망, 그리움을 매개로 자연과 만나고 하나가 되는 과정을 노래한다. 그러나 이 시에서 읽을 수 있는 주체와 객

체의 혼융, 액화, 유동은 물의 이미지가 아니라 재의 이미지로 나타나고, 그런 점에서 정서적 액화가 아니라 재가 되어 소멸하는 양상이다. 그대에 대한 그리움을 버리려고 산골로 가지만 그가 만나는 것은 단풍 같은 눈만 한없이 내리는 풍경이다. 단풍 같은 눈이라? 얼마나 놀라운 표현인가? 단풍이 마지막 정열을 상징한다면 눈은 그런 정열의 순화, 정화, 승화를 암시한다. 결국 이런 이미지는 내면의 갈등을 표상하고 그는 점점 더 벼랑끝만 느끼게 된다.

그가 객체와 하나가 되는 것은 꽃을 만날 때이고, 이때 그와 꽃은 하나가 되지만 그 양상은 특이하다. 그것은 시인이 꽃망울 속으로 가라앉아 재와 함께 섞이기 때문이다. 가라앉는 것은 대상과 하나가 된다기보다는 대상 속에서 소멸하는 것을 의미하고 재는 죽음을 상징한다. 결국 시인이 대상과 하나가 되지 못하고 대상 속에서 죽는 것은 그대에 대한 그리움을 동기로 하고 그런 점에서 이 시는 주체와 객체의 혼융, 합일이 매우 특수한 양상을 띤다. 나태주의 경우 비애가 주체와 객체의 동일성을 보장한다면, 조정권의 경우 그

리움을 매개로 주체와 객체의 화해나 합일이 아니라 주체가 객체 속에서 타버리는, 죽는, 사라지는 과정이 노래된다. 그리고 이런 상징적 죽음은 이 시의 경우 회상 속에서 노래되고 이 회상 속에는 과거, 현재, 미래가 분별되지 않는다.

서정적 양식은 이렇게 시에만 나타나는 게 아니라, 그러니까 시의 전유물이 아니라 소설과 희곡에도 나타난다. 예컨대 이효석의 「메밀꽃 필 무렵」, 황순원의 「소나기」 같은 소설은 서사성보다는 서정성이 강하고 희곡의 경우에는 표현주의 희곡이 그렇다.

'이 바보'
조약돌이 날아왔다.
소년은 저도 모르게 벌떡 일어섰다.

단발머리를 나풀거리며 소녀가 막 달린다. 갈밭 사잇길로 들어섰다. 뒤에는 청량한 가을햇살 아래 빛나는 갈대뿐.

이제 저쯤 갈밭머리로 소녀가 나타나리라. 꽤 오랜 시간이 지났다고 생각됐다. 그런데도 소녀는 나타나지 않는다. 발돋움을 했다. 그러고도 상당한 시간이 지났다고 생각됐다.

저쪽 갈밭머리에 갈꽃이 한 웅큼 움직였다. 소녀가 갈꽃을 안고 있었다. 그리고 이제는 천천한 걸음이었다. 유난히 맑은 가을햇살이 소녀의 갈꽃머리에서 반짝거렸다. 소녀 아닌 갈꽃이 들길을 걸어가는 것만 같았다.

소년은 이 갈꽃이 아주 보이지 않게 되기까지 그대로 서 있었다. 문득 소녀가 던진 조약돌을 내려다보았다. 물기가 걷혀 있었다. 소년은 조약돌을 집어 주머니에 넣었다.

—황순원,「소나기」부분

여기서 소녀와 갈꽃은 하나가 되고 소년이 소녀가 던진 조약돌을 집어 주머니에 넣는 장면에서는 소녀와 조약돌의 혼융, 합일, 동일화가 나타나고 소녀(조약돌)와 소녀의 혼융, 합일이 나타난다. 이런 정서적 합일은 사랑을 매개로 한다.

3. 서사적 서정시

서사적 서정시는 앞에서 말한 이른바 이야기시와 유사하고 정의하기에 따라서는 다소 다르다고 할 수도 있다. 유사하다는 것은 객체, 곧 세계에 대한 서술이나 서사가 드러난다는 점이고, 다소 다르다는 것은 이야기시가 이야기를 포함한다는 단순한 특성만을 강조한다면 여기서 말하는 서사적 서정시는 이른바 서사성이 강조되고, 그것은 슈타이거가 말하는 서사적 양식의 특성을 요구한다. 말하자면 단순히 이야기를 강조하는 게 아니라 객체를 인식하는 태도가 중시된다. 서사적 양식은 주체와 객체가 소외의 관계, 대립의 관계에 있고, 주체와 객체 사이에는 주체가 객체를 비판할 수 있는 거리가 유지되고 시간적으로는 현재를 지향한다.

　이야기시에 대해 말하면서 나는 이런 태도의 문제를 강조하지 않았다. 그러므로 이야기시를 서사적 서정시에 포함하는 경우에는 이런 객체 인식의 문제가 다시 검토되어야 할 것이다. 중요한 것은 이야기시에는 이야기, 곧 소설적 요소가 필수적인 조건이지만 서사적 서정시에는 이야기가 있어도 좋고 없어도 좋다는 것. 다음은 주체와 객체가 소외의 관계에 있는 보기.

　　산자락에 매달린 바라크 몇 채는 트럭에 실려 가고, 어디서 불볕에 닳은 매미들 울음소리가 간간이 흘러왔다.
　　다시 몸 한 채로 집이 된 사람들은 거기, 꿈을 이어 담아 담을 치던 집 폐허에서 못을 줍고 있었다.

　　그들은, 꾸부러진 못 하나에서도 집이 보인다.
　　헐린 마음에 무수히 못을 박으며, 또 거기, 발통이 나간 세발자전거를 모는 아이들 옆에서, 아이들을 쳐다보고 한 번 더 마음에 못을 질렀다
　　　　　　　　　　　　　　　　　　　　　— 감태준,「몸 바뀐 사람들」부분

　이 시에는 객체에 대한 주체의 정서적 반응이 극도로 억제되고 시인은 산자락에 매달린 바라크 몇 채가 헐리는 과정을 묘사한다. 시인은 어디 있는가? 나태주는 '산'에서 구름을 바라보지만 물소리, 풀벌레 울음소리에 옷깃이 젖는다고 노래하고, 따라서 그는 거리를 두고 산을 보는 게 아니라 산과 하나가 된다. 그러나 이 시의 경우 감태준은 헐리는 바라크 앞에 곁에 가까이 있는 게 아니고 혹은 헐리는 바라크 속에 있는 게 아니라 이 바라크와 일정한 거리를 유지하고 이 거리가 객체, 곧 헐리는 바라크에 대

한 비판적 시각을 확보한다.

바라크는 임시로 지은 집. 이 시는 산자락에 임시로 지은 집이 헐리고 바라크에 살던 가난한 사람들이 집을 잃고 몸만 남았기 때문에 '몸 한 채로 집이 된 사람들'이 되는 고통스런 삶의 풍경을 노래한다. 계절은 여름이고 매미들이 운다. 그러나 이 매미들은 '불볕에 닳은 매미들'이고 그 울음소리 '불볕에 닳은'이 비유하듯이 아픈, 고통스런, 견디기 힘든 시간을 비유한다. 따라서 시인은 바라크가 헐리는 시간에 간간이 들리는 매미 울음소리를 묘사하지만 이런 묘사 역시 산동네 집들이 헐리는 상황에 대한 비판을 함축한다.

집이 헐리고 갈 곳 없는 사람들은 못을 줍는다. 그 못은 구부러진 못이고 이 못에서 그들은 잃어버린 집을 그리고 이 그리움이 '헐린 마음'에 무수히 못을 박고, '발통이 나간 세발자전거를 모는 아이들'을 쳐다보며 '한 번 더 마음에 못을' 지른다. 요컨대 이 시에서는 주체와 객체 사이에 거리가 유지되고 이 거리가 객체 자체를 비판하는 게 아니라 객체 여기서는 바라크가 헐리는 사회적 현실에 대한 비판이 가능하다. 시인은 가난한 산동네 바라크가 헐리는 상황을 묘사하면서 이런 상황을 몰고 온 사회의 구조적 모순을 비판한다. 그런 점에서 이 시는 객체 자체를 비판하는 게 아니라 그런 객체(상황)가 환기하는 사회적 모순을 비판한다. 다음은 주체가 객체와 거리를 유지하면서 객체 자체를 비판하는 경우.

한 줄의 시는커녕
단 한 권의 소설도 읽은 바 없이
그는 한평생을 행복하게 살며
많은 돈을 벌었고
높은 자리에 올라
이처럼 훌륭한 비석을 남겼다
그리고 어느 유명한 문인이

그를 기리는 묘비명을 여기에 썼다
비록 이 세상이 잿더미가 된다 해도
불의 뜨거움 굳굳이 견디며
이 묘비는 살아남아
귀중한 사료史料가 될 것이니
역사는 도대체 무엇을 기록하며
시인은 어디에 무엇을 남길 것이냐

— 김광규, 「묘비명」 전문

이 시에서 시인이 노래하는 것은 묘비명이다. 시인이 주체에 해당하고 묘비명은 객체에 해당한다. 묘비명 혹은 무덤을 노래하는 전통적인 서정시라면 이런 태도가 아니라 예컨대 박두진의 「묘지송」처럼 주체와 객체가 정서를 매개로 하나가 되는 그런 식으로 노래할 것이다. 박두진은

살아서 살던 주검 죽었으매 이내 안 서럽고 언제 무덤 속 화안히 비춰줄 그런 태양만이 그리우리

라고 노래한다. 무덤 속 주검(시체)이 죽었기 때문에 서럽지 않고 무덤 속을 비춰줄 태양을 그린다는 말은 죽음에 의한 구원 혹은 행복이라는 시인의 관념이나 정서를 매개로 하고 따라서 주체와 객체는 거리를 유지하지 않고 하나가 된다. 말하자면 시인이 죽은 이의 심정과 하나가 된다.

그러나 김광규의 경우에는 이런 동일성이 아니라 소외가 나타난다. 이 시가 강조하는 것은 문학을 모르고도 행복하게 살고 많은 돈을 벌고 높은 지위에 오른 사람이 죽은 다음 유명한 문인이 그를 기리는 묘비명을 썼다는 것. 말하자면 문학의 아이러니이다. 문학을 모르고 살다 죽을 수도 있고 행복할 수도 있고 많은 돈을 벌 수도 있다. 문제는 그가 죽은 다음 유명한 문인이

그를 기리는 묘비명을 썼다는 것. 말하자면 이 시대 문학의 아이러니. 그리고 후반에서는 역사의 아이러니가 노래된다. 이런 묘비명이 '귀중한 사료'가 될 것이기 때문이다. 결국 주체가 객체에서 읽는 것은 역사와 시인에 대한 아이러니이고, 이런 아이러니가 객체에 대한 비판과 통한다. 이런 시대에 과연 역사는 무엇이며 시인은 무엇인가?

서사적 양식은 앞에서 말했듯이 서정시에만 나타나는 게 아니라 소설, 희곡에도 나타난다. 사실 서사적 양식은 시보다는 소설에 어울리는 양식이고 그런 점에서 소설의 원형이고 서사적 서정시는 소설가의 태도로 쓰는 시라고 할 수 있다. 서사적 소설의 대표적 유형은 리얼리즘 소설이고 리얼리즘이 강조하는 것은 사회 현실, 그것도 초기 자본주의 시대의 현실에 대한 비판과 사실적 묘사이다. 막시스트 비평가 루카치는 '부르주아 서사시'라는 용어로 자본주의 시대의 사회 현실을 폭넓게 반영하는 모든 소설을 포함시킨 바 있다. 희곡의 경우에도 서사적 양식은 리얼리즘 희곡으로 나타나고 실험적인 극작가 브레히트의 서사극epic theater은 서사적 양식을 수용한 보기이다. 1920년대 독일 극작가 브레히트가 서사극이라는 용어로 강조한 것은 서사시의 객관성을 무대 위에 전개하려는 시도이고 그가 노린 것은 관객들이 극 속의 인물과 그들의 행위에 정서적으로 동화되는 것, 곧 감정이입을 막는 것이고, 따라서 극이 재현하는 사회적 조건을 수동적으로 수용하기보다는 이런 조건을 비판하도록 용기를 주려는 것이었다.

4. 극적 서정시

극적 양식 역시 서정시, 소설, 희곡에 적용되고 그것은 주체와 객체가 하나로 용해되는 것도 아니고 거리를 유지하며 객체가 비판되는 것도 아니다. 앞에서 말한 것처럼 극적 양식에서는 주체가 절대적 정신이 되고 객체 곧 세계의 구성은 스스로 결정된다. 여기서 말하는 결정結晶은 결정決定이 아니다. 決定은 주체를 전제로 하고 주체가 결단하고 주체가 판결지만 結晶은 물질,

곧 객체가 일정한 법칙에 따라 몇 개의 평면으로 규칙적 형태를 이루는 것. 따라서 극적 양식의 경우 주체가 절대적 정신이라는 것은 이른바 주체/객체의 관계를 초월하는 정신을 말한다.

쉽게 말하면 희곡의 경우 극작가는 존재하지만 그가 극의 구성을 결정하는 게 아니라 극의 논리를 따라가고 따라서 극의 상황에 대해 이러니저러니 말하지 않고 그저 보여줄 뿐이다. 소설가는 소설의 인물이나 상황에 대해 이야기하고 비판하는 신적인 위치에 있을 수 있지만 극작가는 극의 전개, 상황, 인물에 대해 언급하지 않고 그저 보여주기만 한다. 그런 점에서 주체는 객체와 절연된다. 시간으로는 미래를 지향하고 격정과 문제 해결을 중시한다.

슈타이거는 서정적 양식을 음절, 서사적 양식을 단어, 극적 양식을 문장에 비유한 바 있다. 첫째로 음절은 의미하지 않고 말해지며 표현이 가능하지만 현실적으로 지시하는 것은 없다. 음절 '라'는 지시하는 게 없지만 '라 라 라'가 암시하듯이 즐거운 느낌을 표현한다. 둘째로 단어는 대상을 지시하고 따라서 단어의 풍요는 생의 풍요와 통한다. 많이 산다는 것은 많은 단어와 만난다는 것. '나무'는 현실의 나무를 지시하고 이 지시가 의미를 낳고 '하늘'은 현실의 하늘을 지시하고 이 지시가 의미를 낳고 우리는 이렇게 많은 단어와 만나면서 많은 생을 체험한다.

셋째로 문장은 이런 단어들이 모여 추상적인 세계를 보여준다. 추상적이라는 것은 단어와 단어의 연결이 논리적이고 이 논리가 추상적이기 때문이다. 예컨대 '인간은 밥을 먹는다'라는 문장은 세 개의 단어가 논리적으로 연결되어 개념을 형성한다. 슈타이거에 의하면 음절은 감각과 정서에 해당하고, 단어는 직관에 해당하고, 문장은 개념에 해당한다. 위의 문장은 주어+목적어+서술어로 되어 있고 이 문장은 개별적이고 구체적인 식사에 대해 말하지 않고 인간의 식성이라는 추상적 개념에 대해 말할 뿐이다. 그런 점에서 슈타이거가 말하는 문장은 문법, 통사, 법을 의미하고 이 법은 추상적이지만 내적인 논리를 지닌다. 극적 양식은 이런 내적 논리를 강조하고 그런 의미에서 주체

는 객체와 절연한다(슈타이거, 『시학의 근본개념』, 278~283면 참고). 다음은
극적 서정시의 보기.

> 그는 아버지의 다리를 잡고 개새끼 건방진 자식 하며
> 비틀거리며 아버지의 샤쓰를 찢어발기고 아버지는 주먹을
> 휘둘러 그의 얼굴을 내리쳤지만 나는 보고만 있었다
> 그는 또 눈알을 부라리며 이 씨발놈아 비겁한 놈아 하며
> 아버지의 팔을 꺾었고 아버지는 겨우 그의 모가지를
> 문 밖으로 밀쳐냈다 나는 보고만 있었다 그는 신발 신은 채
> 마루로 다시 기어올라 술병을 치켜들고 아버지를 내리
> 찍으려 할 때 어머니와 큰누나 작은누나의 비명,
> 나는 앞으로 걸어 나갔다 그의 땀 냄새 술 냄새를 맡으며
> 그를 똑바로 쳐다보면서 소리 질렀다 죽어 버릴 테야
> 법도 모르는 놈 나는 개처럼 울부짖었다 죽어 버릴 테야
> 별은 안 보이고 갸웃이 열린 문틈으로 사람들의 얼굴이
> 라일락꽃처럼 반짝였다 나는 또 한 번 소리질렀다
>
> ― 이성복, 「어떤 싸움의 기록」 부분

이 시에 전개되는 것은 어떤 싸움이고 그것은 술
에 취한 그가 아버지의 샤쓰를 찢어발기고 아버지는 주먹
으로 그를 내리치며 시작된다. 그러나 이런 상황에 대해
시인, 곧 주체는 거리를 유지하며 비판하거나 정서를 매개
로 하나가 되는 게 아니라 처음부터 끝까지 그저 보여줄
뿐이다. 이렇게 시인이 극적 상황을 객관적으로 보여주기만 한다는 점에서 이
시는 극적 양식을 띤다. 중요한 것은 대체로 드라마가 3인칭 시점임에 비해 이
시의 극적 장면은 1인칭 시점으로 제시된다는 점. 따라서 시 속에 나오는 '나'

는 슈타이거가 말하는 주체가 아니라 극중 인물 가운데 하나이며 주체, 곧 시인은 이 싸움을 보고하고 기록할 뿐이다.

그런 점에서 이 시에는 극적 상황에 참여하는 '나'와 이 상황을 보고하는 '나'가 있다. 극적 상황이 객체라면 이 상황을 보여주는 시인(극작가)은 주체이고 이 시의 경우 주체는 드러나지 않는다. 이른바 절대 정신으로 존재한다. 그는 존재하지만 극의 논리를 따라가고 상황에 대해 이러니저러니 말하지 않고 그저 보여줄 뿐이다. 우리가 보는 것은 시인이 보여주는 극적 상황이고 시인은 보이지 않는다. 이 시가 보여주는 것은 술 취한 그와 아버지의 싸움이고 시인은 싸우는 이유에 대한 설명도 언급도 비판도 없다. 싸움이 환기하는 것은 격정이고 우리는 이 싸움의 미래, 곧 어떻게 결말이 날 것인가에 흥미가 있다. 과연 싸움은 어떻게 끝나는가? 화가 난 '나'는 '이 동네는 법도 없는 동네냐고 소리치며 죄짓기 싫어 팔을 가볍게 떨고 문틈으로는 사람들이 구경을 하고 아버지는 '문 열어 두라'고 말하며 끝난다. 다음도 1인칭 시점으로 극적 상황을 제시하는 보기. 앞의 시보다 극적 상황이 단순하지만 일종의 무언극이나 영화의 한 장면 같은 시.

잔 안에
그는 커피를 넣었다
커피 잔에
그는 밀크를 넣었다
밀크 커피 잔에
그는 설탕을 넣었다
차 스푼으로
그는 젓는다
그는 밀크 커피를 마셨다
그리고 다시 찻잔을 내려놓았다

말 한 마디 내게 없이

담배에

그는 불을 붙였다

연기로

그는 동그라미를 그렸다

재떨이에

그는 재를 떨었다

말 한 마디 내게 없어

쳐다도 보지 않고

그는 일어섰다

머리에

그는 모자를 썼다

레인코트를

그는 입었다

비가 오고 있었으니까

그리고 그는 떠났다

빗속으로

말 한 마디 없이

쳐다도 보지 않고

그래서 나는

머리를 손에 묻고

그리고는 울었다

— 프레베르, 「아침 식사」(오증자 역) 전문

물론 극적 양식 역시 소설, 희곡에도 적용된다. 극적 소설로는 헤밍웨이의 단편 「살인자」나 이호철의 「닳아지는 살들」을 보기로 들 수 있고 극적 희곡은 희곡의 전통적 형식, 말하자면 고대의 극시를 원형으로 하는 희곡들.

제11강
형태에 대한 관심이 필요하다

형식, 문체, 형태
시행의 형태와 변형
연의 형태와 변형

형태란 무엇인가? 형식이나 형태나 모두 영어로는 form이지만 형식과 형태는
다른 개념이다. 형태는 시의 시각적 형태, 곧 낱말들이 배열되는 특수한 미적
형태, 겉으로 드러나는 언어 질서의 형태를 의미한다. 형식은 시의 구성 요소,
기법을 의미하고 이런 형식에 대한 언어학적 개념이 문체style이다. 시가 최소
한 예술일 수 있는 것은 내용이 아니라 형식 때문이다. 예술은 결국 기법들의
총체이고, 이 기법에 의해 일상적 언어 혹은 일상적 삶은 낯설어지고 이 낯설
게 만들기가 기법의 기능이고 이런 기법들이 모여 예술을 이룬다.

형태에 대한 관심이 필요하다

1. 형식, 문체, 형태

　　최근도 그렇고 옛날도 그렇고 우리 시인들은 시의 형태에 대한 관심이 부족하다. 어디 형태뿐이랴? 형식에 대한 관심도 부족하고 문체에 대한 관심도 부족하고 관심을 두는 건 온통 내용이나 메시지뿐이다. 시가 최소한 예술일 수 있는 것은 내용이 아니라 형식 때문이다. 소설의 형식이 다르고 시의 형식이 다르고 수필의 형식이 다르다. 소설이 구성, 인물, 사건, 배경 등을 강조한다면 시는 이와는 달리 리듬, 이미지, 비유, 상징, 아이러니 등을 강조하고 이제까지 나는 이 시작법에서 결국 이런 형식적 요소들에 대해 말한 셈이다. 이런 요소들은 시를 구성하는 중심 요소이고 한편 시의 기법이라고도 한다. 러시아 형식주의자들은 형식이라는 말 대신 기법이라는 말을 사용하고, 그들에 의하면 예술은 결국 기법들의 총체이고, 이 기법에 의해 일상적 언어 혹은 일상적 삶은 낯설어지고 이 낯설게 만들기ostranenie가 기법의 기능이고 이런 기법들이 모여 예술을 이룬다. 예컨대 일상인들은 '나 학교 가'라고 말하지만 시인은 '나는/ 나는/ 학교로 가네'라고 말한다. 전자는 자신이 학교로 간다는 정보만 전달한다면 후자는 리듬이 강조됨으로써 이런 정보는 희미해지고, 말하자면 배경으로 물러나고 음악적 효과가 전경으로 드러나고, 이런 특성이 미적 효과를 전달한다. 요컨대 시에서는 내용보다 형식, 기법이 중요하다는 것.

그렇다면 형태란 무엇인가? 형식이나 형태나 모두 영어로는 form이지만 형식과 형태는 다른 개념이다. 형식은 앞에서 말한 시의 구성 요소, 기법을 의미하고 이런 형식에 대한 언어학적 개념이 이른바 문체style이다. 그런 점에서 형식과 문체는 광의로는 비슷한 개념이다. 형태는 시의 시각적 형태, 곧 낱말들이 배열되는 특수한 미적 형태, 겉으로 드러나는 언어 질서의 형태를 의미한다. 따라서 러시아 형식주의formalism는 시의 형식을 강조하고 형태주의formalism는 시의 형태를 강조하고 형태주의는 특히 실험적이고 전위적인 시인들이 보여준다. 우리 현대시의 경우 최초로 형태에 관심을 두고 우리 현대시의 형태를 논한 책으로는 김춘수의 『한국현대시형태론』(해동문화사, 1959년)이 있다. 이 책은 김춘수가 최초로 쓴 시론이고 그가 처음 쓴 시론이 형태론이라는 것은 그만큼 그가 현대시의 미적 특성, 그것도 시각적 형태에 관심이 컸음을 반증한다.

그 후 이런 작업은 거의 중단된 상태이고 내가 알기로는 안상수의 「타이포그라피적 관점에서 본 이상 시 연구」(한양대 대학원 박사 논문, 1995년), 변주영의 「한국 현대시에 나타난 시각적 형태 연구」(한양대 대학원 석사 논문, 2001년) 등이 최근의 수확이고 나도 사실은 무슨 이데올로기나 관념적 미학보다는 이런 시의 형태 미학에 관심이 많고 언젠가는 우리 시의 형태에 대해 책을 쓰고 싶지만 자료도 부족하고 실력도 부족한 처지이다. 건강도 문제이다. 글을 쓰고 나면 피로가 말이 아니고 집중도 예전 같지 않고 무엇보다 책 읽기가 힘이 든다. 그러니 어느 세월에 이런 일을 하랴? 그건 그렇고 김춘수는 시의 형태에 대해 이렇게 말한다. '원래 형태form란 것은 문체style까지를 포함할 수 있는 것이겠으나 여기서는 형태와 문체를 분리하고자 한다. 왜냐하면 문체를 형태 속에 포함시켜 놓으면 형태의 부담이 너무 커져서 감당하기 어렵기 때문이다. 하여 문체를 제외한 형태만을 대상으로 한다'(『김춘수전집 2』, 문장, 1982년, 20면 참고).

　　이런 정의는 문체와 형식을 비슷한 개념으로 본다면 위에서 내가 말한 정의와 비슷하다. 그리고 형태가 문체를 포함한다는 견해 역시 중요하다. 왜냐하면 시의 형태 예컨대 시행을 단위로 연을 구분하는 시각적 형태는 리듬이라는 문체(형식)를 포함하기 때문이다. 따라서 그가 형태론에서 강조한 것은 형식을 포함하지 않는 형태, 어디까지나 시각적 형태를 말한다. 자유시의 형태가 자유로운 것은, 그만큼 다양한 것은 정형시의 형태가 일정한 것과 대조적이고, 결국 현대시의 형태 이론의 토대는 율격meter의 유무에 있다는 그의 견해는 지금도 유효하다.

　　이른바 정형률이 존재하면 정형시이고 이런 율격이 없으면 자유시 혹은 산문시이다. 근대시 초기에 김억이 자유시의 개념, 특히 리듬의 개념을 자유로운 리듬, 곧 개인의 호흡률로 정의한 것 역시 태도는 다르지만(김춘수는 형태, 김억은 리듬) 같은 문맥을 거느린다. 자유시와 산문시의 문제는 뒤에 다시 논하기로 하고 자유시 혹은 현대시의 형태가 율격이 아닌 자유로운 리듬과 관계된다면, 곧 리듬에 의해 시행을 나누고 이 시행들이 연을 구성하는 형태로 나타나고 이런 형태가 자유롭다는 것은 시의 발화 형식이 산문과 다르고 정형시와 다르다는 것을 암시한다. 어떻게 다른가?

　　독일 시학 교수 람핑은 시의 특성을 시행 발화versrede 혹은 시행을 통한 발화라고 정의한 바 있다. 그에 의하면 발화는 언어적 기호, 의미론적 기능, 기호들의 연속성, 유한성을 특성으로 하고 시행 발화는 리듬에 의해 이런 정상적 발화에서 이탈하는 발화이고 특히 유한성, 곧 시작과 끝의 형식은 휴지를 통해서 청각적으로 혹은 휴지부를 통해서 시각적으로 다른 발화와 구분된다. 그에 의하면 이런 시행은 특별한 분절 방식을 요구한다.

　　이 글에서는 특별한 분절segmentierung 방식을 통해서 리듬이 정상 언어적 발화로부터 이탈하고 있는 모든 발화가 시행 발화로 지칭된다. 이러한 분절의 원리는 산문의 문장 리듬, 다시 말해서 문장의 통사론에서는 요구되지 않는 휴지pause의 설정이 중요하다. 이렇게 이어지는 휴지를 통해서 형성된 분절이 시행이다.

이런 의미에서 시행은 우선 리듬 상의 단위로서 파악되며, 그러한 단위로서의 시행은 문장의 통사론적 단위와는 근본적으로 다른 발화 분절redesegment을 나타낸다. 말하자면 시행과 문장 구성은 근본적으로 다르다. 예컨대 문장의 행 단위와 의미 단위는 일치할 수 있지만 시행 구성의 특성은 바로 그 시행 구성, 예컨대 시행 이월, 양행 걸림enjambement의 경우처럼 문장 구성과 일치하지 않는 경우가 많다.(디이터 람핑, 『서정시: 이론과 역사』, 장영태 옮김, 문학과지성사, 1994년, 40면 참고).

이상에서 말하는 것은 시행은 리듬을 전제로 하는 단위이고 시는 리듬에 의한 분절 방식, 혹은 원리를 따르기 때문에 산문과 다른 분절 방식이라는 것. 물론 산문처럼 시의 경우도 행 단위와 의미 단위가 양식상으로는 일치할 수 있지만 시의 경우 시행 구성은 산문과 다르다는 것. 예컨대

여학생들 틈에 끼어 홍성암 교수의
강의를 듣는다 죽을 때까지
배우고 닦아야 하기
때문이다

— 박상배, 「늦깎이 청강생」 부분

이 시의 경우 2행에 나오는 '죽을 때까지'가 이른바 시행 이월 혹은 양행 걸림enjambement에 속한다. 부사 구 '죽을 때까지'는 그 앞의 '강의를 듣는다'를 꾸미며 동시에 그 뒤의 '배우고 닦아야 하기'를 꾸민다. 말하자면 양행에 걸린다. 두 다리를 걸치고 있는 셈이다. 혹은 이 시행은 다

음 시행으로 넘어가고 옮겨지고 이월移越되고 오늘은 2월이고 2월도 마지막 주 수요일. 나는 황사비가 내릴지도 모르는 흐리고 으스스한 오후에 이 글을 쓴다. 2월은 3월로 이월되고 내가 이 글을 2월에 쓰는 것은 이 글이 3월로 이월되는 게 싫기 때문이다. 지난해부터 나는 팔자에도 없는 잡지 연재를 그것도 계간지『시와 사상』에 「이승훈의 현대회화 읽기」, 계간지『시와 세계』에 「선과 현대예술」, 그리고 격월간지『시를 사랑하는 사람들』에는 「이승훈의 알기 쉬운 현대시작법」세 군데나 맡아 놓고 이 글 쓰다 저 글 쓰다 하면서 정신없이 보낸 터라 우선 시작법이라도 끝내려고 원고 마감 날이 아직 멀었지만 이 글을 쓰고 있다. 그러니까 이 글은 3월에 써도 되지만 2월에 쓴다. 문제는 다시 시행 구성의 특수성. 위의 시를 산문으로 쓴다면

(1) 여학생들 틈에 끼어 홍성암 교수의 강의를 죽을 때까지 듣는다(들어야 할 것이다).
(2) 여학생들 틈에 끼어 홍성암 교수의 강의를 듣는다. 죽을 때까지 배우고 닦아야 하기 때문이다.

두 문장 가운데 하나가 된다. '죽을 때까지'는 위의 두 문장에서 '죽을 때까지'는 (1)에서는 강의 듣기, (2)에서는 배우고 닦기를 꾸민다. 그러나 시의 경우 이 부사구는 앞 시행과 뒤 시행을 동시에 꾸민다. 그렇다면 시의 경우 이렇게 두 시행을 꾸미는 이유는 무엇인가? 람핑이 말한 것처럼 그것은 리듬 때문이다. 죽을 때까지 이 말은 진리이고 실험시에선 이런 진리가 파괴되지만 시행과 시행의 의미 단위는 일치한다. 그러나 시행 구성 형태는 다르다. 그러므로 모든 자유시의 형태는 시행을 토대로 하고 시행에서 출발하고 시작한다. 죽을 때까지 현대시의 형태는 시행을 토대로 한다. 죽을 때까지! 물론 죽을 때도 있다. 그러나 죽을 때까지는 살아 있다.

2. 시행의 형태와 변형

시행은 리듬을 전제로 한 단위라고 말했다. 자유시의 리듬은 이른바 호흡률. 따라서 시인마다 호흡의 리듬이 다르고 그러므로 시행을 나누는 유형도 다르다. 그러나 대체로 시행은 (1)단어, (2)구phrase, (3)절clause, (4)한 문장, (5)두 문장으로 구성되고 이상의 단위들이 섞이는 경우도 있다. 보기로는 다음과 같은 시들을 들 수 있다.

(1) 그러니까
    나는
    뼈
    고독하고
    절규하고
    절망하고
    이윽고
    가라앉는다
    온갖
    나태와
    모멸과
    피로에
    찌든
    나는
    뼈

— 이승훈, 「나는 뼈」 부분

(2) 산산이 부서진 이름이여!
    허공중에 헤어진 이름이여!

220

불러도 주인 없는 이름이여!

부르다가 내가 죽을 이름이여!

심중에 남아 있는 말 한 마디는

끝끝내 마저 하지 못하였구나.

사랑하던 그 사람이여!

사랑하던 그 사람이여!

— 김소월, 「초혼」 부분

(3) 땅 위에 새하얗게 오시는 눈.

기다리는 날에만 오시는 눈.

오늘도 저 안 온 날 오시는 눈.

저녁불 켤 때마다 오시는 눈.

— 김소월, 「오시는 눈」 전문

(4) 님은 갔습니다. 아아 사랑하는 나의 님은 갔습니다.

푸른 산빛을 깨치고 단풍나무 숲을 향하여 난 작은 길을 걸어서 차마 떨치고 갔습니다.

황금의 꽃같이 굳고 빛나던 옛 맹세는 차디찬 티끌이 되어서 한숨의 미풍에 날아갔습니다.

날카로운 첫 키스의 추억은 나의 운명의 지침을 돌려놓고 뒷걸음쳐서 사라졌습니다.

나는 향기로운 님의 말소리에 귀먹고 꽃다운 님의 얼굴에 눈멀었습니다.

— 한용운, 「님의 침묵」 부분

(5) 마돈나! 지금은 밤도 모든 목거지에 다니노라 피곤하여 돌아가련도다.

아, 너도 먼동이 트기 전으로 수밀도의 네 가슴에 이슬이 맺도록 달려오
너라.

마돈나! 오려무나. 네 집에서 눈으로 유전하던 진주는 다 두고 몸만 오
너라.
빨리 가자. 우리는 밝음이 오면 어딘지 모르게 숨는 두 별이어라.

마돈나! 구석지고도 어둔 마음의 거리에서 나는 두려워 떨며 기다리노라.
아, 어느덧 첫 닭이 울고 뭇 개가 짖도다. 나의 아씨여, 너도 듣느냐.
— 이상화, 「나의 침실로」 부분

이상의 보기에서 (1)은 시행이 단어로만 구성되고, (2)는 둘 이상의 단
어가 모인 명사구, (3)은 주어와 서술어의 형식을 갖추었으나 한 문장으로 독
립하지 못한 명사절로 구성된다. (4)는 첫 시행만 두 문장으로 구성되고 나머
지 시행은 모두 한 문장으로 구성되며 (5)는 3연 1행을 제외하고 모든 시행이
두 문장으로 구성된다. 이런 시행의 형태는 물론 시인의 개인적인 호흡, 개인
적인 리듬과 관계되지만 의미의 차원에서는 이런 시행 처리가 독특한 시적 의
미를 환기한다. 이 글은 형태의 유형만 다루기 때문에 시행이 환기하는 특수
한 의미, 이른바 시적 의미의 문제는 생략한다.
그러나 모든 시가 이런 시행의 형태를 띠는 것은 아니고 많은 시들의
경우 이런 시행들은 변형된다. 시행의 형태 변형은 크게 두 가지 유형으로 나
타난다. 첫째는 위의 시행 단위들이 섞이는 경우이다. 예컨대 다음과 같은 시.

잔디
잔디
금잔디

심심산천에 붙는 불은
가신 님 무덤가에 금잔디.
봄이 왔네, 봄빛이 왔네.
버드나무 끝에도 실가지에
봄빛이 왔네, 봄날이 왔네.
심심산천에도 금잔디에.

— 김소월, 「금잔디」 전문

이 시의 경우 '잔디/ 잔디/ 금잔디' 3행은 단어로 구성되고 '심심산천에 붙는 불은/ 가신 님 무덤가에 금잔디'는 구로 구성된다. 그러나 이 두 시행은 한 문장이 양분된 것으로 읽을 수도 있고, 이때 '가신 님 무덤가에 금잔디'는 서술어 '─이다'가 생략된 문장 형식이 된다. 그러나 '봄이 왔네, 봄빛이 왔네'는 한 시행이 두 문장으로 되어 있고 '버드나무 끝에도 실가지에'는 부사구로 되어 있다. 이 시는 이렇게 시행 단위가 다양하지만 시의 리듬은 혼란스럽지 않고 리듬의 조화, 혹은 통일성을 보여준다. 그런 점에서 시행의 구성에서 중요한 것은 겉으로 드러나는 단어, 구, 절, 문장의 단순한 반복이 아니라 리듬이다.

둘째로 시행의 형태 변형에는 이렇게 시행 단위들이 섞이는 유형이 아니라 이런 단위들 자체를 부정하는 경우도 있다. 대체로 실험적인 시에서 이런 형태가 나타난다. 띄어쓰기를 무시(이상의 「오감도 시제1호」)하고 단어를 거꾸로 표기(박남철, 「지상의 인간」)하고 활자의 크기를 다양하게 하고 시행의 최소 단위를 단어가 아니라 음절로 하고 나아가 기호를 사용하는 경우도 있다.

ㅎㅏㄴㅡㄹㅅㅜㅂㅏㄱㅡㄴ 한여름이다 ㅂㅏㅂㄴㅑ
,
올리브 열매는 내년 ㄱㅏㅡㄹㅣㄷㅏㅂㅏㅂㄴㅑ

— 김춘수, 「처용단장 3부 39」 부분

이 시의 경우 시행은 문장 형식으로 되어 있지만 시행의 최소 단위는 단어가 아니라 단어의 해체, 곧 소리가 되며 이런 소리가 그대로 배열된다. 소리가 모여 음절을 이루고 음절이 모여 단어를 이루지만 단어가 의미를 띠는 것은 음절을 구성하는 소리가 다른 소리와 의미론적으로 변별될 때이고 이 변별적 자질이 이른바 음운론에서 말하는 음소phoneme이다.

예컨대 '하늘'은 두 음절로 된 단어이고 이 단어가 의미를 소유하는 것은 기표의 차원에서는 '마늘'과 변별되고 기의의 차원에서는 '땅'과 변별되기 때문이다. 따라서 '하늘/마늘'에서 '하늘'의 의미는 '하'라는 음절, 특히 'ㅎ'이라는 음소가 결정한다. 위의 시행은 그런 점에서 단어를 음소 수준으로 해체한다고 할 수 있지만 과연 음소를 의식하고 이렇게 표기했는지는 잘 모르겠고

그러므로 나는 이 시의 시행은 의미를 내포하는 음소가 아닌 소리의 수준, 음성의 수준에서 읽는다. 이 문제는 앞으로 좀 더 연구되어야 하리라. 다음 시의 경우 시행의 형태 파괴는 단어 결합의 어순을 거꾸로 하는 형태로 나타난다. 박남철의 「잠실통신」의 앞부분이다.

냐느아을'랑사'연과이들희녀아들로포의망욕이라어들냐이
들건중연과이들희녀아들이아의主地이라어들―만지렸버어

3. 연의 형태와 변형

시행이 모여 연stanza을 구성하지만 연의 형태만 놓고 보면 하나의 시행으로 되는 경우도 있고 두 개, 세 개, 네 개 등 많은 시행들이 모여 구성될 수도 있다. 그러나 많은 시행들이 모여 연을 구성한다고 해서 30개, 40개의 시행

이 모여 아니 백 개의 시행이 모여 연을 이루는 것은 아니다. 문제는 전체 시의 길이이고 장시의 경우는 한 연을 구성하는 시행 수가 일반적인 수준을 넘을 수도 있다. 장시를 빼고 일반적인 시의 경우 연을 구성하는 시행의 수가 다양한 이유는 무엇인가?

시의 행은 산문의 문장에 비교되고 연은 산문의 단락paragraph에 비교된다. 물론 이런 비교는 어디까지나 비교를 위한 비교이다. 말하자면 그 기능이나 의미가 동일한 것은 아니고 단지 크게 보면 그렇다는 말씀. 산문의 경우 문장이 모여 단락을 구성하고 단락이 모여 전체 글을 구성하고 전체 글은 주제theme에 의해 전개된다. 그러나 이 주제를 살리기 위한, 지탱하기 위한, 거들기 위한 작은 주제 이른바 소주제topic가 필요하고 단락의 기능은 소주제를 전달함에 있다. 예컨대 '인생은 괴롭다'라는 주제로 글을 쓰는 경우 소주제는 소년 시절의 고통, 청년 시절의 고통, 장년 시절의 고통, 노년 시절의 고통으로 나눌 수 있고, 따라서 이 글은 네 개의 단락으로 구성된다. 시의 경우 역시 비슷한 논리로 연을 나눈다. 예컨대 다음과 같은 시.

한 송이의 국화꽃을 피우기 위해
봄부터 소쩍새는
그렇게 울었나보다

한 송이의 국화꽃을 피우기 위해
천둥은 먹구름 속에서
또 그렇게 울었나보다

그립고 아쉬움에 가슴 조이든
머언 먼 젊음의 뒤안길에서
인제는 돌아와 거울 앞에 선

내 누님같이 생긴 꽃이여

노오란 네 꽃잎이 필라고
간밤엔 무서리가 저리 내리고
내게는 잠도 오지 않았나보다

— 서정주,「국화 옆에서」전문

너무나 잘 알려진 시이다. 이 시의 주제는 읽기에 따라 여러 가지로 드러나지만 일단 국화가 고통, 인내, 슬픔의 승화를 상징한다면 이 시에서는 이 고통이나 슬픔이 네 개의 소주제로 나누어지고, 그것은 봄날의 슬픔(1연), 여름날의 고통(2연), 현재 가을의 상황(3연), 지난밤의 고통(4연)으로 요약된다. 요컨대 시의 연은 제멋대로 나누는 게 아니라 시적 논리에 따라 나누어진다는 것. 최근에는 연을 구분하지 않는 단련單聯 형태의 시가 많지만 시의 초심자들은 연 구분을 하며 시를 써야 하고 그래야 시의 뼈대, 구조, 논리가 단단해진다. 이 글은 연의 구성 원리가 아니라 형태에 초점을 두기 때문에 자세한 것은 생략한다(연의 구성 원리에 대해서는 이승훈,『시작법』, 탑출판사, 1988년, 71~85, 특히 설명시, 논증시 참고).

하나의 연이 둘 이상의 시행으로 구성되는 시는 대체로 시적 논리에 따라 몇 개의 연으로 나뉘지만 하나의 시행이 연을 구성하는 경우는 이런 논리가 희미하고 보기에 따라서는 단련의 형태를 배열만 그렇게 함으로써 특수한 시각적 효과를 노리는 경우도 있다. 예컨대 다음 시를 보자.

동그라미 속에 동그라미 얼굴을 그려

놓은 다음 그 얼굴을 쳐다본다

동그라미 속에 바람이 들어간다

거, 참, 실강이 짓을 한다

동그라미의 아이들이

또 돋아난다 자꾸만 손짓을 한다

— 박상배, 「허공 3」 부분

전체 시는 9행으로 되어 있고, 각 행 사이를 비운 점에서 각 시행이 연의 역할을 한다. 그러나 자세히 읽으면 각 시행은 연이라기보다는 시행의 기능만 하고 따라서 이런 시 형태는 한 연으로 한 편의 시가 구성되는 이른바 단련의 시를 형태만 연처럼 배열한 보기가 된다. 예컨대 1행과 2행은 독립적인 단위, 곧 개별적인 소주제를 암시하지 않고 계기적으로 연결되기 때문이다. 각 시행이 연의 기능을 하기 위해서는 각 시행이 주제를 지탱하는 개별적 소주제를 암시해야 하기 때문이다.

이 시의 경우는 1행과 2행은 단절되면서 연결되고, 나머지 3, 4행은 독립되고, 5, 6행은 다시 단절되면서 연결되는 특이한 형태로 되어 있다. 그러나 '허공'을 지탱하는 소주제는 드러난다. 1, 2행은 '동그라미 속에 얼굴을 그리고 그 얼굴을 쳐다보는 것', 3행은 '동그라미 속에 바람이 들어가는 것'으로 요약된다. 따라서 1, 2행이 하나의 연, 3행이 하나의 연에 해당한다. 도대체 왜 이렇게 복잡한가? 시는 간결한데 그 형태가 너무 복잡하고, 이것이 이 시의 특성이다. 요컨대 이 시는 하나의 연으로 전체 시를 표기해도 되고, 1, 2, 3, 4행을 1연, 5, 6행을 2연, 7, 8, 9행을 3연으로 해도 되지만 이렇게 표기한 것은 시각적 효과 때문이다.

강나루 건너서
밀밭길을

구름에 달 가듯이
가는 나그네

길은 외줄기
남도 삼백리

술 익는 마을마다
타는 저녁놀

구름에 달 가듯이
가는 나그네

— 박목월, 「나그네」 전문

　　이 시의 경우 각 연은 두 개의 시행으로 구성되고, 이렇게 두 개의 시행으로 구성되는 원리 혹은 법칙은 명확지 않다. 다만 두드러진 것으로는 각 연을 구성하는 두 개의 시행이 한 문장을 양분한 것도 아니고 각각 한 문장인 것도 아닌 점. 그러니까 대체로 각 연은 하나의 구나 절을 양분한 형태이고 각 연의 구성은 공간적 질서를 따른다. 곧 강나루—밀밭길—나그네—마을—저녁놀—나그네로 발전하며 각 연은 마치 영화의 컷과 같은 느낌을 준다. 2연의 나그네와 5연의 나그네는 같은 인물이지만 시간적 공간적으로는 다른 인물이다. 소리를 중심으로 하면 시행을 구성하는 단어들은 이른바 'ㄹ' 같은 유음流音이 많고 이와 비슷한 느낌을 주는 'ㄴ'음이 많다.

이런 소리들은 '나그네'가 상징하는 이 시의 주제인 방랑이라는 개념과 조화를 이룬다. 다음은 세 개의 시행이 하나의 연을 구성하는 보기.

목숨은 때묻었나.
절반은 흙이 된 빛깔
황폐한 얼굴엔 표정이 없다.

나는 무한히 살고 싶더라.
너랑 살아보고 싶더라.
살아서 죽음보다 그리운 것이 되고 싶더라.

억만 광년의 현암玄暗을 거쳐
나의 목숨 안에 와 닿는
한 개의 별빛.

우리는 아직도 포연의 추억 속에서
없어진 이름들을 부르고 있다.
따뜻이 체온에 젖어든 이름들.

살은 자는 죽은 자를 증언하라.
죽은 자는 살은 자를 고발하라.
목숨의 조건은 고독하다.

바라보면 멀리도 왔다마는
나의 뒤 저편으로
어쩌면 신명나게 바람은 불고 있다.

어느 하 많은 시공時空이 지나
모양할 수 없이 지워질 숨자리에
나의 백조白鳥는 살아서 돌아오라.

— 신동집, 「목숨」 전문

전체 시는 7연으로 되어 있고, 각 연은 모두 세 개
의 시행으로 구성된다. 이유는 명확치 않지만 인용한 연
들이 암시하듯이 각 연을 이루는 시행들은 대체로 한 문
장으로 되어 있고, 연 내부의 각 시행들은 비슷한 의미를
반복한다. 예컨대 1연의 경우 '목숨은 때묻었나(때묻었
다)'(1행), '흙이 된 빛깔(이다)'(2행), '표정이 없다'(3행)는 유사한 의미의 반복
이고 2연 역시 비슷하고 3연은 부사구(1행) 명사구(2행)를 거느리는 명사구(3
행)로 되어 예외이고 4연의 시행들은 문장 형식의 변주이다.

　물론 연을 구성하는 시행들은 앞에서 말했듯이 낱말, 구, 절, 문장일
수도 있고 구, 절, 문장을 나눈 것일 수도 있다. 각 시행이 낱말로 구성되는 것
은 연이나 시행의 구성 원리를 변형한 것으로 다분히 실험적인 성격이 강하
다. 다음은 연을 구성하는 각 시행이 단어로 된 보기.

　　흰달빛
　　자하문

　　달안개
　　물소리

　　대웅전
　　큰보살

바람소리
솔소리

범영루
뜬그림자

흔흔히
젖는데

흰달빛
자하문

바람소리
물소리

— 박목월, 「불국사」 전문

　박목월이 이런 시를 쓴 것은, 그러니까 전통적인 시적 통사법을 무시
하고 다분히 실험적인 시의 형태를 보여주는 것은 그의 미의식, 형태의식이
강하다는 것을 반증한다. 소리에 대한 감각도 놀랍다. 김춘수는 이 시의 특수
한 형태에 대해 '이 시는 이미지와 음향의 교차로 된 것이다. 음향은 그 음향에
따른 이미지로써 분위기를 자아낸다'고 말한다(김춘수, 『김춘수전집 2』, 문장,
1982년, 80면 참고). 이런 특성 외에도 이 시의 형태에서 읽을 수 있는 것은 각
연의 구성 원리, 곧 두 시행의 결합이 대체로 병치나 환유의 원리를 따른다는
점이다. 예컨대 흰달빛/ 자하문은 공간적 접촉을 기본으로 하는 환유적 결합이
고, 달안개/ 물소리 역시 달―안개―물의 결합이 비슷하다. 특히 각 시행들이
단어로 된 것은 공간적 접촉, 공간성, 그러니까 사물의 병치 자체를 강조한다.

물론 이 시는 연의 형태를 변형한 것이라기보다는 시행 구성 원리를 변형한 것에 속하고 다음은 형태주의를 의식한 연의 보기.

월
　화
　　수
　　　목
　　　　금
　　　　　토
　하낫 둘
　　　　하낫 둘
　일요일로 나가는 '엇둘' 소리 —

　　　　　　　　　　　　　　　　　　　　— 김기림, 「일요일 행진곡」 부분

이 시의 형태가 강조하는 것은 단순한 시각적 미적 효과가 아니라 형태가 암시하는 역동성이 시의 내용과 조화를 이룬다는 점. 이 시의 형태는 월요일에서 토요일로 가는 동안 삶의 에너지가 퇴행하는 것을 보여주지만 다시 일요일이 되면 '하낫 둘'하며 힘찬 소리가 들린다. 물론 이 시의 경우 일요일은 나타나지 않는다. 그러나 토요일 다음 활자 배열이 다시 앞으로 나가 '하낫 둘'하며 소리를 내고, 이 소리가 일요일 행진곡이고 이런 형태는 일요일의 축제를 보여주고 들려준다.

제12강

단련의
형태와 산문시

산문시는 자유시에 대한 부정과 극복과 비판을 노린다. 말하자면 형식, 형태, 스타일이 산문이라고 모두 산문시가 되는 게 아니라 이른바 이런 산문정신, 의식, 이성을 지향해야 한다. 산문정신은 이른바 근대정신이고 정신은 눈물이나 한숨이나 영혼이 아니다. 물론 산문시는 형태의 측면에서는 자유시를 부정하고 변형하고 극복한다. 자유의 극한에서 산문을 만난 셈이다.

단련의 형태와 산문시

1. 연 구분이 없는 시

서양도 그렇고 우리도 그렇고 근대시 혹은 자유시의 특성은 형태의 측면에서는 정형시가 보여주던 일정한 형태가 사라지고 자유로운 형태가 등장한다는 점이다. 자유로운 형태는 율격meter이 아니라 리듬을 단위로 시행이 처리되고, 따라서 리듬은 시인의 호흡과 관계되고, 다양한 리듬에 의해 다양한 시행 처리가 가능하다. 그러나 시의 내적 구조 혹은 내적 논리에 의해 한 편의 시는 몇 개의 연으로 구성되고 앞에서 나는 시행과 연의 형태에 대해 살폈다. 그런 점에서 자유시는 리듬은 자유롭지만 형태는 연에 의한 논리를 띤다는 이중성을 보여준다. 랜섬 식으로 말하면 조직과 구조 혹은 살결과 뼈대의 이중성이다.

서양 자유시의 영향을 받아 쓰인 최초의 신체시 최남선의 「해에게서 소년에게」는 7 · 5조의 정형률을 유지하지만 비교적 자유롭게 변형되고 1번에서 6번까지 번호가 붙어 있고, 이 번호가 연의 기능을 한다. 그런가 하면 자유시의 출발로 간주되는 주요한의 「불놀이」는 산문 형태로 되어 있고 그러나 연

구분을 하고 있다. 이 시의 형태가 제기하는 문제에 대해서는 산문시를 말하면서 다시 살피기로 하고 여기서 내가 주장하는 것은 요컨대 자유시는 출발부터 연을 구분하고 있었다는 것.

그렇던 것이 언제부터인지 모르겠으나, 그리고 우리시의 경우 처음 이런 형태를 시도한 시인에 대해서도 우리시의 형태를 연구하는 분들이 앞으로 관심을 가져야 하겠지만, 최근에는 거의 대부분의 시인들이 연 구분이 없는 이른바 단련시를 쓰고 있다. 개인적인 말을 해서 미안하지만 40년 동안 시를 써온 나는 그 동안 여러 형태를 시도했고, 그런 점에서 시를 쓴 게 아니라 형태, 스타일과 싸운 셈이다. 등단 시절에는 연 구분이 있는 시를 쓰고, 그 후 이런 형태 미학이 싫증나 산문 형태를 시도하고, 다시 산문 형태가 지겨워 이른바 단련 형태를 시도하고, 다시 이 형태가 지겨워 단련의 형태를 유지하되 각 시행을 단어로 처리하는 홀쭉하고 신 단련 형태의 시도 쓰고, 다시 변형된 산문 형태를 시도하고 기도하고 도모하고 기획하고 그러다 또 지치면 이번엔 정사각형 형태, 직사각형 형태를 실험하고 그것도 지치면 변형된 산문 속에 정사각형을 넣어보고 그러면서 40년을 보낸 셈이다. 최근엔 짧은 산문 형태, 대화가 삽입되는 산문 형태다. 앞으로 어떤 형태를 만날지 나도 모르겠다.

이상하지 않은가? 남들은 10년이고 20년이고 같은 형태의 시를 쓰고 있건만 나는 왜 이렇게 형태 앞에서 형태를 보면서 형태와 싸우면서 형태를 끌어안고 뒹굴고 헤매야 하는가? 결국 그 동안 시를 썼다고 하지만 나를 괴롭힌 건 형태이고 형태가 나를 배반하면 다른 형태를 찾아가고 새로운 시의 세계는 새로운 형태와 함께 오고 아니 새로운 형태가 새로운 시의 세계를 동반한다. 이상하게도 내용이 아니라 언제나 형식, 형태, 스타일이 문제였고 지금도 그렇다. 그런 점에서 나는 형식, 형태, 스타일 편집증에 시달리는 편집증 환자이고 병적(?)인 인간이다.

내가 내 시를 연구할 수도 있지만 지적으로 문화적으로 문학적으로 시적으로 촌스러운 후진국인 우리나라에서는 이런 짓도 우습고, 최근에 내 시와 시론을 비교한 석사 논문이 나와 찬찬히 읽었지만 이 논문은 어디까지나 시와 시론의 관계에만 초점을 둔 것(경상대 대학원 국문과 김향라). 따라서 앞으로 누가 내 시를 연구한다면 시와 형태의 관계, 형태 변화의 시적 의미에 대해 연구를 해주기 바란다. 형태가 없다면 시가 없고 극단적으로 말하면 형태가 시이다.

요컨대 내 말을 많이 한 것 같아 미안하지만 그만큼 나는 형태에 관심이 많다는 것. 그리고 우리 시인들은 나아가 시론가나 평론가들은 형태에 관심이 적다는 것. 자유시는 자유로운 형태를 지향하고 그러므로 형태가 중요하다. 문제는 다시 단련 형태. 왜 이런 형태가 나와야 하는가? 물론 연 구분이 있는 형태가 지겹고 권태롭고 답답해서이거나 아니면 장난삼아 해본 것이리라. 전자는 의식적이고 후자는 무의식적이다. 전자를 염두에 두면 무엇이 그렇게 답답한 것일까? 연을 나누는 행위, 곧 하나의 주제를 몇 개의 소주제로 나누는 행위, 말하자면 대상을 분석적으로 바라보는 게 답답해서이다. 그러므로 단련시는 사물을 하나의 관점이나 주제로 통째로 살피자는 것. 사물에 대한 논리적 시각이 아니라 단순한 하나의 시각을 강조하는 것. 그러므로 단련 형태의 시는 하나의 주제로 일관되거나 하나의 주제가 변주되고 변주되어야 한다. 다음은 단련시의 보기.

어쩌란 말이요 문에는 감시병이 있었소
어쩌란 말이요 우리는 갇혀 있었소
어쩌란 말이요 통행은 금지되어 있었소
어쩌란 말이요 시가는 정복되어 있었소
어쩌란 말이요 시내는 굶주리고 있었소
어쩌란 말이요 우리에겐 무기가 없었소
어쩌란 말이요 어두운 밤이었소
어쩌란 말이요 우리는 서로 사랑했소

— 엘뤼아르, 「통행금지」(오증자 역) 전문

이 시의 주제는 반복되는 '어쩌란 말이요'가 암시하듯이 제2차 세계대전 당시 독일군에게 점령된 프랑스 국민들의 고통과 절망이다. 이런 고통이 각 시행들을 일관한다. 그러나 이 시는 하나의 주제가 변주된 것으로 읽는 게 좋다. 각 시행에서 시인은 점령당한 파리 시민들의 고통을 변주한다. 변주는 변형이 아니고 변덕도 아니고 변화도 아니다. 그런가 하면 다음 시는 하나의 사물을, 혹은 주제를 변주하지 않고 그대로 밀고 나간 보기.

심해 아귀를 보았다
머리뿔이 달려 있는 물고기
눈을 부라리며 둔중하게 움직이는
수심 1000미터
사람들의 몸은 수압으로 납작하게 변한다는
그 깊이에서
그 칠흑의 어둠 속에서
소리도 살지 않는 곳에서
밀려오고 밀려오는 물의 장력을
혼신으로 막아내며
머리뿔로 물의 허공을 연신 치받고 있는
심해 아귀
빛의 촉수를 사방으로 뻗어내며
어느 곳엔가는 가 닿고 싶다고
눈 꺼먹이며 울고 있는
그 눈부신 發光

— 이지엽, 「고독」 전문

이 시의 주제는 고독이고, 이 고독을 시인은 수심 1000미터에 사는 아귀의 삶에 비유한다. 깊은 바다에 사는 아귀, 곧 심해 아귀는 머리에 뿔이 달리고 물과 싸우며 빛의 촉수를 사방으로 뻗으며 어느 곳엔가 가 닿고 싶다고 '눈 꺼먹이며 울고 있다. 심해 아귀를 묘사하면서 고독이 암시되지만 전체 시가 단 하나의 대상 곧 아귀에만 초점을 맞추고 있다.

2. 단련 형태의 변형

단련 형태 역시 변형된다. 연 구분이 있는 시에서도 그렇듯이 사실 따지고 보면 자유시의 특성은 형태의 수준에서는 람펑이 말하듯 '인쇄 평면의 비정상성'에 있다. 하기야 자유시만 그런 게 아니고 정형시 역시 인쇄 평면이 정상이 아니다. 정상적으로 인쇄하는 것은 산문이고 정형시나 자유시나 모두 산문처럼 인쇄하지 않기 때문이다. 이런 비정상성이 자유시에 오면 한결 과격해진다. 이런 과격성은 형태주의가 심하고 모든 자유시는 왼쪽을 기준으로 시행들을 배열하다가 도중에 돌아오고 다시 시작하는 형태이지만 이렇게 배열해야 하는 무슨 법칙이 있는 게 아니다. 시적 인습일 뿐이다. 왜 우리는 위의 시들처럼 왼쪽을 기준으로 배열해야 하는가? 람펑은 다음처럼 말한다.

왼쪽을 기준으로 하는 시행 기록 방식은 관행이 된 것이기는 하지만 최근에 들어서는 유일무이한 가능성이 아니다. 예컨대 륌의 「파비안」이 보여주는 바처럼 시행 텍스트들은 원칙적으로 오른쪽을 기준으로 해서 시작될 수도 있는 것이다. 혹은 하나의 눈에 드러나지 않는 중심축의 좌우로 배열될 수도 있고 홀츠의 「판타주스」가 그러한 예에 해당한다. 심지어는 말라르메의 「주사위 던지기」처럼 어떤 도형적인 축도 포기하고 있는 예도 있다. 시들은 결국 도안적인 형상체로 배열될 수 있다. 시미아스의 경우처럼 이름의 문양을 따르거나 또는 크레타의 도시아다스처럼 제단의 문양을 따르기도 하고 혹은 바로크 서정시에서처럼 염소뿔의 모양, 나무 문양, 바퀴 혹은 미로의 문양을 따를 수도 있다.

— 디이터 람핑, 『서정시;이론과 역사』, 장영태 역, 문학과지성사, 1994년, 49면

말하자면 최근에 오면 자유시의 인쇄 배열 형태가 왼쪽을 기준으로 하는 것만 아니라 바른쪽을 기준으로 할 수도 있고 중심축의 좌우로 배열될 수도 있다는 것. 나아가 어떤 축도 포기하는 경우도 있고 문양을 따를 수도 있다. 1930년대 모더니스트 이상은 이미 여러 형태를 실험했고 다음 시는 왼쪽을 기준으로 시행을 배열하지만 중간 부분을 들여쓰고 있다.

긴것

짧은것

열十字

　그러나CROSS에는기름이묻어있었다.

　추락

　부득이한평행

　물리적으로아팠었다

　　　　　　　　　　　　(이상평면기하학)

오렌지

대포

포복

— 이상, 「BOITEUX · BOITEUSE」 부분

물론 이 시에는 인쇄 배열의 다양한 형태가 나타난다. 먼저 이 시는 전반부가 단련 형태이지만 끝 부분에는 연 구분이 있다. 따라서 엄격하게 말하면 단련 형태의 시가 아니다. 그러나 인용한 전반부를 대상으로 형태의 변

형은 첫째로 시행과 시행 사이를 띄어 쓰고 있다는 점(인용할 때는 띄지 않았음). 둘째로 인용한 부분이 보여주듯이 왼쪽을 기준으로 하되 중간 부분을 들여서 쓴 것. 셋째로 괄호 사용, 넷째로 띄어쓰기를 무시한 점 등을 지적할 수 있다. 다음 시는 이런 형태 곧 왼쪽을 기준으로 하면서 중간이 아니라 시인의 의도에 따라 자유롭게 들여 쓴 보기.

> 그 여자는, 거울 속에 피우던 담배를
>> 재떨이에 두고
>> 연기 한 줄기도 두고
> 그 여자는, 거울 속에 꽃병에 시든
>> 꽃을 그대로 두고
> 거울 속에, 그 여자는 마른 눈물을
>> 화장대 위
>> 손수건 사이에 두고

— 오규원, 「그 여자」 부분

앞에서 인용한 이상의 시에서 중간 부분이 들어간 것은 이 부분이 '열十자'의 상태와, 거기서 발생한 사건과 그 사건에 대한 진술이기 때문이지만, 오규원의 경우엔 왼쪽을 기준으로 하면서 시행들은 주어+목적어+서술어의 구조에서 서술어가 생략된 주어와 목적어에 해당하고 들어간 부분은 서술어에 해당한다. 그러나 다음 시는 왼쪽을 기준으로 시행들이 들어가는 형태이고 나아가 중심축 좌우로 시행들을 배열한다. 아니 중심축에 놓이되 다시 바른쪽을 기준으로 배열된다.

> 파리는 나비가 아니다

파리는 나는 것보다 빨리 와서 붙는다

붙어 먹는다

…(중략)…

나는 것보다 더 빨리 와서 도로 붙는다

벽에

천정에

바닥에

입술에

똥에

밥에

— 황지우, 「파리떼」 부분

이 시에서 들여쓴 '붙어 먹는다'는 '붙는다'의 부
연. 중심축에 오는 시행들은 파리가 와서 도로 붙는 장소,
문법적으로 말하면 부사에 해당한다. 이렇게 중심에 온다
는 점에서 이 장소, 곧 파리가 와서 붙는 곳이 중요하고 중
심이고 그러나 이 중심의 배열은 바른쪽을 기준으로 한다
는 점에서 끝, 절벽, 벼랑이라는 의미도 암시한다. 다음은 완벽한 것은 아니지
만 어떤 정형적인 도형적인 축도 포기하는, 포기하려는 형태의 보기.

내가 투표한 사람이

또 안됐다:

선거 결과를 보다가 생각한다:

내가 문제인가?

그럴까?

모르겠다

그가 문제인가?

    그럴까?

      모르겠다

생각하다가

    생각한다

      다른 사람들이 문제인가?

생각하다가

— 박의상, 「문제들 1」 부분

이 시는 사실 어떤 축도 완전히 포기한 형태가 아니라 그런 포기를 시도한 시이다. 예컨대 왼쪽을 기준으로 문제가 제기되고 단계적으로 들여 쓴 시행들은 이런 문제에 대한 시인의 사고와 회의와 부정과 긍정을, 그러니까 복잡한 사유의 순환을 보여준다.

3. 산문시는 시인가 산문인가

앞에서도 잠시 언급했지만 우리 근대시, 우리 자유시의 출발로 간주되는 주요한의 「불놀이」(1919년)는 산문 형태로 되어 있고, 동시에 몇 개의 연으로 구성된다. 최초의 자유시가 산문 형태로 되어 있다는 것은 이상하다. 왜냐하면 자유시는 산문 형태가 아니라 람핑이 말하는 '인쇄 평면의 비정상성'을 특성으로 하고, 따라서 정형시나 자유시나 이런 특성을 공유하지만 자유시는 정형시의 율격을 고지식하게 지키지 않는다는 점만이 다르기 때문이다. 먼저 시의 앞부분을 옮기면 다음과 같다.

아아 날이 저문다. 서편 하늘에 외로운 강물 위에 스러져 가는 분홍빛 놀— 아아 해가 저물면 날마다 살구나무 그늘에 혼자 우는 밤이 또 오건마

는 오늘은 사월이라 파일날, 큰 길을 물밀어 가는 사람 소리는 듣기만 하여
도 흥성스러운 것을, 왜 나만 혼자 가슴에 눈물을 참을 수 없는고?

— 주요한, 「불놀이」 부분

김춘수는 주요한이 이런 산문의 형태를 자유시라
고 믿은 것에 대해 두 가지 해석이 가능하다는 입장이다.
하나는 산문시의 형태와 행 구분을 하는 자유시의 형태에
대한 무지로 산문시를 자유시로 오해한 것. 다른 하나는
산문시를 전혀 모르고 있었던 게 아닌가 하는 점이다(김
춘수, 『한국현대시형태론』, 1959년, 『전집 2』, 문장, 1982년, 30면 참고).

그동안 여러 학자들도 주장했지만 당시만 해도 자유시에 대한 이해가
부족하고 특히 리듬에 대한 성찰이 부족하던 터라 주요한은 일단 자유시가 정
형시의 형태와 다르고 정형시가 운문의 형태라면 이와 다른 형태는 산문이므
로 자유시를 산문의 형태로 쓴 것 같다. 그러나 그는 산문시에 대한 이해는 부
족했다고 본다. 왜냐하면 그는 그 후 민요조 자유시를 쓰기 때문이다. 정형시
가 운문으로 되어 있고 이 운문에서 자유로운 것이 산문이고, 따라서 자유시는
산문시라는 이상한 등식이 성립된다. 그러나 앞에서도 말했듯이 자유시는 정
형시의 율격에서 자유로운 시행 발화이고 이 시행은 리듬과 관계되고 따라서
시행과 연 구분을 요구하는 형태이다.

그런 점에서 산문 형태로 된 시는 자유시가 아니다. 서양에서 최초
로 산문시를 실험한 시인 보들레르는 처음부터 산문시를, 그러니까 산문 형태
의 시를 쓴 것이 아니라 연 구분이 있는 자유시를 쓰다가 아니 자유시를 쓰면
서 산문시를 실험한다. 그런 점에서 산문시는 자유시에 대한 부정과 극복과
비판을 노린다. 말하자면 형식, 형태, 스타일이 산문이라고 모두 산문시가 되
는 게 아니라 이른바 산문정신을 지향하고 지향해야 한다. 주요한의 산문시
가 비판되는 것은 이런 정신, 의식, 이성이 부재하기 때문이다. 산문정신은 이

른바 근대정신이고 정신은 눈물이나 한숨이나 영혼이 아니다. 물론 산문시는 형태의 측면에서는 자유시를 부정하고 변형하고 극복한다. 자유의 극한에서 산문을 만난 셈이다. 아무튼 보들레르는 왜 산문시를 시도했을까? 다음은 보들레르의 말.

> 우리들 중 누가 한창 야심만만한 시절 이 같은 꿈을 꾸어보지 않은 자가 있겠습니까? 리듬과 각운이 없으면서도 충분히 음악적이며 영혼의 서정적 움직임과 상념의 물결침과 의식의 경련에 걸맞을 만큼 충분히 유연하면서 동시에 거칠은 어떤 시적 산문의 기적의 꿈을 말이지요. 이같이 집요한 이상이 태어난 것은 특히 대도시를 자주 드나들며 이들 도시의 무수한 관계에 부딪치면서부터입니다.
>
> — 보들레르, 산문시집『파리의 우울』, 윤영애 역, 민음사, 1979년, 19면

이 글은 시집에 서문 대신 나오는 것으로 아르젠느 우세에게 바치는 헌사이다. 우세는 1862년 보들레르가 처음 산문시를 발표한「프레스」지 국장을 겸임한 예술애호가. 보들레르가 처음 이런 형태의 시를 발표했을 때 당시의 시인 떼오도르 방빌은 '한 진정한 문학적 사건!'이라고 외치고 보들레르 자신은 '이상한 책'이라고 고백한다. 그것은 그의 시가 줄거리가 없다는 점에서 산문이 아니고 그렇다고 한 줄의 시구, 흔히 시적이라고 일컫는 감정적 혹은 감각적이고 관능적인 표현도 없기 때문이다. 결국 그가 노린 것은 새로운 장르의 산문이고 따라서 시도 아니고 산문도 아닌 시가 된다. 윤영애에 의하면 그의 산문시집은 주제의 통일성도 없고 방법도 독자를 마술적 미로 속에 집어넣고 길을 찾게 한다.『악의 꽃』이 주제의 점진적 진행을 강조하고 상승, 하강, 직선에 의존한다면『파리의 우울』은 나선, 포물선, 지그재그선, 보들레르에 의하면 나사와 만화경에 집착한다(윤영애,「산문시의 독창성」, 보들레르 산문시집『파리의 우울』, 8~12면 참고).

요컨대 보들레르에 의해 처음 시도된 산문시집은 이상한 책이고 그것은 시도 아니고 산문도 아니라는 것. 그러므로 앞에서 나는 산문시는 시가 아니라고 했지만 시가 아닌 것도 아니다. 그리고 산문도 아니다. 소재가 도시 체험, 도시의 무수한 관계라는 점에서는 산문정신, 산문적 시각이 드러나고, 리듬도 각운도 없다는 점에서는 산문이지만 이런 산문이 어떻게 '영혼의 서정적 움직임, 상념의 물결침, 의식의 경련', 말하자면 서정적 울림을 줄 수 있는가? 이런 문제는 보들레르 연구가들이 할 일이고 나는 지금 산문시의 형태를 그의 시와 관련해서 말하는 중이다.

결국 그의 산문시를 중심으로 한다면 산문시는 리듬도 각운도 없는 산문의 형태이고, 소재는 도시 체험이고, 이런 산문이 시적 울림을 주는 이상한 장르이다. 보들레르가 산문시와 자유시를 동시에 시도한 것은 그의 고백에 의하면 산문시가 자유시보다 많은 자유와 빈정거림을 주기 때문이고 자유는 형태로부터의 자유이고 빈정거림은 서정적 울림에 대한, 영혼에 대한, 의식에 대한 빈정거림일 것이다. 그의 산문시는 대체로 긴 편이고 다음은 비교적 짧은 시.

　　　　몸이 쇠약해빠진 조그만 늙은 여인은 누구나 환대하고 모든 사람이 그의 환심을 사려고 하는 이 귀여운 어린아이를 보자 기뻐 어쩔 줄을 몰랐다. 자그만 늙은 여인인 그녀처럼 그렇게 연약하고 그녀처럼 머리카락도 이도 없는 이 귀여운 것을.

　　　　그녀는 이 귀여운 것에게 유쾌한 얼굴 표정과 눈짓을 해보이기를 기원하며 다가갔다.

　　　　그러나 공포에 사로잡힌 아이는 이 늙어빠진 착한 여인의 애무에 발버둥치며 집안을 온통 울부짖음으로 가득 채운다.

　　　　　　　　　　　　　　　　— 보들레르,「늙은 여인의 절망」(윤영애 역) 부분

시의 후반은 늙은 여인이 고독 속에서 울며 생각하는 것. 그녀는 자신 처럼 늙은 여인은 순진무구한 아이에게마저 공포를 준다고 탄식한다. 무슨 영혼, 교감, 울림도 없이 한 늙은 여인을 서술하고 이 서술이 시적 울림을 주는 것은 이 시의 비밀이고 보들레르의 비밀이고 이런 산문이 시가 되는 것은 보들레르가 썼기 때문이리라.

물론 주제 혹은 소재의 측면에서 산문시를 검토해 보면 보들레르처럼 도시의 우울만 노래하는 것은 아니고 일상, 자연, 내면, 무의식, 관념 등 모든 소재가 허용된다. 따라서 문제는 다시 형태. 산문시는 산문의 형태로 되어 있지만 말 그대로 산문을 강조하는 경우도 있고 시를 강조하는 경우도 있다. 이때 시를 강조한다는 말은 리듬, 각운, 상징, 이미지, 비유, 아이러니 같은 이른바 시적 요소를 강조한다는 말. 이런 측면에서 산문적 요소가 강한 유형부터 살피기로 한다.

(1) 왕십리 하면 야간수업을 일찍 마치고 나와 왕소금을 뿌려가며 구워먹던 좁은 시장통의 그 대창집이 생각난다. 그리고 시간에 쫓기면서 심야의 아스팔트길을 가르며 나아가던 심선생의 날렵한 오토바이도. 그는 단축수업을 너무도 좋아하는 Y고의 2부 주임. 4교시가 끝나갈 무렵이면 수업시간표가 빼곡한 칠판 앞에서 고개를 갸웃거리다가 이내 백묵을 들고 교감선생에게 달려가 단축수업을 건의하던 그의 생글거리던 소년 같은 얼굴이 떠오른다.

— 이시영, 「왕십리」 부분

(2) 어제 그끄저께 일입니다. 뭐 학체 仙風道骨은 아니었지만 제법 곱게 늙은 어떤 초로의 신사 한 사람이 낙산사 의상대 그 깎아지른 절벽 그 백척간두의 맨 끄트머리의 바위에 걸터앉아 천연덕스럽게 진종일 동해의 파도와 물빛을 바라보고 있기에 '노인장은 어디서 왔습니까?'하고 물었더니

'아침나절에 갈매기 두 마리가 저 수평선 너머로 가물가물 날아가는 것을 분명히 보았는데 여태 돌아오지 않는군요'하고 혼잣말로 중얼거리는 것이 었습니다.

— 조오현,「절간 이야기 2」부분

(3) 거북이 한 마리 꽃 그늘에 엎드리고 있었다. 조금씩 조금씩 조심성 있게 모가지를 뺀다. 사방을 두리번거린다. 그리곤 머리를 약간 옆으로 갸웃거린다. 미침내 머리는 어느 한 자리에서 가만히 머문다. 우리가 무엇에 귀를 기울일 때의 그 자세다. (어디서 무슨 소리가 들려오는 것일까,)

— 김춘수,「꽃밭에 든 거북」부분

(4) 風蘭이 풍기는 향기, 꾀꼬리 서로 부르는 소리, 제주 휘파람새 휘파람 부르는 소리, 돌에 물이 따로 구르는 소리, 먼 데서 바다가 구길 때 쏴아 쏴아 솔소리, 물푸레 동백 떡갈나무 속에서 나는 길을 잘못 들었다가 다시 칡넝쿨 기어간 흰돌배기 꼬부랑길로 나섰다. 문득 마주친 아롱점말이 피하지 않는다.

— 정지용,「백록담 7」부분

(5) 길이 굽이칠 때마다 입술이 시퍼런 겨울바다는 서커스 마지막 장면을 인사하는 코끼리 껍질처럼 쭈그러져 있었다. 길은 굽이를 돌 때마다 갯마을 하나씩 낳고, 갯마을은 시린 손으로 땅 끝을 붙들고 놓지 않았다. 바람에 날리는 잔모래가 물안개처럼 땅을 훑는 모래사장에는 펄럭이던 비닐 천막을 벗어버린 알몸의 말뚝이 잎 진 나무 실가지처럼 가늘게 떨고 있었다.

— 허만하,「겨울 동해 나들이」부분

(6) 저녁 무렵 겨우 비가 내렸다 땅으로 함께 뛰어내렸던 꽃잎들, 꽃잎

248

들이 기절해 있다 맨살로 땅바닥에 찰싹 붙어 있다 이런 저녁엔 아무도 나를 찾아 떠나는 기차표 한 장 끊고 있지 않으리라 따뜻한 예감의 여린 발목 하나가 잠깐 서성이다 만다 지워진다

— 정진규, 「춘궁」 전문

    (7) 바람이 몹시 분다 전화벨이 일곱시 오십분 여덟시 십분 열시 삼십오분 열한시 삼십오분— 하지만 나는 계속 흰 공만 굴린다 얼굴이 하얀 나의 고양이와 점심 때 연어요리를 먹을까 안산이 그리 멀지 않은 곳이라니까 모처럼 얽히고설킨 실뭉치를 들고 현숙이 언니 집을 찾아갈까 아니면 귀를 꽝 막고 선글라스를 끼고 일년내 가꿔 놓은 텃밭에 물뿌리개를 챙겨서 무조건 콩꽃을 심으러 갈까 하여간

— 정남희, 「10월 6일」 부분

    보기를 들려면 한이 없다. 최소한 이 정도의 시들만 해도 모두 산문으로 되어 있지만 찬찬히 살펴보면 산문적 요소/ 시적 요소의 강도가 다르다. (1)부터 (7)로 갈수록 시적 요소가 강하다. (1)은 거의 시적 요소가 없는 그러니까 리듬도 비유도 상징도 없는 말 그대로 산문이다. 그러나 이런 산문이 시적 울림을 주는 것은 시인이 나이 들어 회상하는 스물네 살 때의 삶의 고통이고 이 고통이 유머를 동반하기 때문이다.

    (2)는 시집도 아니고 에세이집도 아닌 『절간 이야기』라는 책에 실린 조오현 스님의 산문. 따라서 다소 망설이다가 인용했다. 전반부는 짧은 산문, 후반부는 시조로 구성된 이 책에서 나는 특히 전반부에 나오는 짧은 산문들을 시라고 생각하면서 읽었고 그것은 시에 대한 최근의 내 사유와 관계되고 이런 문제는 별도의 논문을 요구한다. 아무튼 인용한 (2) 역시 시적 요소는 거의 없고, 그런 점에서 이시영의 시와 비슷하지만 어법이 다르다. 이 시에선 이른바 선승들이 나누는 선화禪話, 혹은 공안 비슷한 어법이 나온다. 이른바 동문서답

의 선문답 형식. 예컨대 오현 스님은 '노인장은 어디서 왔습니까?'라고 묻고 초로의 신사는 '아침나절에 갈매기 두 마리가 저 수평선 너머로 가물가물 날아가는 것을 분명히 보았는데 여태 돌아오지 않는군요'라고 대답한다. 그러나 이건 선문답이 아니다. 그리고 선문답이다. 이런 어법은 시적 요소가 없지만 시적 울림을 준다. 일상적인 이야기가 일상성을 벗어나는 이유는 무엇일까?

(3)은 꽃밭에 든 거북을 객관적으로 그것도 자세히 묘사할 뿐이고 그런 점에서 거의 산문이지만 머리를 옆으로 갸웃거리다 마침내 어느 한 자리에 머무는 모습을 인간의 머리에 비유할 때 시적 요소가 나타난다. 이른바 비유이다. (4) 역시 크게 보면 자연을, 그것도 백록담을 오르며 만나는 식물 향기, 여러 소리, 길, 말을 묘사한다. 그러나 묘사가 감각적이고 리듬이 나타나고, 이 리듬이 산문을 지배한다. (5) 역시 겨울 동해를 여행하며 만나는 바다, 길, 갯마을, 모래사장 등이 묘사된다. 그러나 '입술이 시퍼런 겨울바다'가 '코끼리 껍질'에 비유되고 '길'이 '갯마을'을 낳는 식으로 비유가 지배적이다. 김춘수의 시에는 비유가 일부라면 이 시에서는 비유가 거의 전체를 지배한다. (6) 역시 대상에 대한 객관적 묘사는 일부에 지나지 않고 '나를 찾아 떠나는 차표' 같은 관념, '예감의 여린 발목' 같은 은유가 전체를 지배한다. 시적 요소가 강한 산문. (7)은 바람 부는 날의 심리적 방황, 망설임을 일상의 문맥에서 그러니까 산문의 문맥에서 노래하지만 '흰 공', '하얀 고양이', '실뭉치' 같은 상징적 이미지가 전체를 지배하고 이런 이미지에 의해 자신의 불안한 내면이 노래된다. 따라서 객관적 대상이 아니라 내면을 노래하는 산문시.

4. 산문시의 형태 변형

연 구분이 있는 시가 그렇고 연 구분이 없는 단련시가 그렇듯이 산문시 역시 형태가 일정한 게 아니라 변하고 변할 수 있다. 주요한의 「불놀이」나 박두진의 「해」는 산문시를 토막내 연의 기능을 부여한 것으로 볼 수 있고 혹은 거꾸로 연 구분이 있는 시를 산문 형태로 쓴 보기. 이런 변형 외에 다소 실험적인 산문시의 형태를 살펴본다. 먼저 산문의 형태를 유지하되 생략 부호를 자주 사용하는 내적 독백의 시.

> 익숙해진대두 …… 고올, 도마는 …… 칼, 때문에 있는 거야 …… 칼
> 맞는 재미로 사는 거라구 …… 난자 당하는 맛에, 그래 …… 금방, 익숙해질
> 테니 …… 두고 봐, 일단 …… 피맛만 보게 되면 …… 그래, 도마는 …… 피
> 를, 먹고 사는 거야 …… 난도질의 현장에서 …… 셀 수도 없는 칼자욱들이
> 피를 …… 빨지, 상처가 …… 흡반이 되지, 되고 말지 …… 그렇게 …… 피
> …… 없이는 못 살게 …… 되는 거지, 그러엄 …… 이내 익숙해져, 도마처럼
> ……

— 김언희, 「가족극장, 그러엄, 이내」 전문

이런 식으로 시가 전개되고 이 정도면 이미 형태는 산문이지만 내용은 산문이 아니고 전통적인 시도 아니고 무슨 말인지 알 수 없고, 따라서 여기서 말하는 것은 말하려는 것이고 그러므로 말할 수 없는 내면의 광기, 도착적 환상의 세계이다. 일종의 마조히즘의 쾌락이지만 이런 쾌락은 쾌락이며 동시에 고통이고 '나'는 도마 '그대'는 칼이다. 시의 형태는 이런 쾌락/고통을 암시한다. 이런 어법은 크리스테바가 말하는 이른바 기호계, 말하자면 시니피앙과 시니피에의 틈, 욕망을 지향하고 그것이 피와 결합된다. 몸이란 무엇인가? 이런 말하기는 생략 부호, 쉼표, 통사구조의 해체에 의존한다. 다음은 형태주의적 산문시.

山
절망의 산,
대가리를 밀어버

린, 민둥산, 벌거숭이산

분노의산, 사랑의산, 침묵의

산, 함성의산, 증인의산, 죽음의산

부활의산, 영생하는 산, 생의산, 희생의

산, 숨가쁜 산, 치밀어오르는 산, 갈망하는

산, 꿈꾸는산, 꿈의산, 그러나 현실의산, 피의산,

— 황지우, 「무등」 부분

　　　이런 형태는 산문시의 변형으로 읽을 수도 있고 단련시의 변형으로 읽을 수도 있다. 중요한 것은 이런 삼각형 형태가 주제를 강화한다는 점. 첫째로 이 형태는 무등산을 반영하고 그것은 위로 날카롭게 솟고 솟아오르려는 고통과 의지를 암시하는 이미지. 삼각형 밑변에는 '우리를 감싸주는 어머니'가 있으므로 이런 형태를 통해 시인은 어머니, 평등, 용서, 관용에 의해 위로 솟구치는 삶, 승리하는 삶을 노래한다. 둘째로 낱말과 구의 형식으로 구성되고 띄어쓰기를 무시한 것은 형태 때문이기도 하지만 시인의 다급한, 참을 수 없는 호흡을 반영한다. 셋째로 삼각형 속에 있는 모든 산들이 무등산이다. 그런가 하면 이런 삼각형 형태는 사각형으로 변할 수도 있다.

서울에 오는 눈이 춘천에도 오고

춘천에 오는 눈 속엔 누가 있나

춘천에 오는 눈 속엔 춘천이 있

고 서울에 오는 눈 속엔 서울이

있네 서울에 오는 눈이 진주에도

오고 부산에도 오고 수원에도 오

네 오늘 하루 종일 내리는 눈발

속에 하루가 내리고 오늘 오는

눈은 어제 오던 눈 이 눈 속에

눈 속에 내가 있네 눈은 내리고

— 이승훈,「서울에 오는 눈」부분

나는 이 시에서 눈발 속에 내가 사라지고 간절함도 애절함도 눈발에 파묻히는 불빛이라고 노래했다. 물론 사각형은 정사각형, 직사각형 등 여러 형태가 될 수 있고 대체로 사각형은 개방성 아니라 폐쇄성을 반영하고, 나는 개방적인 인간이 아니라 폐쇄적이고 내성적이고 내면적인 인간이다. 그러므로 나는 사각형을 사랑했고 지금은 조금 다르지만 그놈의 성격이 어디 가겠는가? 사각형은 방이고 또 죽을 死자가 암시하듯이 죽음이고 사자는 사자獅子일 수도 있다. 四, 死, 獅는 한 집안이다. 아무튼 이 죽음 속에서 죽음과 함께 죽음을 다시 죽을 때 다른 내가 태어나고 사자(?)가 태어난다.

사각형은 불안하지 않고 사각형은 나를 가두고 나는 언제나 갇혀 산다. 그러나 갇혀 사는 게 해방이다. 서울이 춘천이고 춘천이 진주이다. 조주 스님은 말한다. 도에 이르는 길은 어렵지 않다. 다만 분별을 버려라. 至道無難 但嫌揀擇. 이런 생각도 버려야 하지만 선적禪的 사유, 그런 게 있다면 그런 사유를 통해 그런 사유와 함께 처음 쓴 시들이, 최근엔 그렇지 않지만, 대체로 사각형 형태로 된 이유는 무엇일까? 내용과 형태, 사유(해방)와 형태(구속)의 긴장인가? 대화인가? 회통會通인가? 좀 더 큰 자유를 얻기 위한 고통이고 응결이고 죽음이고 폐쇄인가?

나도 모르겠다. 언제나 모르기 때문에 시를 쓴다. 사각형 중간을 왼쪽에서 뚫고 들어가 거기 작은 사각형을 넣는 이상한 형태도 있고, 결국 모두가 장난이고 유희이고 놀이다. 요컨대 예술은 놀이이고 이 놀이가 자유이고 해방이다. 이제까지 12회에 걸쳐 연재한 '이승훈의 알기 쉬운 현대시작법'이 이번에 끝난다. 그러나 끝은 어디 있고 시작은 어디 있는가?

이승훈

춘천 출생.
1963년 『현대문학』으로 등단.
한양대 국문과 및 연세대대학원 국문과 졸업.
시집 『사물A』, 『당신의 방』, 『비누』, 『이것은 시가 아니다』, 『화두』 등, 시론집 『시론』,
『모더니즘 시론』, 『포스트모더니즘 시론』, 『한국모더니즘시사』, 『선과 하이데거』 등
저서 64권 펴냄.
현대문학상, 한국시협상, 시와시학상, 이상시문학상, 백남학술상 등 수상.
현재 한양대 명예교수.

이승훈의 알기 쉬운
현대시작법

지은이_ 이승훈
기획위원_ 고영, 박후기
펴낸이_ 조현석
펴낸곳_ 북인
디자인_ 김왕기

1판 1쇄_ 2011년 08월 31일
1판 2쇄_ 2017년 03월 01일

출판등록번호_ 313-2004-000111
주소_ 121-842 서울 마포구 서교동 467-4, 301호
전화_ 02-323-7767
팩스_ 02-323-7845
ISBN 978-89-97150-01-4 03810